夏の奥津城（おくつき）

梅宮創造 UMEMIYA Sozo

彩流社

目次

第一部　夏の奥津城

第一部　夏の奥津城

序——兄弟

いつの事か、知らない。私は一つ年上の兄と、まったく口を利かなくなっていた。小学校の高学年、あるいは中学に入って間もなくの頃か。突然の異変であったようにも思われる。それまでは野外でいっしょに駆けまわったり、べえ独楽やビー玉や、メンコ打ちに興じてきた。ときには殴り合いの華々しい喧嘩もした。幼少期における齢一歳の差は甚大であり、喧嘩の勝敗は始めから知れていた。それでも私は感情の昂ぶるままに身を投げだして、鼻血が噴きだすのと同時に泣声を爆発させて、どうかすると甘美な快楽にも似たカタルシスを悦んだ。その意味では兄の存在こそが、私の幼い日々には欠かすべからざるものであった。要するに、二人は世間によくあるごく当り前の兄弟であったわけだが、一天かき曇って、突如、身辺をつつむ風景が様変りした。

学校の廊下でたまたま顔を合わせたりすると、どちらからともなく目を逸らす。それは悪感情があってのことではない。知らぬふりをしていたいのだ。家族そろっての食卓にあっては、二人は一言も言葉を交わさなかった。妙にためらわれるのだ。何かの弾みで思いきって声をかけようにも、一瞬気が引けて、凍りついたようになってしまう。口を閉ざして殻のなかに閉じこもっていたほうが、どれだけ安らかであったことか。こうして兄が目の前に居るのを知りながら、まるで居ないも同然、空気みたいな曖昧至極の感触に甘んじていた。兄のほうでも同じように、こっちを無視した。めいめいが暗黙の了解をもって、互いに互いを無視した。そうやって、まことに訝しい兄弟関係がその後いつまでもつづいた。

兄のさらに上に、私とは三つ違いで、いちばん上の兄がいた。彼はいつも年長者の態度をもって弟たちに接していた。どこか頼り甲斐のある兄貴でもあった。次兄と私との奇妙な関係を、父母よりも先に気にかけてくれたのが彼であった。何かと世話を焼いて、弟二人に話を切りだすよう仕向けた。そんなふうにおのおの遠ざけ合っているのは訝しい、尋常でない、といった。しかし当の二人はますます殻のなかに身を隠した。

私は煩悶した。頭ではわかっていても、行動に踏みだせない。自分の引込み思案にはほとほと嫌気がさした。しかし一旦落ちてしまった穴からは、どうしても這い出せないのだった。落胆と、つよい願望と、えもいわれぬ深い哀しみが、いっしょくたになって私を苦しめた。おそらく次兄もまた同じ気持ではなかったろうか。

父は無口で厳格な人だった。その頃、県の教育委員会に勤めていて、ある秋晴れの日曜日に、小さな用事があって事務所へ出むいて行った。父としても憂うところ少なくなかったのかもしれない。お前たち兄弟二人は後からいっしょに来い、といいつけて、汽車の時刻と事務所までの道順を紙片に書きつけて手渡した。面倒なことになったぞと私は思った。しかし父の命令は犯しがたく、順(したが)うほかなかった。こういうときに、母はいつも温顔を絶やすことがなかった。

玄関先に一人で立っていると、兄が出て来て、一言もいわず自転車を小屋から引出した。私は黙ったまま自転車の後ろの座に乗っかった。兄は自転車を漕ぎだして、田舎の凸凹道を快走した。私は振り落とされまいとして、サドルの下の鉄骨をつよく握った。気持が弾んだ。駅に着いた。二つ先の駅までの切符を、二人は示し合わせたように懐からバラ銭を取りだして、めいめいに買った。汽車は割に空いていた。私は四人席の二つが空いているのを見つけてすばやく腰かけた。隣に兄が座ってくれるのを待ったが、兄はずっと立ったままであった。先方の駅で降りてからは二、三十分ほどいっしょに町なかを歩いた。兄弟は前後一列に並んで黙々と歩いた。端から見たら、なんと不自然な、なんと奇妙な少年たちだろうと思ったにちがいない。

父の事務所に着いた。大きな机が並んでいて、窓辺には秋の陽射が照り、ガラス窓を透かして道むこうの城趾の石垣が見えた。父は煙草の吸殻をゆっくりと始末して、さあ行くぞ、とすぐに事務所を出ることになったが、その後の展開は忘れた。親子づれで町の食堂にでも入ったか、何かの買物でもしたろうか、さっぱり記憶がない。父は何の目的があってわざわざ二人の子を来させたのだろう。今ならばわかる。むろんそのときは、理非の詮索など思いもよらず、ただ命ぜられたままに行動したまでのことであった。

兄との硬直した関係をどうにかして解きたいという願いは募る一方であった。二階の六畳二間の襖をとり払って兄との共用部屋に仕立てたことがある。これも父の指示だったかもしれない。冬、部屋のなかほどに掘り炬燵があって、夜はそこに足を突っ込みながら勉強した。夕食を済ませて私は早々と二階の部屋へ退く。兄が後から上がって来た。兄は同じ炬燵に入るとすぐに寝ころんでしまう。いつもそうなのだ。私はそばに兄が居ようが居まいが、同じ姿勢をくずさずに教科書のページなんぞ睨んでいた。二人のどちらからも言葉が発せられることはない。そのうちに、横になった兄が鼾をかき始めた。部屋の空気は吐く息が白いほどに冷たい。足もとだけ温かくても、こんな冷え冷えした所に寝ていては風邪をひいてしまうだろう。きちんと布団を敷いて寝てもらいたい。私は気が気でなかった。このときほど自分が弟でなくて妹であればと願ったことはない。妹ならば、甘える気持でお節介をやくこともできたろうに。

「兄ちゃん、ねえ、ちゃんと布団を敷いて寝なよ」

こんな台詞がすらすら口から出て来たなら、どんなに幸せだろうと思わずにはいられなかった。男どうしの不器用な兄弟であることが、万事を困難にさせてしまっている。私はひそかに運命を呪った。

十二歳離れて、弟ができた。父はもう四十代の後半に差しかかり、母も四十を越えた。父母は遅く授かった赤子の誕生をどこまで喜んだものか知らない。だが私は自分の下ができたことで、たいそう嬉しかった。急に偉くなったような気分であった。家にいても落着かず、町の産科病院に入院中の母を見舞った。母はやわらかな笑顔を見せて、赤子に乳をふくませていた。翌日、また翌日と、私は重ねて母を訪ねた。母は近くの食堂から出前をとって、カツ丼をふるまってくれた。カツ丼とやらの味を知ったのは初めてのことだった。母はまた、幾ばくかの紙幣を手渡して、兄と私のためにイナゴ採りのお八つを買うようにといった。学校では恒例の秋のイナゴ採りが行われていたときだった。この行事にあっては、生徒たちは弁当のほかにも菓子や果物を風呂敷包みにして腰に巻きつけて家を出る。その恰好で各自が田んぼのなかをめぐり歩き、用意した布袋にイナゴを集めていく。稲刈りを終えた田んぼは広く遠くまでひろがり、黄色い稲束が三角帽子の形に立てかけられて並んでいる。稲束のあいだを跳ねるイナゴの活発な音がうるさいほどだ。学校の誰かと顔を合わせることもなく、まったくのマイペースだから気楽である。午後の二時ぐらいになると、収穫物を学校へ届けて一日の仕事が終るわけだが、学校では皆から集めたイナゴを大釜で茹であげ、町民に売りさばいて、その売上金を学校運営の予算に組み入れるという話だ。この行事は三日間にわたった。私は兄と自分のために三日分のジュースやキャラメルや辛味せんべいを買って来て、半分を兄の机上に置いた。そうしてイナゴ採りの三日間が終った。見ると、兄の机の上にはお八つがそのままに載っていた。私は失望した。

いつの事か、これもはっきり憶えない。とうとう氷の解けるときが来た。いきなり、ふっと、狐が落ちたようなものだ。しかしずいぶん歳月が過ぎた。二人の兄弟はもう大人になっていた。かつての重苦しい、ねじれた関係が嘘のようであった。

籠る日々

己（おれ）が土蔵のなかに籠りはじめたのは平成五年一月の終り頃であった。あれから何年になろうか。古い土蔵の二階には板敷きの物置と、ふすま一枚隔てた先には畳敷きの十四、五畳ぐらいの和室がある。己はこの和室に、座り机や小さな書棚や、身辺の必要品なぞもち込んで、自分だけの居城をこしらえ、ここに一人で寝起きした。誰にも会いたくなかった。家族と顔を合わせるのも、できるだけ避けていたい。けれども、冬の室内は凍えるほどに寒いのだ。朝から石油ストーブを焚き、膝もとには毛布を巻いて端座した。北側には一軒の窓が、そのサッシの窓越しには赤錆びた鉄格子がしつらえてある。西側にも小窓がひとつ、そこにも鉄格子が入っていた。光りが射しこむ窓といえばそれだけで、あとはただ広い壁面が、三方に物々しい押入れをかかえてつづいている。陰気な部屋だ。夜は水を打ったように静まりかえり、耳を澄ませば、地の底から何か音が聞えてくる。己は終日ここで深いもの想いに沈んだ。

　いったい何を考えていたというのだろう。また何故、そんなに根つめて考えねばならなかったのか。己は自分というものが、この一個の生命体の真実が、まったくわからなくなってしまった。かつての自分は何処へいってしまったのか。かといって、己の過去なんぞは苦々しい断片の集積でしかなかったようにも思うのだが。

書き留めておかねばならぬことが多々ある。しかしまた、それには空々しい気分が伴うのも事実だ。ともあれ、己は大学を出てから浦和の小学校教員になり、それからしばらくして福島県の山中の分校に赴任した。あのときの自分を思いだす。分校のたたずまい、あそこは自然の真っ只中で、人間くさいものなど何一つない。日用品の買出しで山のふもとの町へ出るには原付バイクを使った。雨など降れば、平屋の校舎の端っこに宛てがわれた自室で、ラジオの音量をやたら上げながら寝ているほかない。気持のどこかがいつも退屈している。退屈は孤独と手を組んで空虚なため息と化す。

朝になれば五人の子供らが山道を歩いて登校してきた。男三人に女二人だ。いずれも鈍重な山家育ちの子供らで話がちっとも通じない。つとめて笑顔をつくろうとしたのは最初の二、三日きりだ。そのうち学校の仕事が嫌になり、もっか置かれた自分の境遇が厭わしくなって、しまいにずるずると、わけのわからぬ不安と、疑念と、失意の闇に落ちていった。泣きたくなるほどに、加速度までがついて。止めようがないのだ。

そのうちに、己は幻覚症状に悩まされるようになった。おかしな声が聞える。せせら笑うような、息巻いているような、哀願しているような、またそれらを全部混合したような恐ろしい声だ。己は畳の上に身体を捩って両耳を手でふさいだ。すると声がやむ。全身から力が抜けて、無気力におそわれ、何もできなくなり、そうして己は、ほどなくこの学校に辞表を出した。あのときの自分は、うん、もしかしたら今の自分に近かったかもしれない。

ひとたび挫折すれば自信をなくすのが当然だ。失った自信をとり戻すのは容易なことじゃない。己はそれから何をする当てもなく故郷へ帰った。会津が故郷である。故郷に寄せる己の想いは複雑で、一口に恋しいとか懐かしいとか割切れるものではなく、何か気持の底によじれた感情があって、いつも己を悩ます。東京に大学生活を送るときから、ずっとそうだった。己は思郷の懐いに駆られて休暇の来るのが待ちきれず、ついに休暇が来て帰省列車が福島の山並みにさしかかると、異様なまでに胸が高鳴るのを覚えたものだった。感傷的性向、というやつかね。けれども一月余りを住み慣れた家に過ごし、父母兄弟の田舎弁に寄り添って日を送るうちに、うっすらと、暗い嫌悪の感情につつまれていく。何ということだろう、父は遠巻きに己を観察しているではないか。直接に干渉するのを避けながら、くさぐさの注文を母のほうにぶつけているらしい。母は、このいじましい平和主義者は、父の圧力に押されて、かといって息子の意に反することを好まず、どこか中途半端な笑みを口もとに浮かべながら、父の意図するところをそっと伝えてくる。いつもそんなやり方なのだ。たとえばあるとき教員採用試験の二次面接におよんで、己は顎ひげを黒々と伸ばしていた。父にはそれが面接で不利になるまいかと心配だったようだ。ひげを剃るようにと母を介していってきた。そんなつまらぬ伝言をおとなしく運んでくる母を、己は憎んだ。なぜ、唯々諾々と父の命令に従うのか。なぜこっちの気持をくみとってくれないのか。故郷はかくも五月蠅（うるさ）く、かくも煩わしい所であるかと、ひとり愕然とするのだった。いたたまれず故郷を去る。それなのにしばらく経つと、またぞろ遠くに故郷の山川を想いうかべて烈しいノスタルジアにむせぶのであった。この矛盾は、我ながらどうすることもできなかった。

分校での仕事と生活に挫折したあとも、己は故郷にあってひとときの安らぎと、同時にまた抑えようもない嫌悪感と不安とに苛まれた。故郷の人びとは懐かしいというよりも、何となしに恐れの対象だった。思えば少年、青年時代の己を、あつい好意のまなざしで見てくれた人があったろうか。否、むしろ冷たく暗い日々の連続ではなかったか。ああ、またも己の噂をしている声が聞える。いやだ、いやだ。どこか遠い、こっちの過去も何も知られていない土地へ逃げてしまいたい。そうだ、一日も早く家を出なければならぬ。まったくその通りだ。しきりにそう思いながら、一方ではそれを押しとどめる臆病心のごときが働いて行動に移せない。自分はこうして孤独地獄へのめり込んでいく。それを思えば、自分で自分がかわいそうになってくる。どうすればよいのか。誰にもいえない。誰にも救えない。ふん、みずから全身全霊をもってぶつかるのみさ、そこから、ただその一点から道が開けるのだ。ああ、しかし力が湧いてこない。

〈まるで往ったり来たりじゃないか〉

己はドストエフスキーを読む。ニーチェを読む。「人間というやつは自分で自分を重くしているだけのことさ。それは彼があまりにも多くの他人のものを自分の肩にのせているからだ」「認識すること、それは獅子の意志をもつ者には快楽である。だが倦み疲れた者としては、他者の意志にうごかされるだけであって、すべての波がかれをもてあそぶ」（『ツァラトウストラはこう言った』より）

己はその後一年間の養生をへて、まさに奇蹟的によみがえったのであった。ふたたび郷里を離れ、川崎に住み、塾のアルバイトなどで糊口を凌いだ。その後、東京練馬区のS小学校に返り咲き、己は再起の新しい一歩をふみ出した。嬉しかった。「僕は生きなければならないのです。この数ヶ年は実りなしには過ぎはしません」（ドストエフスキー書簡より）

三二歳の年を迎えて結婚することに決めた。そうして翌年、もう一度福島県に入るつもりであった。何故そうまで故郷に拘泥するか、と問うなかれ。己は長男として生れた。長男意識が、自分の意に反して己を引きずるのだ。しかし今度こそは伴侶がついている。ひとりぼっちではないのだ。いや待て、どうだろう。本当に大丈夫だろうか。ああ、気持が行ったり来たりする。そのうちに、最大の敵、臆病心がのし上がってくる。

〈またかね、おい〉

己（おれ）は自分を叱咤した。一度死んだ身ではないのか。今ある自分は以前の己ではない。恐れるものは何もないのだよ。新しい自分がここに在る。自分に賭けるのだ。自分の運命を自分で切り開いていくのだ。勇気をもちつづけねばならぬ。己は再び決意を新たにした。

結婚して翌年には福島県の須賀川に転入した。ほどなくして長女が生れた。二年後には次女が生れ、家庭の構えが強固になりつつあるように思われた。それだけに責任感をつよく覚える日々となった。

須賀川には六年間とどまった。その間に小さな建売住宅を購入して地歩を固めようとしたのは、気持の底でふるさとの会津には帰るまい、いや、帰りたくないという意固地なまでの抵抗がくすぶっていたのかもしれない。その抵抗とは、父の威光にむけての、また母の嫌らしいまでの期待に反発するものであったろうか。自分でもはっきりしない。何やらの異物が胸内に転がっていて、その正体を見定めてやろうという、やせ我慢ふうの気張りもあって、須賀川のはずれに土地付き一戸建てを買ったわけだ。

この屈折した性格はいったい何から生れたのだろう。父と母の資質の何がしかを引継いで、それらが混合する過程である種の化学作用が起きて、このような癖のつよい、内省と迷いとためらいが幾重にも折り返してやまぬ性格ができあがったのだろうか。先だって、実家の古いタンスの引出しに興味ぶかい物をみつけた。結婚前の父母の往復書簡である。

〈ラブ・レター?〉

戦後間もない頃の若い男女の交際記録とも読めるが、そういう社会学的関心よりも、ここに己の性格形成を導いた原動力が表れていないだろうかと考えたのだ。結婚という、大なり小なり一つの判断を個人に迫る事件にぶつかって、父と母はそれぞれどのように対処したものか。その痕跡を手紙のなかに確認できるなら、それらの細く伸びた先端に、もしや己（おれ）の性格につらなる手がかりごときが見えてこようか。さて、どうしたものだろう。

二人が結婚した翌年に己が誕生した。そうとあれば、己の原型は兄弟の誰よりも、これらの手紙が書かれた男女二人の心情に最も近いところで出来上ったことになろう。将来の妻との交際途上にあって、父はこんなふうに綴っている。

「幾度となくペンを執りながら何か大きな心の障碍にぶつかる様な気がして失礼を重ねて居りました。私の現在の精神現象は自分自身の内省から非常に複雑なものを感じて居りますので、常にそれを整理しながら自分を處してゆくのに私なりに相当骨を折ります。結局は心の問題であり、心が整はないうちは外形は整ひません」

なんという迷いと不安だろう。いつまでも気持が熟さない。しかしそれもある一日の訪問を機に、いよいよ前途が見えてきたようだ。

「貴女は非常によい人です。そしてやさしい心の持主です。私の好きになれそうな型の女性です。私は貴女がほんたうに私の好きな女性であつたと言ふことを確かめてゆきたい。以上の様な心の動きから私は次に申上げる様なことを貴女に知つて戴きたい。一、私はほんたうに貴女が好きであると断言し貴女を愛すると明言し得られるまでは、貴女に対し結婚したいと望み、結婚して下さいと申上げないつもりであること。二、私はあなたがほんたうに私の好きな女性であつたことを私が確かめるように、貴女も私があなたのほんたうに好きな男性であるか否かを貴女に確かめていただきたいこと。三、……」

こうして一歩前進したものの、なかなか慎重だ。石橋を叩いて渡るというものだろう。「ほんたう」のものでなければ、それを確認しないうちは、みだりに信じるまいという次第である。そして、ついにその「確認」が実を結ぶ。次は女性の側の反応だ。

「待ちに待つた今日の喜び、総てが夢の様でなりません。先日、突然お目に懸り色々お話を承りましたあの時、云ひ様のない寂しさを感じました。何時になつたら私の心を知つて戴けるのかと、全く愛の心に生きる者だけが知る遣瀬ない胸の痛みに一人苦しんで居りました。……神の御守護か、私の心も通じ貴男様のお胸の中にも同じ灯のゆらめくのが感じられ嬉しうございます。貴男様こそ本当に心から尊敬し信頼しおすがりして行けるお方でございます。……」

こうして見てもわかるように、女性は理知よりも情に信を置く。情から発する直感にたよるわけだが、それからすると、男の理知はなんと鈍いことか。どうしても熱を冷ますような方向へ動いていってしまいがちだ。さながら屋上屋を架すように、こんなことまでいっている。

「私はあなたにあたへる何物も持たない。地位も、名誉も、財産も、更に精神的肉体的力さへも持ち合はさないかも知れない。唯、この何物も持たない素裸の私から、あなたが何ものかを見出し取らうとするなら、何でもあたへたいと思ふ心だけを持つて居るつもりです。心をこめて念じつづけませう。私とあなたの生命の一であることを」

ここにはむろん、切迫した覚悟のごときが波打っている。男は本気なのだ。一方、女はそれにどのように応えているか。

「地位、名誉、財産……、いいえ、私にはもつともつとほしいものがございます。それは〝永遠に盡きぬ愛情〟〝誠の心〟これこそ本当に貴男様から私へ、私から貴男様への何よりの贈物でございませう。心は常に共に在りとは申せ、やつぱり言ふに言はれない孤独の寂しさを感じます。五日の日はどうぞお出で下さいませ」

こちらはどこか古典文学にでもあるような、女の細やかな神経が脈打っているではないか。こうして二人は婚約して、結婚の日取りを決め、その日を心待ちにしていたようなのだ。

どうやら父は、慎重であるのに加えて、何か崇高な観念にとり憑かれているようだ。事を深刻に、ときに複雑にとらえずにはいられない原因がそこにある。これが悪く作用すれば、いかにも内気で引込み思案な、非行動的な一面が目立ってくることになろう。

〈なに、自分のことかね〉

母のほうは素直で従順だ。しかしそれはどこか型通りで、受身的なきらいがある。一方に猛々しく環境と闘う父があり、他方にすべてを容認し平和をのぞむ母がある。この若い二人から生れたのが己だ。父母のいる実家へまっすぐに帰ろうとは願わない、ひねくれた息子が、この己なのだ。

須賀川、その後の話をしよう。どうしたものか、己はとうとう昭和六三年四月に会津高田町の小学校に転入した。父親の後ろ盾があったことはいうまでもない。地域の教育界にあって父の存在はなかなかのものであったから、父としても諸方に相応の働きかけをしないではいられなかったはずだ。それがまた己には気にさわった。物事を素直に単純に受けとれないのが、己の一大欠点であり、この性格を自分でもどれほど嫌ってきたことか。ともあれ表向きとしては、首尾よく故郷の学校に移ることができて、とりわけ父母は大そう喜んだのであった。須賀川の家は、会社経営にしくじって東京から流れてきた弟夫婦の住まいに提供した。

己は実家から自分の運転する車で通勤して、二人の子供は町の小学校へ通学した。すべり出しは良かった。両親をまじえた二世帯家族はにぎやかこの上なく、己は晩酌をおぼえて一合の酒にほのぼのと酔った。父はまったくの下戸であったから、かるく話を合わせたあとはさっさと書斎に引っ込んだ。毎日がなめらかに滑るように過ぎていった。しかしその平穏な日々がいつまでつづいたろうか。

嵐が襲った。体調がすぐれない。気が重い。いったいどうしたというのか、自分でも自分がわからない。焦る。ますます深みへ落ちる。平成四年七月の日記を見ると、こんな言葉が記されているではないか。「病気を根本的に癒そうと思い、その再発を防ごうと希うならば、その生理的異常をひき起した根本原因とされる心の不調和を発見し、さらにその不調和を惹起するに至った根本原因を解決しなければならない」——こんな文句を今あらためて目にすれば、まさに言うは易し、行うは難しだ。ただ当時は日記を綴りながら、一所懸命に自分を励ましていたことだけは確かである。

勤務日の朝になると動揺して逃げ腰になり、また休むほかないかと思ってしまう。押して出勤しても、職員室で黙りこんでいるのがたいへんな苦痛だ。周囲の目が気になる。そのような自分を隠そうとするから、ますます苦しくなる。結果として休むほかない。こんなことでは自分も家族もダメになってしまうという不安が尽きない。平成五年は四月に新年度が始まるや否や二ヶ月の休みを願い出た。そのあともたびたび休みをとり、学校に出てはまた休むというようなことを何度くり返したことだろう。どうにもならぬのだ。ある朝、妻が泣きながら訴えてきた。子供たちはどうなるの、私たちみんなはどうなるの、と。

医者が処方する薬も服んだ。しばらく病院の一室に寝起きしたことだってある。それから、――。まあ何を試みても、さっぱり効果なしだ。そうして己は実家の土蔵のなかに籠った。もうどうなっても構わないと観念した。父は生活訓のごとき条文を押しつけてくる。それを毛筆でしたためて壁にピンで止めた。母はがっかりしたような悲しい表情を見せる。妻は変りもせず医者の薬を強要してくる。子供たちは出がけに、お父さん今日も休み？　と訊く。折々に遠くから弟たちが訪ねてくる。来ればかならず話題になるのがこっちの病状だ。こうすればよい、ああすればよいが始まる。己にはいずれもみな、もうどうでもいいのだが。

まったくおかしな話だが、あるときふっと狐が落ちたみたいに気分が爽快になる。自分のことながら、まるで理由がわからない。自分は何者かに操縦されて快活になったり憂鬱になったりするようだ。好むがままに人間をあやつる何者かがいるのだろうか。弟に宛てた七月某日の手紙には、こう書いた。「現在は心の乱れもすっかり取れ、むだな神経をつかうこともなく、元気に勤務しています。今十日(金)の正午、職場の机上でペンを走らせているところです。体調のくずれが嘘のように治って、何の抵抗もなく行動でき、自然に教壇に立っています。リズムが本来どおりに回復し、全体の動きにも自信がもてるようになり、自分でも嬉しく思っています。貴君にもよけいな心配をかけましたが、お蔭様でまた以前の状態に戻ることができました。……」己は、もうすぐ夏休みに入るということで心安らかだったのかもしれない。再び落ちこむのは九月、そうして秋も深まる頃にはまた元気をとり戻し、冬を越して春先ごろから再々度悪くなる。そんなぐあいに波があって、しょっちゅう波に翻弄されているようなあんばいであった。

〈まったく、やりきれんよ〉

なかでも平成六年二月下旬の状況はひどかった。今もはっきり憶えている。ちょうどその頃、父は神職関係の一団を引率して伊勢参りに出かける予定であったため、留守中には息子たちの応援を頼まねばならぬと考えていたようだ。遠方の息子たちに宛てた父の手紙が残っている。「二月七日以来の十日間はそれこそ驚天動地といってよいほどの異常な事態のなかで、私の体験、私の行動したことはすべて神がそうさせたと思われるようなものであり、今も事ごとに神に全託する心境で日々過ごしています。……おれがダメになると家族すべてはダメになってしまう、と長男はいって、この点にふれると異常に攻撃的になる。何としても学校から離れられないと固執する。そのため、職を失うなどは恐怖の至りであり、考える余地すらないようです。私は二一日早朝に出発し、二五日夜に帰宅します。留守中のことは君たちそれぞれが分担して次のように願います。……」

その年の四月から、己は北会津の小学校に移った。そして五月頃にはまた憂鬱の波が押しよせて門外不出の身となった。情けない話ではあるが、医者の薬に頼らざるを得ない。だが薬は、ややもすると効きすぎて気持が舞い上がり、わけもなく鬱が躁に転じた。そうなると眼光がぎらついて、言葉使いも荒々しくなり、妻などはびくびくものであったようだ。

その頃は山頭火をよく読んだ。何もかも捨てたような調子で、そのなかでもなお人間の悩み、後悔、羞恥と直面しながら自分の言葉を磨いていった山頭火に、己は理想の生き方を見た。秋が深まり気分が楽になると、己は母を伴って埼玉の弟宅を訪れた。かつて弟の家のすぐ近くに結婚当初の一時期を過ごしたことがあるから、その界隈を歩いてみたくなったのだ。この訪問の折に、以前弟から借りた山頭火集四巻を持参して返却した。随分啓発された本であったが、もうこれを再読することもなかろうと思った。

「私は疲れた。歩くことにも疲れたが、それよりも行乞の矛盾を繰り返すことに疲れた」この言葉は転じて己自身をそのまま云い当てているようだ。次もしかりだ。「征服の時代であり、闘争の時代である。人間が自然を征服しようとする。人と人とが血みどろになって摑み合うてゐる。……無能無力の私は時代錯誤的性情の持主である私は、巷に立ってラッパを吹くほどの意力も持ってゐない。私は私に籠る。時代錯誤的生活に沈潜する」ここに己は同類の友を見出さずにはいられない。己もまた時代の波に乗りきれず、周囲の空気に溶け込めず、いつも独りきりだ。そうして、独りきりではこの世に生きていけないという大きな矛盾に苦しんでいる。己はついに独りきりの世界に籠るほかないではないか。

〈籠ってしまえば安心だ、バンザーイ、とはならぬだろう〉

山頭火には俳句があった。一椀の飯と同じに、それがあったために彼は生き永らえることができた。己にも何か生命の糧があればよいのだが、実際何もない。山頭火はこんなふうにいっている。「俳句は悲鳴ではない、むろん怒号ではない、溜息でもない。欠伸であってはならない。むしろ深呼吸である。おだやかな脈搏である」そうして彼は精進した。妥協のない、ごまかしのない、正直な自分の極限に動かされざる言葉をつかもうとした。これがすなわち生きることであった。己にはこういう生の実感がない。ともしびがない。

昨夜は眠れたの？　と妻が訊いてきた。土蔵の部屋の入口に立って母が小声でいう。涼しいうちに起きて、ちゃんとご飯を食べないとなあ。それはそうだ。今日も暑くなりそうだ。早くからみんみん蟬が鳴いている。父までがやってきて、土蔵のなかの品物を動かしては整理整頓なぞ始めた。この人は万事きちんと片付けないと気がすまない。たいへんな潔癖性で、完全主義者だ。それも一種の病気ではないのか。まあ、どうでもいいや。己は己のやりたいようにやる。こっちのやることに邪魔をしてくれるな。放っておいてくれ。そうだ、大事なことを忘れていた。十時の上り列車は二十何分だったかな。下の部屋の壁に時刻表が貼ってある。すぐに確認しなきゃならん。ぐずぐずしちゃいられない。そうだ、出かけるんだ。いいか、誰も止めるな。己のことに、誰も構ってくれるな。

これで語ることも尽きた。己は永く引きこもっていた土蔵を出る。たぶんもう、ここに帰ってくることはないだろう。

雷(いかずち)

橘(たちばな)宗雄教授は還暦を過ぎて早や七年になる。今なお現職にあって、朝に夕べに、さして変らぬ毎日がつづく。変らぬ、というが、しかしそれは側(はた)からとらえた外見上の印象にすぎない。教授としては、こうして仕事があるうちは精一杯努めようと考えているわけだが、それもどうかすると、胸のあたりがぴくぴくして、怪しい疲労感に襲われるときがある。自分では、迂闊にも齢を忘れて不摂生に走るためだと決めつけている。朝早くから休みなく調べものをしたり、講義のための資料をととのえたり、時間を忘れて読み書きに没頭したりするせいだと考える。要するに、まわりの若い教員たちと同じように頑張ってしまうわけだが、まわりもまた、教授を一同僚と遇して、老齢ゆえに斟酌したりするのはかえって失礼だと思うらしい。職場の雑務なども遠慮なくしっかりと割当ててくれる。そんなとき教授は、いつになったら本物の老人として落着けようかと、白い顎ひげなんぞをそっと撫でてみるほかない。

夜中に二度、寒い晩などは三度から四度も教授は手洗いに立つ。小用と小用の合間をぬすんで寝ているようなあんばいだから、いつも安眠を邪魔されている恰好である。もう若くないのは知れた

ことだ。しかし一ぺんぐらい眠りの断絶なしで朝を迎えたい。そんなとき、いつも口からとび出すのは、

「あーあ、困ったもんだ」

この一言である。しかしそればかりではない。朝方、起きがけの寝床のなかでしばらく思案に暮れることがある。近ごろでは矢鱈に次兄のことが気になって、これもまた老いの身にこたえる重荷であることに変りがない。

ともあれ、この歳まで生きれば誰だって一つや二つの悩み事はあるさ。そういうものだろう、と教授は自分にむけてつぶやく。しかしそんなふうに己れを元気づけてみても、一向に気持が晴れない。はてさて、どうしたものかと頭をかかえてしまうのである。朝の寝床では、きまって同じ問題に突きあたり、何かもやもやと、中空にうっすら意識を漂わせたまま時間が過ぎる。

「ねえ、そろそろ起きてェ」

古女房の声に驚いて、宗雄はしぶしぶ起き上がる。何もかもが面倒くさい。こうして今日もまた、きわめて消極的な一日の始まりとなるのは如何ともしがたいのである。

「雨か、晴れか？」

「どっちでもない。曇りよ。だから、もう起きてちょうだい」

「何が、だから、だい。曇りでなきゃ起きなくてもいいのかね」

「あたし、出かけるのよ」

「曇りだから？」

「晴れていれば、お洗濯と掃除なの」

「雨なら？」

「そうね、べつに何もしない」

「ずっと寝ているか」

「どうでもいいから、もう起きてェ」


宗雄は何もいいたくない。どうぞ、好きな所へ出かけてくれという気分だ。おれも勝手に好きなことをやるさ、と口先まで出かかったものの、なかなかそうはいかない事情もある。

宗雄は地方の旧家に三男として生れた。長男は早くに亡くなり、次男は不定職にさまよいながら明日をも知れない身である。宗雄の下には妹がいる。結構な齢なのに独身だ。宗雄としては、橘家の行く末を案じないではいられない。

次男の信也はとかく亡き父親を痛罵してやまない。わけても長兄の死にふれては、オヤジが殺したとの暴言を憚らない。しかし老父の人知れず苦しむ日々を、その孤独を、信也はどれほど理解していただろうか。父のおもての一面だけを捉えて、それが悪しき父のすべてであると思い込んでいたのではないか。信也にいわせるなら、自分は幼少期から家庭内で除け者のようにされていた、自分のことを認めてくれるのは母親一人きりだと信じて、周囲を憎み、攻撃してかかるような性向をつよめていったらしい。父は、信也の目にいつも暴君そのものであった。暴君の前では怯え、縮こまり、じっと沈黙をまもるほかにない。そうやって耐えていれば、いつか嵐も鎮まるのである。こうして、信也の胸中には父親への理解を拒絶する構えがいつしか固まってしまったようなのだ。

父という一人の人間を襲った最大の不幸は、二十余年前に起きた長男の死である。ときに父は七九歳の老身でありながら、まだまだとばかりに、身辺忙しく立ち働いていた。一家の主人はいつになっても休むことを知らなかった。長男を喪ってから五年後に父は他界するのだが、この間の苦悶のうちに父は人生の何を見つめていたのだろうか。それを正確にとらえることが、この人を理解する上での要石となるにちがいない。

父は五九歳で教育職を定年退職し、それを機に日記を書き始めて、年ごとの当用日記が二三冊までも遺された。日記は死の数年前で静かに目を閉じるように終っている。宗雄は父の日記を改めて繙き、ところどころ拾い読みしているうちに、己れの人生に真剣に向きあっている一人の人間の裸形をありありと見る思いに打たれた。たとえば、長男の死に遭遇してから一週間後の日記に、こう認(したた)めてある。しかも文字はこの日だけが赤インクで記されている。

「午前四時五十分、事故現場を訪れ一人静かに花みずき(長男が植えた花木)と玉串をあげ、水をまき、霊魂の安らぎを祈る。一週間が過ぎた。明日は彼が出勤する日だ。紀彦、元気になれ。……」

さらに一ト月後の日記に、こうある。

「何故、死んだのか。彼の意図は何だったのか。鬱状態のなかで何を考えていたのか、わからないままである。彼が病を克服しようと苦闘するなかでの全く不慮の事故だったのか。あるいは病に絶望して果てたのか。精神錯乱の為せる業なのか。何れにしても結果は無惨な死であり、彼の無念を思うと尽きせぬ悲しみが胸にこみあげてくる。……」

神職に就いて神の啓示を仰ぎ、祈り、わが身を律する日々であったのに、神はいったい何を教え導こうというのだろう。次のような日記の文面も見える。

「私は迷いのなかで何を求めたのか。私が息子たちに求めたのは何であったのか、わからない。『神はただ信ずればよい』という。何を信ずるのか。神の完全なること、すべてが善なること、すべてを肯定して感謝すること、それが神を信ずることだとすれば、今の私の現実に感謝しなければならないことになる。私はこれに感謝できるか」

父はかねてより神の導きにすがりながら、また神の声に耳傾けながら生きてきた。その父が、今では神意の何たるかについて深い疑問を感じないではいられないという。神と自己とのつながりが、一体感が、不本意にも断たれていくさまをまざまざと見せつけられたわけだ。紀彦の納骨祭は死後五十日をもってとり行われた。その直後の想念が、こんなふうに日記に綴られている。

「五十日祭を過ぎた今もなお神意に問う。神は私の祈りを聞き届けてくれなかったのか。紀彦が生れたときから四八年八ヶ月のあいだ、私が彼のことを祈りつづけ、苦悩するときどきに神意を問い刻苦精励したことは認めてもらえなかったのか。ことに最近数ヶ月における、神意によって行動してきた私の努力は誤りであったのか。紀彦がこうあったら好いだろう、満足だろう、嬉しいだろうと思う状態を実現させようと努め、それを常に神に祈ってきた。それが何故このような事態になったのか。これが神意だとは思えない。神意とはいったい何なのか。私が祈る『神』は無かったのか」

この苦渋にみちた懐疑はいつ果てるとも知れなかった。ときに自分を励まし、明るく割り切り、ときにはまた心の濁りをはらって神に祈願もする。しかしほどなく、激しい痛恨の念が再燃して抑えようがないのだった。

日記とは別に便箋をたばねて手記がまとめてある。それには「鎮魂の記」という題が付され、息子の誕生のときにまでさかのぼって、亡き息子をめぐるくさぐさの心懐を確かめるように綴っている。書かないではいられなかったのだろう。せめて言葉の力に頼って過去の一片一片を不朽のかたちに在らしめ、それを眼前にふたたび三たび見て感ずることが、生身の息子の消えてしまったあとの切ない代償行為となったものか。

「紀彦が産声をあげたのは、今から四八年前の一月六日の明け方であった。当時はどこでも産婆さんの助産で出産したので、芙美子が以前から見知りの、渡辺という中年の産婆さんが取り上げをなしてくれたのだった。明け方には産れるだろうというので、私は次の部屋に退き、かまどの大鍋に湯など沸かし、せかせか立ち廻っている義母を手伝っていたのだが、思いのほか長引き、うなり声をあげて力んでいる産婦の様子にじっとして居れず、産室に入って芙美子の枕元に座り、どうだ、しっかりしろと肩をたたき叱咤したのだった。助産の人たちといっしょにその場にいるのもはばかられ、ほんの少しのあいだ部屋を出て、そうしているうちに初の産声を聞き、男の子だと知らされた。雪も多く、寒に入ったその朝、戸主として橘家の実権を握っていた八三歳の常信祖父が、入口の戸をあけ、のぞき込むようにして、『寒空や　産声高き　今朝の春』の一句と、もう思い出せない別の一句を地声で詠みあげ、『おめでとうございます』とお祝いして下さった当時の情景を今もはっきり覚えている。この祖父はそれから四日後の十日市の日に静かにこの世を去った。病身だった義父はすでに前年の秋に亡くなっていた。こうして紀彦は敗戦後間もない、人心の混乱、社会の混迷のなかで呱々の声をあげた。国敗れて山河あり。鄙びた陋屋のなかで家族も親族も戸惑い、周章狼狽しているような環境のなかで、私は新しい時代、新しい橘家を思いながら、この年の始めに生れた長男に期待をかけた。……ああ、それからお前は、食べるものにも事欠き、着るものも少なく、住む家もまともでない状況にありながら、子供への期待ゆえに叱咤激励する私の厳しい躾のもとに育ってきた。今、幼い当時のお前の姿を思い起こせば、何もかもせつなく、お前にはほんとうに気の毒なことをしたと悔やまれる。しかしそのような親と子の関わりのなかにも、ときとして心和む、悦びの日々もあった。私はくり返しその思い出をかみしめて、この家でお前の霊といっしょに生きていこう」

老父の心境は一種の諦めに達しているかのように見える。しかし、そんなはずはないのだ。いっとき静まった水面にも、またぞろさざ波が立ち、突如大波となって荒れる。なぜ、こんな悲劇が起きてしまったのか。この事態をどのように解すればよいものか。老父は納得のいく答を希求してやまなかった。

「私の今の悲痛の極み、無惨な現実の状態は悉く私の蒔いた種子の結果であり、私の想念の産み出した事実であるとすれば、私の蒔いた悪因とは何であったのか。私の心の思いはどこが誤っていたのか。昨日から今朝にかけてそのことを問いつづけて、ついに思考の行き着いたところはこうである。私の悪因はこの家の祖先からの遺志を拒否し、この家の伝統を蔑視して新しい時代の橘家を、新しい我が家を形成しようと、それればかり強力に押し進め、最も身近な子供も妻も、それをとり巻く親族の意向もみな無視して、ひたすらに己れの夢の実現を希って刻苦精励してきたことである。紀彦は四八年の生涯を通して、私のこの想念のあおりで悩み、苦しみ、迷いつづけながら努力し、ついに斃れてしまったのだ。私の志向するものが強すぎ、彼への思いやりが足りなかったのである。もはや自分の夢はすべて捨てよう。己れを捨て切って、ここに居るかぎり、この家の遺志を顕彰し、この家の子孫の繁栄を祈ることだ」

老父の言葉の調子には、一所懸命に自分を励ましているところがあると宗雄は思った。この自己激励にはいささか強引なひびきがあって、これもまた父の否みがたい性質であるように思われた。父は婿養子として橘家に入って来た。外から来た人間として、その野望も失望も、余人にはうかがい知れぬものがあったろう。朝に夕に、ひそかに沈潜した感情に染められていたようなのだ。妻の芙美子には、ここへ至って次のような文面を宛てている。

「芙美子へ——。私は今、この家に入って来て五十年の長い人生をふり返って、自分の意志をもって新しい橘家を建設しようと努力し働きつづけてきたことが、まったく無意味な営みであったような、否むしろこの家にとっては悪い結果を産む所業であったかもしれぬと考えている。このようなことは、私が何かのアイデアを以て事を為そうとして挫折するたびに幾度も味わった苦い経験であるが、私はその失意を振り切って、さらにまた別の途をさがし求めて、またも自分の夢のためにお前や子供たちにも、また家の係累の人たちにも、辛く悩ましい悲痛な思いをさせてきたのではないかと考える。その事実に初めから気づかないのではなく、そうと知りながらそれを無視して、自分の描く夢の実現めざして闊歩してきた五十年であった。一縷の望みを託した紀彦が亡くなり、その遺児たちは年若く、その妻にも後事を託し得ないとなれば、果たしてこの家の将来を再構築することができるのか、まったくわからない。私の五十年が完全に失敗であったのか、あるいは二六歳で一度死んだ私が、再生した後の新たな人生修行と受止めるべきか、私には判断がつかない。

……」

朝まだきの書斎に老父はひとり座して黙想する。紀彦の死を誘因したのは何であったか、思考の方向はかならずその一点にむかってしまうのだが、答はいつになっても出せない。さまざまな角度から推論したり、それやこれやを比較したり、なんとかして理を通そうとするのだが、ある一線から先は茫漠たる闇につつまれてしまっている。その悲痛の思いを転じようというのか、老父は五十年近く前の残像をやみくもに追いかけるのであった。「交流」と題して書き遺した原稿がある。その断片を拾ってみよう。「紀彦が生れた昭和二二年当時は日本国中が敗戦のどん底にあり、都市部も山村も食うに食なく、着るに衣なく、住む家も満足になかった時期である。ましてや愛する子供の玩具など手に入らない。やわらかなネルの下着をほぐして縫い直した綿入れと筒袖の前掛けを着用させて防寒着とした。ようやく一人遊びをするようになった紀彦は大工さんが残していったのを私が拾い集めた細切れの木片を箱に入れ、それを毎日居間から台所の炉端に運びだして積木遊びをした。段差のある廊下を足踏みしながら箱をかかえて、積木だあー、と小さな身体でとび出してくる姿が目蓋にうかぶ。五月の鯉のぼりなども私が和紙を貼り絵の具で描いた小さな鯉を軒端に立てた。…日用品というべき物は何一つなく、もちろん付近に小売店など一軒もなく、時折り隠匿物資なる変な品物が学校職場に配給され、くじ引きで職員に分配された。ある日私は和紙で作ったチョッキを入手したので、早速持ち帰って妻に披露した。紀彦に着せてやると、丈もちょうど合って、紀彦自身も嬉しかったとみえて、一人で村道に出て行ってしまった。妻が追いかけ、しばらく探したところ、紀彦は村はずれの小川にかかった土橋の上で何やら翳っていたという。小川で人参を洗っていたおばさんが紀彦のほほえましい姿を見て愛くるしく感じたようで、洗ったばかりの人参を甘いからといって勧めたらしい。当時は生人参でも食べたものであり、これはおばさんの好意に他ならなかった。土橋は今も変らずに在り、ここを通るたびに紙のチョッキを着た小さな子の姿を想う」

思い出にすがるとは、こういう心境なのだろう。過去の残像はひとときの確かな実在をありありと蘇らせてくれるが、それは同時に、今現在の不在感をさらに強める結果となるはずだ。悲しみはよけいにまさる道理だろう。しかし人はあたかも悲しみに埋没してみたくて、在りし日々を想い、古いアルバムを繰る。現実の遺る方ない喪失感を、空虚を、何とかして満たそうと希い、そこに悲しみの甘い涙を注ぎ込もうとするのではないか。老父は紀彦の死後しばらく、連日にわたってこの悲しくも虚しい作業にふけっていた。

「立派な大人になれと希う親の祈りをこめて子供達それぞれには誕生から小学校卒業までの写真帳をつくって一枚二枚と貼り付けていった。紀彦のものは年代も早く一番小さな写真帳であるが、当時としては結構立派な生涯の記念品のつもりで備えた。もちろん当時は自分のカメラなどは持たないので近くの写真屋さんに撮ってもらった。子供達が中学生になったなら各人に引渡して自分で自分の成長の跡を残してほしかったのだが、手放すのが惜しくなり、今も古タンスの棚の隅に保管されたままである。小学校入学当時の緊張した小さな顔つきなど、懐かしく昔が蘇ってくる。私が箱型のカメラを買い、喜び勇んで家族五人の撮影をしたのは桜の花盛りに柳津へ詣で、公園で弁当をひろげて楽しんだときであり、紀彦が桜の木の枝に登り愉快に笑っていた姿を思いだす」

しかし思いだすのは楽しいことばかりではない。苦い悔恨の情を誘う過去の断片も容赦なく逆流してきて、老父の胸をきりきりと痛ませるのであった。これとても今となっては詮無く、いくら悔やんでも詫びても、何一つ変るものではなく、ただ深い悲しみが亡霊のように揺曳しているばかりである。こんな一文が見える。

「橘家の長男として生れた紀彦は必然的にその荷を背負わされる結果となった。少年時代に兄に疎まれコンプレックスを持った私としては、兄は弟の面倒をみるべしと強く要求することが多かったようだ。ある年の春先、積みわらの上に登っていた兄弟二人に、危ないから降りろといったら、紀彦はそそくさと降りたが、弟のほうはまごついて降りられない。兄のくせに先に降りるとは何事だ、まず弟を降ろせと叱りつけたことがある。またあるときは、軒先でいさかいらしいのを見て事の真相も知らずに紀彦をはげしく叱りつけお尻を叩きのめしたので、紀彦は恐れおののき隣家のほうへ逃れて、その日はずっと私の目の前に姿を現さなかったことなどもあった。自転車の前後に兄弟を乗せたときも、大きい長男は前の横軸に乗せて足を前輪に巻き込まれたり、些細な日常生活のなかでの長男なるが故の過重な負担は数知れなくあったものだった。このような親の要求が彼の心の底に沈んで、成人して家庭を持ち、須賀川から会津へ来てもなお、折にふれては彼の義務感を呼び起していた事実を私は忘れない」

その当時、宗雄はむろん父宛てに悔やみの手紙を書いた。紀彦死後の事務処理や家族会議のとりまとめなどについても手紙に書いた。父の返信は宗雄の配慮に感謝の意をあらわしながら、どこか歯を食いしばって生きようとする気配が行間に沈んでいた。こんな歌二首を書き添えてきたこともあった。

○　花盛る春のとき　あらめやも
　　冬鉢に　枝連ねしバラよ

○　めぐり来る　春のめぐみを　ひた待たん
　きびしき冬の　身をいたぶとき

四年後にまた紀彦の祭事があった。すでに神職に就いていた老父が、このときの斎主をつとめた。斎主をかこんで家族が、十人足らずの直系家族のみが座についた。開け放った座敷の外に蝉の声がかまびすしい。ときとして庭の木蔭から微風が吹き込んだ。声を落として祝詞（のりと）が読まれた。

「思い悲しき恨めしき八月十八日は四度（よたび）巡り来りて　汝命の御霊の御前にひれ伏すも果てなき嘆きとなり　その生前の想いは限りなく胸に満ち溢れて　言の葉もいうに術なく　唯御霊の幽世に座し給うことを念じつつ　ひたすらに日々を励みて在りけるを　此の家の祖先等も疾く知り給うものと思えば　今ぞ御祭に謹み敬いて申す　申ーすウー……」

老父の声は感極まって詰まることもなく、淡々と吟じおおせたのは、斎主たる者の心の制御がそうさせたのだろう。確かに老父はこれを余生の天職と考えて日々精進してきたのであった。もしやその最後であるかもしれぬ公務が、選りに選って我が子の祭事となろうとは。ともあれ、紀彦の五年祭を一年早めたのは、老体にもぼつぼつ衰弱が見え、とにかく五年祭だけはきちんと片付けておきたいとの痛切な気持があったからだろう。翌年、老人は静かに苦闘の生涯を閉じた。

病を得て

宗雄は母の晩年をふり返るとき、憐憫の情にまじって、一方では不甲斐ない気持を抑えることができない。母はむかしから病弱な人であった。それだけに、健康管理のことでは神経質にすぎるほど気を用いていた。身体によい食物から、日頃のかるい運動から、着物から飲み薬から、いちいち定めて、定めたところをきちんと守る毎日であった。母は老齢におよんで会津若松にある最寄りの病院に幾度か入院した。短いときで二週間、長くても一ヶ月ばかり病院にお世話になって出て来る。たいがい肺炎の前ぶれとか、悪性の感冒といった病気だが、年寄りだから油断ならないと慎重に構えていたようである。

母はとりわけ迷信ぶかくて、ひとたび信じ込んだら梃子でも動かない。そんな母の信奉する漢方薬が、小田原の〈ういろう〉であった。もう一つが、韓国付近の海でとれる特製塩である。歯がしくしく痛むときにこの塩を歯茎に擦りこむと、一晩で治る。ういろうは喉の痛みに腹痛に動悸、めまい、何にでも効く。宗雄がときどきこの二つの品を小包で送ってやると、母は大喜びの返信を書いてよこした。これらの薬物が切れると、母は不安に駆られるのだそうだ。

ある年の正月に母は入院した。胸が苦しいとか腰が割れるほどに痛いとかで、ひと月ほど入院した。わけても豪雪に見舞われた年だったから、退院して寒い自宅へ帰っても安楽には過ごせないだろうということで、これを機に宗雄は老人ホームの入居をすすめてみた。母にとって集団生活はどうかとも思ったが、冬のあいだだけでもこれを経験してみて、その先のことは改めて考えるつもりだった。この提案を母はすんなり了承した。兄の信也は多少の不満をもらしたが、これも結局同意した。会津若松の町はずれに新築された快適なホームに一室を契約して、母は病院からここへ移った。最初の晩、食堂ホールで夕食のとき、集まった老人たちの前で母が仲間入りの挨拶をした。立上がって名前をいう母の小さな猫背姿を、信也と宗雄は廊下の柱の蔭からのぞいて安心したものだった。

しばらくして母からの手紙が宗雄宛に届いた。

「今日は二月三日、節分の日を迎えました。病院入院中、またホームの入居まで何かとあたたかいお心遣いをいただき有難うございました。ようやく内外共になれてきて毎日をゆっくりのんびりと過ごさせていただいております。食事の内容も豊かで、毎日が旅行に出た様な気分です。さて、二月に入り中旬ごろ会計の支払いがある様ですが、大体十六万八千円の様ですね。年金のほうから支払いできますので、二月分は私の負担とさせて下さい。——(中略)——末筆ながら、夏絵さん、色々と有難うございました」

母は年金を支払いに充てたいと考えたようだが、そうすればひと月分の年金はほぼ消えてしまうことになる。信也の生活費をどうするかという問題が残る。話の筋道としては、母親の世話から解放された信也は、いよいよ自分の仕事に精出せるだろう。母の年金だけでは廻らない家計が、外からの収入によって支えられていくはずだ。わかりきった単純な理屈だが、ここへ来てやっとそれを実行すべき条件がととのったともいえる。あとは信也自身がそのつもりになって動きだすばかりである。

しかるに現実はそれを許さなかった。信也は毎日のようにホームへ推参して、座布団やら毛布やら、そのほか細々した日用品を運び届けるようなことで忙しくなった。それればかりか、ホームを訪れるたびに、老母との長話が始まる。老母も老母で、そうやって惜しみなく努めてくれる息子がいることを心強く思っているらしい。信也はとうとう営業の仕事を手つかずのままにひと月ふた月を過ごし、生活資金の欠如から、三月下旬にはもう老母を自宅へ引き戻さねばならなかった。元の木阿弥というべきだろう。

信也は生活の不如意を弟の宗雄にぶつけてきた。自分一人が犠牲になり、苦しい目にあっているのだと、恨みがましい文句を並べ立ててきた。宗雄は手紙の返信をもって、それに応えた。ずいぶん長い手紙を幾つか書いたが、途中を省略すれば、こんなものもある。

「……あなたの生き方に干渉するつもりはない、好きなようにやればいい、と私はずっと考えてきました。ところが、あるときを境に、そうはいかない事態に立ち至ってしまった。つまり、あなたの方から、私の生活に干渉を加えるようになった。会津の家のことで、また母親のことで、もっと貢献してもよいのではないかと私を批判し、ついては金銭の支援をつよく求めてきた。もちろん私にも、あなたが会津の家のことで悩み、母親の身辺の世話に努めていることぐらいわかっている。しかし、そうかといって、私にまで同じようにせよと要求してくるのは筋の通らない話です。私だって、何かできることはないかと、いつも考え、また実行してきましたよ。……あるときを境に、あなたの狂暴な、そしてしつこい要求を許しがたいものと感ずるようになった。私はあなたのいう《現状》なるものについて、自分の考えと、対処案を明らかに示して、あなたの側に投げ返した。それはひいては、あなたの生き方や考え方を根本から難ずることでもあり、われわれ二人のあいだの溝をますます深める結果にもなった。残念ながら、それが事実です。……もう歯車が狂ってしまった。それを何とか改善しようと、しばらく苦しい努力や、譲歩、妥協を試みてきましたが、これには正直、参ってしまった。そうしてあるときに、私は諦めた。じっくり話し合うだの、相手を理解するだの、誤解を解くだの、みんなムダな戯れ事にすぎないことがわかった。もはや話合いとなれば、《交渉》の意味での話合いしかない。それぞれの利害に基づく、冷静な、事務的な交渉あるのみです」

この間さらに、宗雄が気がかりだった一件として妻の夏絵の脚にまつわる悩みがあった。ある日、宗雄は母にそれを打明けた。母が亡くなる半年ほど前のことだった。

「このたびは、ずっと夏絵の介護に明け暮れました。よけいな心配をかけたくなかったので、これまで黙っていましたが、二年ばかり前から夏絵の足腰(股関節の周辺)がおかしくなり、激しい痛みにおそわれて、ひどいときには歩行さえできないありさまでした。これまで七、八ヶ所の病院や整骨クリニックを転々しながら、ありとあらゆる治療を試みてきました。すこし良くなるかと思えば、ある日突然に動けなくなってしまうのです。この夏いっぱい寝たきりの日々でありましたが、近頃は元気をとり戻して指圧のようなことを試しています。今月三十日には、私は学校があるので、知人の奥さんに頼んで甲府の良医へ紹介してもらう手筈になっています。いろいろ試みるうちに、この頃やっと、原因は関節ではなくて筋肉にあるのではないかと考えるようになりました。夏絵は六月に上腕部の手術により肉腫をとりました。どうやら筋肉系の病気が身体のあちこち(とくに右側)に出るらしいのです。しかし、あまり詳しく書けば心配をかけてしまうので、もうやめます。私自身のほうは何とかやっていますので、ご安心ください。息子たちもそれぞれ自立して忙しい毎日を過ごしています」

夏絵が遠出をして帰った晩などに右脚の付け根が痛いとこぼすようになったのは、いつ頃からであろうか。宗雄にはっきりとした記憶はない。夏絵は幼少時に股関節脱臼を病んでコルセットを常用していたという話だから、その後遺症が災いしているのだろうと思った。本人もそのように受け止めて、さして気にもとめなかった。痛みはたいがい一晩でとれた。ところがある日、就寝中に曲げた右脚がそのままに固まって伸びなくなってしまった。ちょっと動かすだけで劇痛が走った。夏絵は痛い、痛いとくり返すばかりで、何もできない。どこが痛いかと訊いても、全部が痛いというような返答である。手洗いに立つのがいちばん困った。宗雄が脇の下に手を入れて支え、夏絵は片方の手で壁を伝いながら、じりじりと移動するのだが、腰から下が蒟蒻のようにへたばってしまって、なかなか先へ歩が進まない。いよいよ夏絵を便器にすわらせてやっても、一人でパンツが脱げない。悪戦苦闘した末にやっと用を足して、またベッドへ戻らなくてはならぬ。あるときベッドではなく、居間の籐椅子に腰かけさせた。だが、それがいけなかった。夏絵は籐椅子に身を投げ出したまま、まったく動けなくなってしまった。

「痛い、痛いよう、どうしたらいいのよォ」

「医者に診てもらうしかないか」

しかしそうはいうものの、ちょっと動いただけで激しい痛みに襲われるらしいので、迂闊に動かすわけにはいかない。救急車を呼ぶほかなかった。しばらくして三人の救急隊員が二階の居間になだれ込んで来たが、さてどうやって動けない人間を階下へ運んだものかと思案している様子だ。これが物品なら、ベランダからロープで吊り下ろすところだろう。人間だからそうもいかない。隊員は大きな粗布をハンモック状にひろげて、一気に夏絵をつつみ込み、二人の大男が粗布の前方と後方を固く握りしめて階段を降りていった。あっという間の、有無をいわさぬやり方である。途中の踊り場では素早く方向を転じながら、さっさと事を為しおおせた。さすがに機敏この上ない。

宗雄の家は埼玉県の朝霞にあったから、救急車は朝霞駅前の中央病院に到着した。夏絵は早速入院となった。それから日を追ってあちこち検べてもらったが、とにかく異常といえば、股関節のつなぎが摩滅して諸方に悪影響が出ているという簡単な説明なのである。当面の治療法としては、手術しかないそうだ。しばらく痛み止めを嚥みながら寝ていなさいということで、夏絵は一週間病院のベッドに寝たあと、タクシーに乗って帰って来た。ひとつも治療を受けずに、ひとまず動けるぐらいにはなった。

しかし何かのぐあいで夏絵の脚はすぐに麻痺した。近くの整骨院を訪ねても根本の治療にはつながらない。多摩の専門医にも診てもらった。外科医はきまって手術を勧めるのだが、術後は障害者手帳をもらうことになるというので夏絵は難色をしめした。浜松町のスポーツ・クリニックの療法は効き目が期待できそうなので二、三回通った。ところが帰りに、駅のエレベータを降りようとして一歩踏みだしたところ、いきなり右脚が固まってしまった。付添いの宗雄はあわてて近くのベンチへ夏絵を誘導した。やっぱり手術を覚悟するほかないかと思った。だが夏絵は屈服しなかった。早稲田の近くの集会所で股関節を病んだ経験者の談話があるというので、夏絵は出かけていった。手術によってかえって悪化した経験談を幾つも聴かされた。

「ほんとに、どうすればいいのかしら」

「現代医学もまだまだだね」

「手術はボルトで固定することになるから、たいがい普通の歩き方には戻らないらしいのよ」

「それで、障害者というわけか」

宗雄はため息をついた。女房の車椅子を押してやっている自分の姿が目に浮かんだ。

「一回の手術では痛みがとれないといって、手術をやり直す人もいるそうよ」

「やり直して、よくなるのかい」

「だめらしいわ」

「だめでも医者はやるというのか。何だか、手術の稽古をしているみたいじゃないか」

「あたし、どうすればいいの」

そんなふうに訊かれても、宗雄には答えられない。宗雄は同僚の小島さんと酒を飲んだ晩に、つい家庭の愚痴をこぼしてしまった。小島さんは鷹揚に受けとめて、

「それはね、きっと神経からくるものだよ。精神的といってもいいのかな」

そういわれてみれば、思い当たるふしがないわけでもない。夏絵はかねてより広島の実家のことが気になっていた。両親が高齢になり認知症がすすみ、何かと厄介事を起こしてくれるのだ。それを見るに見かねて、知合いの某女性がお節介を焼いてきた。この人は不動産業を営んでいるやり手の女性で、おそらく親切心から出た振舞いなのだろうが、夏絵の両親の世話は自分に任せてくれというのである。夏絵にはときどき電話がかかってきて、現状を詳しく報告してくれるから、夏絵も安心であった。たまには帰省して両親に顔ぐらい見せなくてはなるまいと考えていたのだが、先方の女性は気を利かせたつもりで、遠い埼玉からわざわざ出かけてくるには及ばない、お父さんもお母さんも元気で病院生活を送っています、自分が毎日顔を出して身辺をみてやっているからご心配無用というのである。夏絵もつい甘えてしまった。そうこうするうちに、夏絵と両親のあいだがぎくしゃくしてきた。その背後にはくだんの女性がいて、両親はむしろ彼女のほうに親しみを感じ、

すがっているようにさえ見えた。指輪もやろう、有価証券もやろう、しまいには見晴しのいい高台に建つ家までやろうと約束したらしい。自分の娘ではなくて、身辺の世話を焼いてくれる不動産屋の女にみんな呉れてやるというのだ。認知症の両親としては、すっかり遠ざかってしまい、顔ひとつ見せないわが娘が憎たらしくなった様子なのである。そのあたりの真実はわからない。夏絵は自分の影が薄らいでいくのを感じないではいられなかった。

「あたし、もう、広島なんかどうだってええわ」

「そうもいっておれんのが親だよ。おれの場合も同じことだが」

親子であれ誰であれ、人間関係にしこりができてしまうと、なかなか解消しないものだ。一度そうなると、万事簡単なことでも簡単にはすまなくなる。夏絵は郷里の両親に会おうとしても、会いに出かけて行くことができなくなった。例の女性にたのんであるのだから、自分が今更出しゃばるのは、かえって波乱が起きそうで恐かった。そういうジレンマが右脚の弱所に出てきたものか。小島さんの話によると、甲府にかかりつけの鍼灸院があって、毎月そこへ夫婦で出かけるのだそうだ。肩を揉んでもらって老先生とおしゃべりして帰るだけで気分爽快になるらしい。

「信じることが大事なんだよ。信じる気持にさせてくれる医者が、良い医者なんだね」

「そうか、気持ひとつで効き目があらわれたり、あらわれなかったり……」

「うん、病は気からっていうだろう」

話がちょっとずれてきたようにも思うが、宗雄はこだわらない。むしろ甲府の先生とやらが気に

なって、

「一度、家内をつれて行ってもらえませんか」

「ああ、いいよ。来週水曜日に予約してあるけど、どうかな」

「教授会の日じゃないですか」

「うん、俺、教授会には出ないから」

「じゃ、僕は出るので、家内をよろしく」

夏絵はそのあとも三回ほど、小島さんの奥さんといっしょに甲府へ行った。二人で弁当を買って中央線に乗り込み、車中ずっとおしゃべりして出かけ、帰りも同じようにおしゃべりして戻った。それが気晴らしになったものか、夏絵の脚にも好ましい兆候があらわれ始めた。

それからどのぐらい経ったろうか。夏絵はどこかで聞きつけて茅ヶ崎の特殊クリニックを訪ねるようになった。特殊、というのは、ここでの治療法が腹部に手を当てるという、ただそれだけのことなのである。白髪の老先生が、両手を上下に重ねて大腰筋の位置にそっと置く。手の重みを感じただけで痛いと訴える患者さえもいる。大腰筋が固く凝っているためである。けれども先生の手から熱が伝わって、次第に凝りがほぐれ、痛みが消えていく。こうやって大腰筋をやわらかくすることで股関節を強化し、腰痛をしずめ、また腹部の疾患を治すというのが当院の実績として広く評価されているようだ。治療を求めて全国各地から患者が訪ねてくる。飛行機を使ってくる人もある。老先生が力をこめて説くには、股関節症は絶対に手術してはいけないというのである。大腰筋と、それに連なって骨盤の谷間にかくれた腸骨筋を手当てすることで、これまで何百何千人という股関節症患者を治してきたそうだ。先生は治療の実際を説いた本までも出版している。

それにしても、毎週のように茅ヶ崎往復へ夏絵を伴うのは、宗雄としては負担である。くだんの手当てを自宅においてできないだろうか。そんなことを先生にもらしたら、講習を受けなさいという話になった。宗雄はすぐに申し込んだ。講習は夕方五時半から二時間ぐらいにわたった。宗雄は学校のあと茅ヶ崎へ廻って、手ほどきを受け、茅ヶ崎駅前で蕎麦を食ってから帰宅する。埼玉の家に帰り着くのは夜十一時に近かった。これを九月に始めて、ひと通りの課業と実習を終えたのは十二月初旬であった。頂いた修了証を額ぶちに入れて、これを誇らしげに宗雄は研究室の壁ぎわに立てかけて置いた。ときどき学生たちが出入りして、なかには壁の額ぶちへ好奇の目をむけて訊いてくる者があった。

「先生、何の修了書ですか」

「家内の動かなくなった脚を治してやるための免許皆伝だ」

「へえ、先生は奥さんにやさしいんですね」

「知らなかったろう」

「わたし、先生のような旦那さんが欲しいなア」

「年齢がちがいすぎるじゃないか」

「まさかア、二十歳や三十歳ぐらい」

「それ以上だよ」

「きゃあ」

「……」

近年の女子学生は言葉に遠慮がない。自分で何をいっているのか半分もわかっていないのではないか。宗雄はときどきそんなふうに思う。

手当ての基本を伝授してもらった宗雄は、三日とあけずに夏絵の腹に手をあてた。大腰筋がしこりを作って固まっているのはすぐにわかる。手に力を加えると、痛ッ、痛ッ、と夏絵が叫ぶ。手をそのままにとどめておくと腹の底から、ちゅるちゅると音が鳴って氷が解けるように痛みが遠のいてゆくのである。腸骨筋も、骨盤の縁に手刀のかたちで掌を押し込むようにすると、夏絵はひどく痛がる。実習のときには、受講生が互いに被験者を装って交替し合うのだが、宗雄の相手役をつとめた某女性などは、腸骨筋に宗雄の手の熱がゆっくりと浸透して、しまいにはうとうとしたものだ。なんだか温泉に入っているみたい、と彼女はいった。宗雄は我ながら手柄を立てたように思った。

夏絵の父が亡くなった。その半年後には母が亡くなった。いずれの場合にも、夏絵は宗雄を同伴して久しぶりに広島の郷里へ帰った。両親の葬式だけは夏絵がとり仕切って、一つ一つが片付いていった。両親の面倒をみてくれたというくだんの女性は、二つの葬式が終ると煙のように消えた。夏絵の相続すべき家や資産もいっしょに消えた。そうして夏絵の脚の痛みは嘘のように消滅した。

ときに、宗雄の母は先年すでに亡くなっていた。

大寒の朝

一月も末ちかく、宗雄の母が亡くなった。九二歳である。父親は疾うに他界していたから、宗雄はこれでとうとう両親のない身となった。いつか来るべきときが来たと思った。母の死を朝に知らされて、その日はちょうど出校日ではなかったから、昼前の新幹線にとび乗り東北の郷里へと急いだ。郷里は会津若松から川ふたつ隔てた小さな町である。関東地方の冬は日照りが多いが、会津の冬は鉛色の雲が低くたれこめ、夜通しに降りつもった雪は朝となって一面の銀世界を打ちひろげる。この世のものとも思えぬ不思議な風景が、田野も村々のたたずまいも白一色に埋めて、目の届くかぎり遠くまでつづく。人っ子一人見えない、この恐ろしいばかりの静寂には、どこか宗雄の深い記憶を喚び起こす力があった。こんなときこそ宗雄はたまらない郷愁を覚えるのである。

宗雄が郷里の町へ着いたときには、もう薄暮のうす闇が迫っていた。冷気がしみるほどであった。駅前でタクシーを拾って生家へ駆けつけたところ、家では次兄の信也が冷たい畳の上にあぐらをかいてぽつねんとしていた。遺体の顔に白布をかけてやるでもなく、室内に散らばった品物を片付けるでもなく、信也はただ凝っと母の黄ばんだ死顔を見つめていた。宗雄が到着すると、ぼんやりと顔を上げてこういった。

「喪主をたのむヮ。おふくろのため、最後にやってやれよ」

信也はマスクなど着けているから、風邪かと訊いたら、歯がないのだといった。転んで打ちつけたというのである。宗雄はひどく小さくなった母の死顔を拝んでから、また出直すつもりで、同日遅くに自宅へひとまず帰った。

その夜のこと、宗雄はいつまでも寝つけない。くさぐさの想いが湧いてはまた湧き、十重二十重に折り重なって、まとまりがつかぬままに消えてしまう。変なものさ、と死んだ父がふいといった。まったく変だよ、とため息ついた。朝になるとな、きまって目がさめるわけだ、ああ、今日もまた死ななかったかと思う。変な話さ。そういって父は苦笑した。しかしねえ、親父さん、それとも知らずに、死人の国で目をさましているのかもわからんぜ。そのうちにこんなことをいい出すかもしれない。ここは何処だ？　おれは何をしているんだ？　とね。いかにも曖昧模糊の世界じゃないですか。この世はね。霞だ、霞につつまれている、何もかも。おや、少年が——。

土色の粗壁高く押し立てて、小窓一つとて無い土蔵が、平たい壁面いっぱいに明るい西陽をあびている。見上げるばかりの壁の高所に、野球ボールの固い一投をしたたかぶつけてやると、はるか高みに、ごつっと鈍い音がして、汚れた土埃がたち、子供なれば愉快でもあろう、はね返ったボールを受けとめてはまた抛る。いっそ土蔵の屋根遠く、ボールが宙を飛び、軒先のへりから不意にあらわれようものなら、もっと面白かろうに、子供の腕力ではそこまで望めない。独り、白球を壁にぶつけて愉しむがせいぜいのところ、そうこうするうちに、はなれの母屋に玄関の引戸が雑音かき立てて開き、ヨー子という、住み込みの手伝い女が笊など抱えてあらわれた。家事の手伝いに雇われた女とあって、朝に夕にせわしく動きまわり、裏の畑から菜っ葉を採ってくるだの、飯を炊くだの、雑巾がけから風呂焚きから、季節によっては落葉掃きから雪かきまでを一人でこなす。ヨー子は十八の娘、汽車に乗って四つか五つの駅をへだてた小さな町の出というが、若い女のむせるばかりの色香とやらも無く、どんぐり眼（まなこ）に団子鼻、腕も足もぱりりんと張りきって肉付き良好だ。甲斐甲斐しく働くのは根性が曲がっておらぬ証拠と母は喜ぶが、この娘しっかり働くせいか、三度の飯は山盛りにて三杯まで喰らう。ただし食卓の空気によっては、二杯目の飯を引きのばしに食って、三杯目のお代りをどうしても踏み出せない。そんなときのヨー子のつまらなそうな顔ったらない。まことに食欲旺盛、納豆でも沢庵漬けでも、いや味噌汁さえあれば、飯のかたまりを活発に口へ運んで流し込む。黙々と口を動かしながら鼻の穴を大きくひろげるあたりが何とも動物めいて、少年はひそかにぬすみ見ながら、ヨー子にはとんと魅力を感じない。

　そのヨー子が笊を片手に、今、少年のボール投げを見ている。白い歯をむき出して笑っているのはお愛嬌のつもりか、しかし少年としては不愉快この上ない。おいデブ、このボール取れんだろうとけしかけた。ヨー子はいきなり血相を変え、鼻の穴をふくらませて、壁にはね返ったボールを笊の尻でたたき落とすなり、少年を睨みつけた。ボールは先方の草むらの蔭に転がって消え、あっ、ボールがと情けない声を発したら、ヨー子はふふんと鼻で笑う。ボールが、ボールが、といいながら、実はヨー子の即座の反撃に胆をつぶしたのだ。少年は傷ついた。その晩、母にからんで、なぜヨー子なんか家につれてきたのかと責めてみれば、母は寂しく笑って、手が足りないからだという。嘘だ、と少年は思う。

この家はいささか複雑な家族構成である。祖母、すなわち母の母は田畑づくりの一点張り、そっちが専門だからと煮炊きひとつ引受けない。まあ、要するに、家事ができないのだろう。汗まみれ土まみれになって野良仕事に精を出し、夕べに疲れた身体を引きずって帰れば、母が食卓をととのえ、風呂を沸かして待っている。けれど母には一方、学校教員の夫に、三人の小さな男の子がいて、こっちのほうだって放っておけない。加うるに、別棟の古家に起居する婆さんと、いい齢をしたその息子がいて、婆さんは母の祖母で、息子は母の叔父だから、二人を無視するわけにもいかぬ。母ひとりでの切盛りが天手古舞いになるわけだ。しかしヨー子を雇い入れたのは、それだけの単純な理由によるものだろうか。

少年は思いだした。母はしょっちゅう肩が凝る、だるい、胸のあたりが苦しい、とこぼして医者に診てもらいながら、診断はきまって異常なしとのこと、とりつく島もない。お医者さまにそう診断されては反論もできず、母としては困惑せざるを得なかったろう。かたや父は極端なまでに厳格な人で、時間どおりに食事の支度がととのい、風呂が沸いて、子供らの躾もしっかりできておらねばならぬ。生活全般に乱れなく、万事てきぱきと運ばれていなけりゃ父は機嫌がわるく、眼(まなこ)いからせ雷を落とし、か弱い母をちぢみあがらせるのだ。母は抵抗のすべもなく、ため息つきながらじっと嵐の過ぎ去るのを待つほかない。そうまで怒らんでも、と少年は子供ながらに歯ぎしりして耐えたことが幾度あったか。ある日、母もさすがに堪えかねてか、台所の端の小暗い洗い場に汚れ包丁を亀の子タワシで擦りながら、声を殺して泣いていた。

　母が子供の前で涙を見せるのはよほどのことで、子供としては為すすべもなく、小さな胸中に何ものかが崩れ落ちるのを悲しくやり過ごすのみであった。母は何やら板ばさみに悩んでいたものか。家族内の人間関係につまずいたか。主婦としてのおのれの力量を愧（は）じたものか。はたまた夫婦だけの重苦しい悩みでもあったろうか。ときに家のなかをうすら寒い風が吹き抜け、沈黙がちの一家の食卓がいっそう暗い鉛色にうち沈んで見えた。しかし母は翌日になると、明るい声はずませ、夫と子供らを玄関先に見送り、夫や子供らは母のこしらえた弁当をめいめいに携えて門を出ていく。にこりともせずに。

　そうして、ある日突然にヨー子がやって来た。何があったのだろう。何であれ、この家にあって異変はまるで揺るぎない宿命のごとくに突如起きるらしい。起きてしまってはもう、泣いても叫んでも詮なく、ただ黙って丸のみするほかはない。何事もそうだ、ここではいつもそうだ。ヨー子が来てから母の朝晩もずいぶん楽になり、それだけは事実喜ぶべきことであったろうが、しかし二年とはもたず、ヨー子は事情あって——近々、結婚するとか——奉公の仕事を辞めていった。

　おや、古家が見える。古家の東の端にすこし高く段差をつけて一部屋が増築され、古家から伸びる廊下がゆるい勾配を成し、廊下の突き当りで土蔵の入口に通じていたっけ。部屋が増築されたのはいつの頃か知らないが、少年は青畳の香るその部屋で産まれたとの話であり、つづいて土蔵のむこう側に新宅が建ち、若い家族はそっちへ引越したというが、むろん少年の記憶に残るのはその後からとなる。いちばん古い記憶としては、新宅の西側の白壁に陽がさんさんと照り、かたわらの葡萄棚が青々と燃え、緑の葉影がまぶしい白壁に踊りたわむれ、その影模様をさも興味ぶかそうに見つめている幼児が立っている。午後の昼さがりの、しんと静まりかえったひとときであり、まるで時間が止まってしまったかのよう。それは一枚の絵となって少年の脳裏に後々まで焼きついた。

母の下の若い妹が嫁入りして、くだんの増築部屋で出産した現場の光景が、もう一枚の絵となって記憶の襞に残っている。暑い季節のこと、部屋の障子戸をすっかりあけきって、寝床にふせる妊婦の裸のつややかな太腿があられもなく目にとび込んできた。べつに用もないのに、ほの暗い廊下を往ったり来たりして、焦げつくような好奇心を癒そうと目をすばしっこく走らせたら、白桃をふたつに割ったような甘美な割れ目に白布が押し込まれていて、少年は見てならぬものを見てしまったとばかりに逃げだした。やけに怖かった。もしも母にみつかったなら、母はそれでも寂しそうに笑ってごまかしたものだろうか。母はこんなとき、よく笑う人だった。

ああ、山羊がいるではないか。土蔵の南側、庭のいちばん奥に大きな銀杏の樹がそびえ、その樹のかたわらに、にわか造りの山羊小屋があった。雌雄の山羊が古板のすき間から痩せた顔を突き出して、肉色に透きとおった鼻腔をふるわせながら細い声で鳴いた。やけに骨ばった山羊の顔面を撫でてやると、生意気にも子供の手を軽く突き返して、動物の意地のごときを示してくるのだったが、それとはべつに、固い大根やらジャガ芋を頬ばるときの快活な顔つきには子供ながらに驚かされた。かぶりついた大きな塊に頬ふくらませ、乾いた音をはじかせながら実に旨そうに顎を上下させる。山羊はいかにも幸せそうな顔を見せているから、そんなに嬉しいか、おまえ、幸せなんだな、と少年は山羊にむかって呼びかけないではいられなかった。

ある秋の寒い朝、山羊が仔を産んだとの報せを母から聞いて山羊小屋へ駈けつけると、かあさん山羊の肢もとに身を倒した小さな生き物が全身濡れねずみのままに、もぞもぞ蠢いていた。かあさん山羊がその身体を一心になめてやっている。仔山羊はそれを合図に四肢をつっぱり、一気に立上がろうとするのだが、倒れてはまた倒れ、ついにふらつきながらも四肢を張りつめ、かろうじてバランスをとった。立ってしまえばもうシメたもの、すぐにそこいらを歩き始めたから、少年は褒めてやりたいような気分であった。

それからしばらく山羊の乳しぼりが家の手伝い項目に加わったが、やけに温かい乳房にこっちの凍える手を当てて、ふくらんだ袋の先端から白い液を発射させるのは、子供としてはどうも気後れする。おっかなびっくりに両手を突き出し、ごめんなさいと丸ァるい乳房をとらえ、目をつぶるようにして両手に力を加えると、バケツの底に音が鳴る、とぎれとぎれに鳴る。さてバケツいっぱいにしぼった乳を母がガーゼ布で濾して、これは牛乳の不足を補う朝の栄養源となったわけだが、子供の口におよそ嬉しい飲物ではなく、まろやかな牛乳の味とは雲泥の差だ。

山羊の飼育に前後して雄の緬羊を飼った時期もあったようだが、この緬羊は気性が荒くて、庭先に放されていたところへ他所の人が来て、その人を突いて大けがをさせたので、父は剪定ばさみをとり出して緬羊の男根をちょん切った。こうすれば獣の攻撃性が和らぐものと一般に信じられていたらしいが、それどころか、緬羊は傷を化膿させてほどなく死んでしまったから台無しであった。

　家ではウサギも飼った。ニワトリも飼った。もちろん犬や猫も飼った。父は戦後のきびしい時代に生きて一家を養うべき主人(あるじ)の自覚に富んでいたせいか、日常の生活意欲には人後に落ちぬ激越なものがあったようだ。それにしても、あどけない子供の心情として、さっきまで生きていたニワトリの頸をひねってさばくなぞ平気でできようはずもない。それにもかかわらず、父は弱虫を嫌ったから、父の指令には否が応でも従うほかなかった。熱湯をバケツいっぱいに満たし、頸骨の折れちぎれた鶏の死骸を湯に沈めると、汚れた羽毛の生温かい臭いが立ちのぼってきて、これなどはちっとも愉快な話じゃない。そのまましばらく熱湯に漬けてから毛をむしる作業に入るわけだが、ぷつんぷつん毛の束を引きぬいていると、死んだ鶏がいきなり肢を痙攣させてバケツのふちを蹴ったりするものだから、少年の胸は傷んだ。こんなに恐ろしい瞬間はない。どうか赦してくれと拝むように剃刀を握りしめて、肉を切りさばいていくのだが、さすがにこの段階になれば、死んだ鶏はもう暴れるようなことはない。腹を割いたところに大小の卵黄がいくつも連なって見えて、もし生き永らえていたなら、これらの粒がひとつひとつ白い殻に収まって産み落とされたであろうに、といささか惜しいような気分であった。鶏肉の切身は味噌漬けにして油で焼いたやつがいちばん旨かった。弁当のおかずにもなった。

家の西側のひらけた荒地に、酸っぱい葡萄の生る葡萄棚があり、そのわきに古板を張りめぐらした鶏小屋があった。こんなやつもみな、父が日曜大工でこしらえた。小屋が完成すると、父は何処かから雛鳥(ひよこ)を何十羽となく手に入れてきて、狭い小屋のなかに放った。そういえば、父は裏庭に池を掘って、鯉の稚魚を放流したこともあったが、鯉はやがて大きくなって、そろそろ食べごろかというときに台風が襲って、風が止んだ翌朝に池のほとりへ出てみたら、鯉の群れが白い腹を上にして気味わるいほどたくさん浮いていた。自家の鯉が食卓に上った記憶はない。ひよこも何かの災害に見舞われたものか、次第に数が減り、選ばれたわずかの雌鶏だけが卵を産んで、その鶏の数も減っていった。

音が聞える、音が。そうそう、風の音だ。夜ともなると裏の土手の高い杉の木立ちに夜風が吹いた。低く、ごうごうと鳴りさわぐ音に、かたわらの栗の樹か、欅の枯葉の落ちる音が加わって、ときどき明るく乾いた伴奏をまじえた。二階の窓をあけて闇を覗いてみると、土手の木立ちの上方に青黒い空が一面に流れ、夜空のおもてを純白の綿雲が飛んだ。

水到りて渠成る。そんなものだろうか。少年はもうどこにもいない。彼は青年になり、大人になった。そして老齢に達した。――南瓜に胡瓜に青菜、ミカンやバナナ、山と積んだ生卵、それに大ぶりの真鯉、みんな古式にならって祭壇にならび、祭壇の前には遺骸ひとつ。斎主の吟ずる祝詞を聴くうちに、麻糸で弓なりに縛った真鯉が身をよじらせ、ひと息入れて、また身をくねらす。やがて鯉は三方(さんぼう)のふちから半身をぶら下げた。あと一回だけ身もだえすれば、めでたき高みから落下するのは傍目にも明らかなのだが、奴さん、そのまま苦しい姿勢を保持して、斎主の声は天空高くふるえながら蒸発していく。冬の朝の冷たい室内にしわぶきひとつ立たない。やがて祝詞の声が中空より落下して深く地に沈み、ふたたび勢いを得て浮かび上がらんとしたとき、鯉はみずからの重みで三方の板面をぬらぬらと滑って、もともと横ざまに置かれていたその身を直角に回転させながら、尻尾をこっちへむけたまま鎮まった。

どこかの誰かが、祭壇の前に額ずいたあと三好達治の詩の一節を詠んだ。

母よ――、淡くかなしきもののふるなり、紫陽花いろのもののふるなり、
はてしなき並樹のかげを、そうそうと風のふくなり。

すると柩の蓋がしずかに動いて、朝の寝床から起きあがるように、晴れ晴れとした顔つきで、口もとにはいつものほほ笑みを浮かべて、母が、するすると台所のほうへ歩いて行くではないか。参列者の誰も気づかぬ、誰も見ていない。母はお釜に残った冷や飯の一塊を頬ばったかと思うと、茄子を縦に切って掌に並べてのせ、にこにこしながらそれをこっちに差出して、今から油炒めをつくるのだという。それから母は、白装束だけでは寒いといって毛糸のカーディガンを羽織り、裸足も冷たいと、靴下か何かを所望した。冬の朝は晴れわたり、台所のガラス窓から陽光がつよく斜めに射し込んで、壁のカレンダーの一月の雪景色が目にまぶしいばかり。

＊

——いいお天気よォ、そろそろ起きてェ。

夏絵の声が降ってきた。宗雄はぼんやりと目をあけた。三度目に手洗いへ起きたあとで二度寝をしたらしい。長い夢をみた。いやはや、また目ざめたか、やっぱり死ななかったわけだな——父の声が耳の奥にひびいた。まったく変だよ、と。

二日置いて母の葬儀となる。宗雄は夏絵を同伴して帰郷した。母の野辺送りをするその日は、一月大寒の朝、ちょうど宗雄の生れた日でもあった。

奥津城

母の葬儀のあと、直会(なおらい)がお開きになって帰路につく頃にはあたりが冷え冷えとした。闇夜をつらぬき霙(みぞれ)が落ちてきた。参会者一同がマイクロバスに乗り込み街道へ出たとたん、霙は雪に変った。川のほとりに立つ電光掲示板の赤い灯が濡れて寒々しく、摂氏零度の気温を表示していた。バスの先頭の一人席には、白布につつんだお骨の箱を抱きながら、背中を丸めて前かがみになった信也の姿があった。

——あれから三年と半年が過ぎた。もう、それほどの歳月が流れてしまった。橘家は神道の教えを代々に継ぐ家柄だから、早いうちに母の霊を祀って三年祭を執り行わねばならない。しかし思うに、このたびの祭事ほど淋しいものはなさそうだ。参会者は宗雄本人と、妻の夏絵と、宗雄の妹レナの三人きりである。この日に斎主として招く隣村の神主は墓前で祝詞をあげるだけで、神霊を祀る屋内の祭壇には参らない。直会もやらない。これだけ切り詰めた祭事とあっては、意気が上がらぬばかりか、ただ形だけのものになりがちなのはやむを得ない。なにせ、今般の事情がいっさいの贅沢を許さなかった。

母の三年祭とはいっても、宗雄の側の用事が重なって、時日をずっと後へ遅らせることになった。正式には母の歿後三年目の一月に執り行うべきものを、七月末、猛暑のなかでの祭事となる。宗雄は夏絵をつれて前日に会津若松のホテルへ部屋をとり、暗くなる前に生家の近くの墓地へ出かけて行って、翌日の祭事に備えて先祖代々の墓をひとわたり掃除した。墓石は姿かたちが痛みきった坊主頭の古いものから、老父があるとき思い立って建て替えた真新しいものまで、ざっと十七、八基ばかりがあいだを置いて並んでいる。父が調べあげた家系図と照らし合わせながら各個の墓を確認していくと、いちばん古い墓として、すなわちこれを橘家の初代と考えたいわけだが、苔むした小ぶりの墓石がある。表には家立（いえたて）神霊の傷んだ文字がかろうじて読める。この人が歿したのは享保八年（一七二三）、享年六八歳とのことだ。妻の直津姫神霊の墓もすぐそばに見えるが、こちらは宝永七年（一七〇七）に四二歳で歿している。二代目は易彦神霊、その妻清永姫神霊の墓もある。三代目に、静穏神霊と大きな文字を彫り込んだ墓石が立っている。四代目は靜彦神霊、五代目がその弟の誠彦（うま）神霊、六代目に寿達神霊が九四歳の長命で明治六年に歿した。七代目は二八歳の短命に終った狭穂彦神霊、八代目が常盤神霊、九代目に正達神霊、十代目がその義弟の常信彦神霊である。常信の妻が乃武（のぶ）姫刀自神霊であり、このお婆さんについては、宗雄は幼い頃にやさしくしてもらった記憶がある。小学校四年のときに、学校から帰ると、お婆さんは八四歳で亡くなっていた。十一代目が常雄彦神霊で宗雄の祖父にあたる人だが、宗雄の生れる前に亡くなった。十二代目が信二彦神霊となって、これが父であり、代々の墓や古文書などをつぶさに調査して系図をまとめた本人である。

墓所には、ほかにも係累の墓がそこかしこに立ち並んでいるが、神道にあって死者はみな神である。それら神々を高みから睥睨するがごとく、墓所正面に盛り土して「橘家奥津城」と刻んだ大きな御影石が屹立している。その傍らには三人の亡者の名を記した碑（いしぶみ）が立つ。三人とは、この墳墓をつくった宗雄の父と、母と、両親よりも早くに亡くなった長男、すなわち宗雄の長兄である。兄は四九歳の働き盛りに列車事故で死んだが、ほんとうに事故であったものかどうかわからない。永らく小学校の教員をやっていて、事故に遭ったのは夏休みも終りかけの八月下旬であった。妻の定子と、中学生の娘二人があとに遺された。五年後、老いた父親は、長らく当地の教育界に名をとどめ学校教育に多大の貢献をなしたとして従五位勲五等瑞宝章の叙勲に与った。これは長男の死んだあとではあったが、推察するところ、長男にとって、そのまぶしいほどの父親の存在が重すぎたのかもしれない。それが転じてみずからの自信喪失へとつながったのかもわからない。ところで、この叙勲が新聞に報道されたのは本人が亡くなる二日前のことで、末期の病床にふす老人の耳もとへ朗報の一片が確かに届いたかどうか、今となっては知る由もない。

宗雄は奥津城（おくつき）の左右にしつらえた花立に水を注ぎ、わずかばかりの季節の花を挿した。余った水を墓石の頭からかけてやると、炎熱に乾ききった石のおもてが黒々とよみがえった。それもすぐにまた湿り気を奪われて、はじめのように白茶けてしまうのは知れている。水だ、水だ、と嫌いな宴会から帰宅した父が母にぶつけて水を所望する声を、ここでも宗雄はふと聞いたように思った。はい、ただいま、と応じる母の張りつめた声までも聞えた。周囲の木立にざらざらっと風の音がさわいだ。

村はずれのこの墓地は、昔はふかぶかとした森蔭におおわれていた。あたり一帯に灌木が生い茂り、小道の奥へすすむにつれて昼でも仄暗い、どこか怪しげな妖気の漂う場所だった。生者の棲む世界と亡者の世界とは越えがたい一線をもって遮断され、その境界に歩み寄ることすら怖れられたものだ。亡者とは、生きる者からすれば畏怖すべき、近づくべからざる対象なのであった。ところが、いつだったか、天空をおおう墓場の葉叢はさっぱりと取り払われ、木々は倒され、またたく間に燦々と陽がさす明るい墓場が誕生した。雨後の闇夜のなかに人魂が飛ぶのを見たというような噂話など、もはや聞くこともない。村の墓場はかつての暗い陰気な趣をかなぐり捨てて、今では世人の慌ただしい生活と狎れあった。人びとは墓を怖れ敬して遠ざけるどころか、墓場のすぐ近くまで人家を建てて毫もためらうところがなかった。

宗雄は当地に住んだ中学生の時分を思いだす。ひとり墓場の森を抜けて登校した朝のこと、小石の突き出た凸凹道を歩いて行くと、ごつい樹の根っこが足もとを横切っていたり、大木の洞がぽっくり口を開いていたりした。道がゆっくりと湾曲するあたりからは明るい小道へ通じて、遠くに中学校の校庭ぎわの野球バックネットが見えた。生徒たちの小さな動きなども見えた。また放課後のクラブ活動で、墓場の道を走って一周させられたときのことを鮮明に憶えている。仲間らと息せき切って走って行くと、灌木の奥の暗がりに一人の若い男が踏み込み、すぐあとに自転車でやって来た女が、同じく灌木の茂みへと入って行った。それを目撃してやたらに胸騒ぎをおぼえたものだった。いっしょに走っていた仲間の一人が、おい、止まれといった。盗み見をしようじゃないかというのだが、結局この冒険は中止された。

いろいろな事があった。宗雄はいま墓の掃除をすませて、心なしか、もやもやと立上がってくる古いまぼろしに身を委ねているようでもあった。そうかといって、甘い懐旧の想いにひたっていたというのではない。宗雄はそのようなうるわしい感情に縁の薄い人である。それよりも、何か気持に引っかかるものがあったのかもしれない。明日にひかえた三年祭のことでも気になるのだろうか。それも一つであるにはちがいない。明日は幾らか暑気がやわらぐ午後四時に式の開始となる。午前中には妹と落合って、ホテルから生家へむかう手筈になっているが、生家を最後に訪ねたのはいつであったか。母の亡くなった年の五十日祭が三月にあり、急いで納骨をすませて、長居は無用と生家を離れた。すでに次兄との折合いが悪くなっていて、一刻も早く立ち退きたかった。それ以来、すっかり足が遠のいて、翌々年の三月には研究休暇をとってイギリスへ旅立った。宗雄がイギリスから帰国したのは、さらに一年後となる。そうして、この夏が来た。

イギリスではロンドン郊外に部屋を借りて妻と二人きりの日々を送った。公務から解放されて好きなことに没頭できるのは有難い話ではあるが、それでもときおり宗雄の気持に引っかかる後顧の憂いがあった。ロンドンの秋の一日、日本の妹から気がかりな通信が届いた。兄の信也が行方不明だというのである。生家では母が存命のときから農耕を他に委託してきたが、そちらの担当者が信也の音信不通に困ったあげく、とうとう妹へ連絡してきたそうだ。妹は信也と大げんかをしたこともあって、爾来、兄とはいっさいの関係を断っている。そこでこのたびは村の民生委員を動かして役場へ通報してもらい、役場の職員が警官を伴って屋敷内に入った。千五百坪に余る敷地内のどこにも、裏の畑にも家屋のなかにも、これといって異常が見当らない。信也の姿はどこにも見えないのである。どこかへ出かけたまま帰ってこないということは、信也の現況を察するに、それもまた有りなんと思われた。

母を亡くしてから信也は生家に一人とり残されたまま仕事に就くでもなく、これからのことを心配するでもなく、万事なるようになれと破れかぶれの毎日であった。それまで縋ってきた母の年金も断たれて貧窮のどん底に落ちた。これまでは母の乏しい年金に頼りながらも、自分の仕事と母親の世話とを二つながらこなしてきたという。いや本当は、お世辞にもこなしてきたとはいえず、さんざん苦労しながら不如意の生活をつづけていた。仕事とやらは、電熱器販売の営業をやっていたらしいが、営業成績はさっぱり上がらず、恒常の金欠状態に見舞われていた。そうして、苦しい現状をなんとか切りぬけるために、弟たる宗雄には再三にわたって金の無心をくり返した。

「こんなに苦しんでいる俺と母親を見殺しにする気か」

又、「溺れかけた親兄弟がいるんだ。助けてやるのが当然だろ」

又、「お前がぬくぬくできるのは、俺の献身があるからだ。有難いと思え」

金をせびるについては、まさに恐喝であった。なんとかして弟から金を引出してやろうという魂胆が露骨に感じられた。電話ではいつも売り言葉に買い言葉でちっとも話がまとまらない。こういう調子の営業マンではうだつが上がらぬのも当然だ、と宗雄は思った。つい気が荒立って、「乞食をするなら、もっと謙虚になれ」

と口に出したくない言葉までがとび出す。相手はますますいきり立つ。町のチンピラまがいの口調となる。

「何イ、てめえは、おふくろの面倒をみてやっているのか。ええエ、それでも大学教授か。ええエ、てめえの一家全員を破滅させてやるからな」

話せば不愉快なことばかりだから、その後電話の受信を拒否していると、速達がくる。返事を出ししぶっていると、今度は電報が届く。至急連絡せよ、という文言である。どっちが折れるか根くらべのようなあんばいで、何一つ実をむすばない。その悲惨な兄弟関係を目のあたりにしながら、母は、眉根をひそめるばかりで何も手出しができない。さめざめと涙をこぼすばかりであった。そうして、老母はとうとう貧窮のうちに亡くなった。ずっと不足がちだった年金もここで支給停止である。信也の金せびりは一段と凄みを増した。

宗雄が信也との忌まわしいやり取りを打ち切るようにして日本を離れたのは、内側にひそむこういう親族間のもめ事があったからでもある。これにはしばらく冷却期間を置こうと考えたわけだが、何ということか、宗雄の留守中にとんでもない展開となった。信也が行方不明だというのである。

行方不明と聞いて、捜索願い、とすぐにはつながらないものだ。学童をもつ親なら、そうであってもわかる。会社員の夫が蒸発してしまったというのなら、妻が慌てるのもわかる。しかし、いつからか知れぬが、無職の六十男が姿をくらましたからといって、さあ大変だと警察は騒いでくれないのだ。はっきりとした事件なりにからまぬかぎり、警察は乗り出そうとしないのである。宗雄は弱った。妹の考えを聞いてみたところ、予想どおりに冷ややかな返答であった。

「きっとお金にこまって、除染の仕事に出かけたのよ。住み込みでね」

妹は何もかも見透かしているような云いぶりなのである。列車で二、三時間も行けば、先年の原発事故があった海寄りの地域に至る。そこでは除染作業のために人手が足りないらしい。給料も高めだから狙いどころだろう、と妹がいう。一つの理屈としては考えられなくもない。信也は家を出て、本当に除染のアルバイトに就いたのだろうか。

冬になり、年を越して、妹からの第二信がロンドンに届いた。信也のその後に触れている。あれから何のニュースもなく、さすがに心配なのだが、勇を鼓して生家を訪ねるほどの気持にもなれない。実は、先日墓参りに出向いたけれども、生家の前を車で素通りするのでさえ恐いようだった、と妹はいってきた。要するに、信也のその後は何もわからない。宗雄は帰国早々に生家を訪ねるつもりでいた。ところが、三月に帰国してぐずぐずしているうちに新年度が始まって慌ただしくなった。当初の腹づもりが延びに延びて、とうとう七月に入って母の三年祭のこの日となったわけである。

三年祭は午後四時に始まった。夏の陽はまだ高く、燃えるような陽射が照りつけている。石塔の正面には俄かごしらえの祭壇として米や酒、昆布、干魚、果物、菓子などが所狭しとばかりに盛られ、大きな花束がその左右を飾った。宗雄と夏絵は黒ずくめの服装で墓前に立ち、参列するはずであったレナの姿はない。宗雄と夏絵の二人だけが一家を代表するかたちとなった。

「熱中症に罹ったらしくて、一人が欠けます」

始まるとき斎主にそう伝えると、

「ええ、暑い毎日だから。信也さんですかな」

「いや、下のやつが……」

「ふむ、ふむ」

斎主は温顔をほころばせて同情した。それからすぐに小さな祭が開始されたので、宗雄はほっとした。熱中症というのは、実は方便の嘘にすぎない。妹のレナは昼前からずっと警察対応のために生家の門を出ることができなかったのである。

斎主は式次第に則って祀りを進めていった。わずかに枝葉をひろげた木の蔭から、みんみん蟬が粘りつくような鳴き声をたてた。宗雄は終始頭を垂れたまま瞑目した。脳中に立ち騒ぐもろもろの残像と、乱れつくした想念のかずかずは、おそらく当人のほかは何人にも察することができなかっただろう。かたわらに佇む夏絵でさえ、このときの宗雄の胸内に立入ることは叶わなかったはずだ。宗雄は何につけ多くを語らない。誰に何を語ろうにも、語るべき言葉を引出せないことが、ままあるわけなのだ。

時はしめやかに流れた。斎主の唱える祝詞が終り、玉串奉納へとすすんだ。宗雄は斎主から玉串を受け、それを墓前に捧げるところまできて、次はどこで二度の礼と二度の柏手をくり出すべきか戸惑った。頭のエンジンが停止してしまった。しかし事実、どうでもよいことだった。それぐらいのことはどうでもよいのであった。

「芙美子先生が亡くなられて、もう三年になるんですなア」

斎主を務めた隣村の神主が、ふだんの調子にもどって軽い雑談を始めた。宗雄の家系は学校教員ぞろいで、退職したあとも周囲からは先生呼ばわりされる。宗雄の母などは、それがちょっと嬉しいような、どこか誇らしいような素振りが見え隠れしたものだ。宗雄は母のそういう一面を嫌った。

墓地の静寂のなかに夏陽がじりじりと照っている。隣村の神主は懐中に忍ばせておいた素焼きの盃をとり出して、墓前にそなえた四合瓶の栓をあけた。

「せっかくですから、お神酒をいただくことにしましょう」

といって、宗雄夫妻にかわるがわる酒を注いだ。

「饅頭もいただきましょう」

神主は甘党なのか、名物の薄皮饅頭を大きく頬ばった。宗雄は心ここに在らずといったあんばいで、黙々と口もとを動かした。

「今日は芙美子先生にいちばん近いお二人がいらしたので、きっと喜んでおられるでしょうな」

「ええ、……」

「お菓子や果物や、お供えも大そうなもので」

「はあ、……」

「このあと、すぐに東京へお帰りですかな」

「いや、ちょっと用事ができたので」

「そうですか。ゆっくりされて下さい。奥さんも、ご苦労さまでしたな」

神主はこれで一日の役目を終えたとして、身辺の品々をとりまとめ、自家用の小型ヴァンに積み込んだ。では失敬、と立去っていく車の後ろを目で追いながら、宗雄は夏絵にむかってつぶやいた。

「あんなものを見てしまった後ではねえ」

「でも、何とか、今日のやるべきことはやったじゃない」

たしかに一つやりおおせた。だが、まだある。宗雄にとってこの二時間ばかりは嵐のように過ぎたのであった。

＊

このたびの三年祭にあたって信也は行方不明と聞いていたから、信也には声がけをしていない。この日、妹の運転する車が宗雄夫妻の泊るホテル前に到着したのは、朝の九時かっきりであった。妹のほかに、麦わら帽子をかぶった中年女性が助手席から降りてきたので、宗雄はちょっと面喰った。女性はぺこんと一つお辞儀をして名刺を差出したが、それを見る間もなく、妹がわきから早口で女性を紹介した。彼女は県内の某大学に教鞭をとっている先生だが、家を借りて住みたいというので現地案内のつもりで同伴したという。今は大学のある町なかにアパートを借りて住み、介護を必要とする老母がいっしょなのだそうだ。家を借りれば勤務大学まで少々遠くなるようだが、それでも広い住居を望みたい、どうぞよろしくといってきた。改めて名刺を見ると、児童心理学の教授、吉田敦子とある。

「お忙しいところ、ごめんなさい」

と吉田さんは恐縮するように腰をかがめて後部座席へ乗り込んだ。宗雄としては正直のところちょっと迷惑であった。行方不明とされた信也がひょっこり帰るかもしれないのだ。そんなときに借家の話などもち出せたものではないだろう。それなのに、まるで万事が了解ずみであるかのように、さっさと現地視察とやらへ乗りだそうというのだから大胆にすぎる。一悶着が起きることはまず間違いなさそうだ。出すぎた振舞いは遠慮してもらいたいといいたいわけだが、妹は何を考えているものやら、

「吉田さんがいっしょなら、わたしたちも心づよいわア」

なんていいながら、黒ジャンパーの胸もとを反り返らせている。探検隊もどきの黒いジャンパーばかりでなく、ズボンも厚地の黒で、おまけに頑丈な編上靴とくるから、やけに物々しい。そうまで重装備をととのえて、これからどこへ出向くつもりだろうと突ついてやりたくなる。

「奴さんが帰っているかもしれないぜ」

「そのときには、また出直せばいいのよ」

「そう簡単にいけばいいが」

宗雄の心境はいささか複雑であった。三年前に母の納骨をすませたあと、信也との話合いの場で、一向に話が進展せず、重苦しい時間が流れ、とうとう我慢ならず席を立った。信也の話は昔にさかのぼってあれやこれやと旋回していつまでも尽きない。何をいわんとするのか見当がつかないのだ。レナはもう止めてほしいと半畳を入れたところ、信也は激怒して殴りかかろうとする。宗雄が声を力ませてそれを制止する。こんな調子では話合いにもならない。もう帰ろうといって立上がった。信也はまだ話が終っていないぞと叫んで、宗雄の前に立ちはだかった。何としても帰そうとしない。押し問答がつづいた。とうとう警察を呼べということになって、妹が携帯電話で通報した。それでやっと収まったわけだが、宗雄はひどい侮辱を受けたような気分がずっと尾を引いて、その日以来、もはや信也と対面することを避けた。イギリス滞在の一年間は、過日の不愉快な思いを忘れるために充分とはいいきれぬまでも、帰国してからは行方不明の一件もあったことだし、ぼつぼつ接触を試みなくてはなるまいと覚悟していたところだった。しかし気が重かった。このたび三人いっしょとはいえ、もしも玄関先に信也が顔をのぞかせたなら、どう対応したものかと迷わざるを得ないだろう。正直のところ、面倒なことは先送りにしたい。そのうち新しい状況が生れて、事はおのずからなるようになるのではないか。そうあって欲しいものだと宗雄は考えた。

生家の門前に到着して、ふと庭先をのぞくと、信也の黒い乗用車が置いてある。一瞬、宗雄の表情が曇った。レナの運転する車は何喰わぬ様子で家の前を通過して、百メートルほど先の薬師堂前の空き地に止まった。レナは一旦そこで呼吸をととのえるようにしてから、

「帰っているんじゃない?」

とつぶやいた。それはそれで構うものかという気概のようなひびきもあった。宗雄は軽い胸騒ぎをおぼえた。しかしここで退くわけにはいかない。

「さ、虫除けのスプレーを。それから、蛇が出るといけないから、これを、……」とレナは細い棒きれを手渡した。三人は車から離れて、生家へとむかった。

玄関の呼び鈴を鳴らしてみたが、応答はない。玄関のガラス戸には錠がかかっている。玄関前に乗り棄てた黒い車も、よく見るとタイヤがパンクしているではないか。家の裏側へ廻ってみた。膝まで届く雑草が所かまわず繁茂しているのには、なぜか、がっかりさせられた。横合いには一面の茗荷畑がひろがっていたはずだが、その付近に見える柿の木やポポーの木の三、四株は青草のジャングルにまみれて息苦しそうだ。ポポーの広いばさばさした葉のあいだからは青い実がぶらさがっている。三人は草蔭の蛇に用心しながら、細棒で雑草をなぎ倒しつつ歩をすすめた。庭の奥の池のあたりまで来ると、目につく状況はさらに凄惨で、林檎、柿、梅、梨の木々が無残にも丈高い雑草に八方から雁字がらめにからまれ、かたわらの池の水は涸れて底をあらわし、不恰好にもその白々と乾いた石ぞこに脚立なぞが立てられたまま放置してある。亡き父の書斎に通じる廊下のガラス戸は、ところどころが割れて青いひびが走っていた。

「こっちの戸は開くかしら」

台所のわきの木戸には内側から錠がかけてあったが、戸の木枠が古びてもろくなっているせいか、そっくり持ち上げて強く引っぱると、わけなくレールから外れてしまった。しかし、それからが尋常ではない。

台所のなかは息をのむばかりの有様であった。およそ人が住めるような状態ではない。廃墟同然とでもいいたい。足の踏み場もないほどに鍋や釜、汚れた皿だの茶碗だの、ぼろ布、紙くず、そのほか得体の知れぬゴミ芥が埃まみれに床面を埋めつくしている。かなり広い台所であったはずなのに、やたら品物が散乱して誰かが大暴れでもしたような形跡だ。流し場にはしばらく水の流れたしるしはなく、赤黒い汚れが乾いてこびり付き、流しの前方のガラス窓には蜘蛛の巣が好き放題にはびこっていた。かつて一家そろって食事をした茶色の椅子やテーブルが、同じ位置に置かれている。けれどもその同じテーブルの上には雑多なガラクタが投げ出され、こうなると、まったく食事どころの話ではあるまい。茶碗だの湯呑みだの、灰皿やら蚊取り線香やら、鉛筆にペンに便箋、いろんなチラシ類、ダイレクト・メール、請求書、それに何かと思えば、塩の入った大袋が口を大きく開いて置いてある。壁ぎわの冷蔵庫は大小二つながらに電気が消えて、扉を開けたとたんに腐臭がとび出した。備え付けの食器棚に沿った廊下には、くさぐさの書類を乱雑に詰めこんだダンボール箱が重なりあって傾いている。ありとあらゆる品物を自棄っぱちでぶちまけたような風情である。信也の独居生活とは、すこぶる荒れた日々の連続であったようだ。宗雄は暗い室内を懐中電灯で照らしながら、呆然とたたずみ、背筋が凍るような思いに襲われた。

三人はもちろん土足のまま、一歩一歩とすすんで玄関のほうへ廻った。こっちにゴミ袋、あっちにくずれた紙箱が山積みされ、埃と蜘蛛の巣をどっさり被っている。黒い豆つぶのようなネズミの糞が、ところどころにこぼれている。

「人が住まないと、こうなるのね」

「ずっと帰っていないんだな」

「それにしても、ひどいわア」

「自分でぶちまけたのかい」

「さあ、……」

奥の居間も、その隣の母が寝ていた十畳間も、また北側の父の書斎も、押入れの布団や箪笥の中身がことごとく引出され、ばらまかれ、無秩序きわまりない。この狼藉ぶるまいとは何なのだろう、と絶句するほかはない。だが、それにも増して驚くべき瞬間が来た。

一階の部屋部屋をざっと見たあとに、レナが玄関わきの応接間のドアを開けて暗い室内にふみ込んだ。レナの一声がひびいた。

「ああ、屍体がある」

不思議なほど落着きはらったその声に、宗雄はむしろ驚いた。吉田さんは階段の所に腰かけて呆然とした。――ああ、屍体がある。これはずっと後までも不可解な声として宗雄の脳裏に残った。

応接間の入口の壁ぎわにキャビネットがあって、その脚の一ヶ所に辛うじて頭を接したまま男が倒れていた。髪は埃まみれながらも黒々となびいているように見える。それでも、ちらちらと白髪が混じる。本当に信也なのだろうかと、懐中電灯の光を当てたところ、明るい輪のなかに恐るべき地獄の相貌が浮き上がった。宗雄はしっかり見なければいけないと自分を励ました。

顔全体が黒ずんで干からびた枯木と化し、口をぱっくりあけ、落ちくぼんだ両の目は虚空の一点をにらみつけるように見開かれている。死ぬ瞬間が、ここにありありと残っているではないか。その口は最後の叫びを発して、その目はこの世の最後の光景を見たことだろう。そのとき彼の脳中には何事がひらめいたであろうか。そのとき、いったい誰の顔が浮かんだであろうか。

頬はげっそりと痩せて、顔面のあちこちに黒蠅の死骸が点々とこびり付いている。これがいったい信也なのだろうか。レナが窓のカーテンをあけた。死骸の顔をじっと見ると、どこか信也の趣がないでもない。しかし、正直のところ判別はむずかしい。濃紺のジャンパーもどきを着て、右腕を肘のところで折り曲げたまま突き立てている。手首のボタンをきちんと留めているのは、寒い季節のことであったかと思われる。

これが男の屍体である事実は、顔や手足の様子からそれとなく察せられるだけで、実のところ不明である。妙なことに、下半身は何も着けておらず、朽ちかけた枯枝のような両脚がミイラのサンプルよろしく床面に二本並んで置かれているといったあんばいだ。股のところに性器は消滅して影も形もない。下腹部の骨が黒い弁当箱のように盛り上がって両脚のつけ根をつないでいるばかりだ。

左右の足の先端はかるく外側に倒れて、焦茶色に干からびた皮膚の残骸を残しているが、土踏まずのあたりが大きくへこんでいるところから、これはやはり信也に他なるまいと思われた。信也は昔から運動神経が優れていて、そのあらわれである土踏まずの形状が、宗雄としては羨望の的であった。在りし日の信也の姿が彷彿された。中学生の走高跳びに地区大会で優勝したことがあった。高跳びばかりでなく、走っても投げても、信也は身体を動かすことでは衆に抜きんでていた。

ふと我に返ると、室内にはわずかながら魚の臓物の腐ったような臭いがこもっている。しかしそうかといって、表側の窓を開放する気にはなれないのである。手洗いに通じる裏手の引戸をあけて換気を図った。ついでながらに周囲をうかがうと、トイレ前の廊下には古いバスタオルが打ち捨てられ、逆方向にある浴室前の脱衣場には洗濯物の下着などが積み上げてある。トイレのなかはといえば、大便の下した残物がトイレ壺いっぱいに乾ききって、壺の前には急いで脱ぎ捨てた股引きらしいものが丸めてあった。激しい腹痛にでも襲われたものか、ここで緊急の用を足した直後に、ありったけの力をふりしぼって這いずるようにして脇の応接間に倒れこみ息絶えた、と考えるべきなのだろうか。いや、そうとでも考えないかぎり、寒い日にあって、下半身が裸の屍体をどのように説明できようか。

「吉田さんは室に入らないでね。見ないほうがいいから」

レナにそういわれて吉田さんはおとなしく従ったが、階段に腰をおろしたまま、至って冷静につぶやいた。

「本当にお兄さんなのかしら」

「わたし、二階を見てくる。もう一つ屍体があるかも」

レナはどういう神経なのか、やたらに張りきっているのだ。怯える気配などさらさらない。ほどなく二階から降りてくると、

「ない、あれだけよ」

レナは自信ありげに報告するから、何というやつだろうと宗雄は割切れない気持を隠せない。

「すぐに警察だ」

宗雄が怒ったようにいった。妹がやおら携帯電話をとり出した。

ほどなく五、六人の警察官が到着するなり調べが始まった。訊問があり確認がなされた。それが一渡りすんだところで、宗雄はホテルに待機する夏絵に電話をかけた。夏絵はそのときまで三年祭の供物などを買いそろえたあとホテルへ戻って着替えをするという段取りであった。

現地には妹のレナだけを残して、宗雄は吉田さんともどもタクシーに乗り込み、会津若松のホテルへ戻っていった。やたらに気が急く。死骸の、かっと両眼を見開いた形相が、潮のようにざわざわと寄せては引いた。車内では一言も発しない。途中、吉田さんのアパートの近くで彼女を降ろしたが、そのとき吉田さんはためらいながら千円札を出した。宗雄は受取るのを辞退した。

時間が切迫している。ホテルへ着くなりシャワーを浴び、式服に着替えて階下のカフェへ降りた。夏絵は早めに一人で昼食をすませていたから、宗雄は軽いものを注文して、大急ぎで食べながらこ

の間の椿事をざっと語った。

「……あんなものを見てしまってはねえ」

口をもぐもぐさせながらそういって、未だに食欲が失せていないのを宗雄は我ながら不思議に思った。

「今からじゃ、三年祭を中止することもできないでしょう」

「やりきるほかない」

「ええ」

夏絵は表情をひき締めた。

予定の時間が迫った。あらかじめ用意した供物のかずかずを持参して、今度は夏絵が運転するレンタカーに乗り込んだ。今から二人で墓前を飾りつけて、定刻の四時までに準備万端ととのえねばならない。

周囲にみんみん蟬がひときわ声高に、煩く、ねばつくような暑苦しい音を引きずった。長兄が亡くなった八月のあのときも、やかましいほどの蟬しぐれであった。それと併せて、わが子に先立たれた両親の曰くいいがたい蒼白な顔が思い起こされた。今では親子三人が同じ墓のなかに安らいでいる。そうしてまた、ここにもう一人が加わるはずなのだ。

＊

——三年祭もどうにか片付いて、安堵する間もなく、さらに大きな仕事が待っていた。近くの店で妹の遅い昼食用にサンドイッチと茶を買ってから、宗雄と夏絵は生家へむかった。レナはあれから遺体搬送にまで立会ってずっと拘束されていたはずだ。けれども到着してみると、玄関先には妹の車が停まっていて、警察はもう引上げたあとだった。

「遺体を運び出したんだね」

「そう、ついさっき終ったところよ」

「墓のほうも、今終った」

宗雄はもう一度応接間へ入って行った。椅子もテーブルも乱雑にとり散らかされたままである。テーブルの上には書きなぐった文字のノートや紙切れが積上げられ、置きざりにされている。キャビネットわきの遺体が横たわっていたあたりには黒いシミがぼんやりと身体の形を残し、黒蠅の死骸が幾つも転がっていた。キャビネットの脚の一所には髪の毛らしき残物が付着している。そして何よりも異様に思われるのは、外側にかるく開いた両足の形がそのまま床面に刻印されていることであった。土踏まずの具合までが、はっきりとわかる。まるで床に映った足のシルエットではないか。ああ、信也はここで死んだのだ、と宗雄は唇を嚙みしめた。廊下へ出る扉口はあけ放たれて、その高みからクリーニング店あがりのシャツ類がぶら下がっている。式服用の白いシャツだ。夏絵は玄関先で声を落としながら、いつまでもレナと話を交わしていた。

渦

応接間の遺体はＤＮＡ検査によって信也であることが判明した。死亡日時は正確にはわからないが、前年の十一月初め頃とされた。そうとなれば、発見されたのは九ヶ月ばかり後のことであって、そのうち始めの数ヶ月は寒冷の季節にあたり、死骸は凍える闇のなかに人知れず横たわっていたことになる。その間に人体の腐敗もゆっくりと進行していったのだろう。腐臭をかぎつけて何処からか黒蠅が忍びこみ卵を産みつけていったものか、あるいは腐肉の分解酵素のなかから自然に蛆がわき出たものなのかどうかわからない。そのあと気温が上昇するにつれて腐肉はしなびて黒ずみ、枯木のように固まってミイラ化していったのだろうか。

宗雄は、村の民生委員の梅沢さんを訪ねて信也の一件を報告しておかねばならないと思った。聞いておきたいことも多々あった。事件が発生したのは、宗雄がイギリスへ出かけて長く留守にしていたときだったから、その留守中にいったい何が起きたものか皆目わからない。梅沢さんは昨年十月下旬に警察が家のなかに入ったときのことを話してくれた。

「手帳のメモを見るとな、十月十九日と二十日の二回にわたって警察が入ったね」

「あなたも家のなかに入ったの？」

「いゝや、おらは外で待っていた。警察と役場の人が裏口をぶっ壊して入ったな。何ーんもみつからなかったそうだ」

「二日目も、やっぱり？」

「裏の畑から何から、みーんな見ても異常なかったさ」


そのときは行方不明として宙ぶらりんに収められたが、信也はそのあと一人でふうらり帰って来たわけである。村なかでその姿を見たものは誰もいない。信也は何を考えて帰って来たのか。宗雄はそれを知りたかった。遺体が発見された当日、乱雑をきわめたゴミだらけの玄関口に宗雄の見たものは、おそらく信也が帰った日に履いて来た黒い革靴と、コッペパンの空袋が二つと、玄関の内へ入ってすぐのソファ上に放りだしたキャリーバッグ、その上に投げ捨てた背広の上着などである。キャリーバッグのなかを改めると、眼鏡と財布があり、財布の中身は空っぽであった。バッグの内袋には入れ歯を洗う粉末剤の小袋がどっさり詰め込まれていた。これらが帰宅した当初の信也の姿を物語る品々であろうか。それから何日か経って、突然雷にうたれたように、信也は応接間の床面にくずおれたと考えるべきなのか。

いつ、どこで何をしていたのだろう。最後に遭ったのは誰なのだろう。この謎を解き明かすためには、本人が日々書き散らしていたらしい雑記録をつぶさに検分せねばならない。手帳、ノート、大小の紙きれなどに、恥じらいもなく乱れつくした文字が騒いでいる。誤字や当て字もやたらに多い。人を攻撃する内容となると、さらに多い。これはしかし、信也の末期の絶叫なのだろう。この叫びのうちに、信也が訴えようとして訴えそこねた、もどかしいばかりの心の真実がひそんでいるにちがいない。宗雄は、これら日付もなく、ただやみくもに書き連ねてあるような雑文の山に辟易しながらも、それらを一つ一つ、暗中に手さぐりする思いで目を通していった。

　何から始めるのがよいだろう。宗雄は、二階の和室の卓上に山なす書き物のなかから黄色い硬表紙の手帖をみつけた。その一ページに珍しく3／22(水)の日付を記した文面がある。これはページの前後から判断するに、行方不明になる同年の春先のことらしい。なるべく原文をくずさずに、しかし誤字脱字等を改めた上で引用しておこう。

「安(やっ)ちゃんに助けられ、無理に借用できて救出された。十五分くらいの話により、四月までの十日間しのぎのため一万円を借りた。須賀川のセブンイレブンでカップヌードルとパン一個と煙草を買い、食べて一服、さわやかな風が吹いていた。命が助かった瞬間だ。さっきまで持ち合わせの二千円で会津を八時に出て、須賀川に来てガソリンがなくなったので千円分のガソリンを入れ、あとはどうなるか。何としてもねばって金を借りなければ帰れない。たとえ帰っても明日からの見通しは何もないし、どうしようと焦るばかりだった。よかった。安ちゃんは命の恩人だ。体を大事にといってくれた」

　安ちゃんこと安二郎君は、須賀川で鍼灸院をやっている従兄弟である。信也よりも四つばかり年下かと思う。貧窮生活の真っ只中に、こうして他人から受けた親切心には感無量であったことだろう。そうかと思えばまた、深い感動の裏側には近い身内へむけての激しい憎悪が燃えていたようだ。とりわけ三月のちょうどこのあたりに海外へ去ってしまった弟の宗雄のことでは、どれほど憎んでも憎みきれぬといった口吻である。

「死ぬ、死ぬ、死んでしまうから助けて。少しの金で一時は助かる。もう限界だから。あっちは沈黙の否定と拒絶、そして巧妙な逃げ、まるでスリから学んだような手口だ。勝手に死ぬさ、俺は知らなかったし、できるだけのことはしたと証明できそうな記録など残しながら。生活保護で生活費六万円の飼い殺しか。この手があったか。食うだけの生活。将来の目的、生きがい、夢など、人であれば誰でも持つはずのものをすべて捨て、世捨て人のように、そして誰にも看とられず死んでいく。行政からの連絡はつくだろうか。ロンドンに住むといったきり何も教えない。兄殺しをして実家の処分をして、他人のようなふるまいをなす。兄なんか死ねといっている。知らぬふりをするから死んでくれといっている。母の納骨の日、あの顔は何としても忘れられない」

信也はあるときから、止めようもなく転落していった。それの本当の原因は自分でもつかみきれていないようなのだ。ただ事実がそうであったというばかりである。宗雄は一連の事柄に筋道をつけるため、これら片々をノートブックに書き写しておこうと考えた。ただ日付けがないために、前後関係が不確かであることは避けがたいのだが。

「あらゆるものがうまくいかず、困っているにはちがいないが、ここに至ったのはすべて止むに止まれぬ事情のためであり（実家の状態、母の状態）、あれもこれもが重なるうちに、自分のことまで身動きがとれなくなってしまった。どんどん深みへ引き落とされていくしかなかった。実家は次から次へ問題を生産して、こっちは苦労ばかりしてうまくやれない。実家のこれまでのへたなやり方を変えてやろうと飛び込んではみた。はじめは少しばかりの自己犠牲ですんだものだが、そのうち支えきれなくなって、自分のほうが壊れてきた。今では生きることさえ難しくなり、須賀川に少しの金を借りに行った。もう三度目だ」

ついてはもっと具体的な内容がほしい。須賀川の安二郎君に会って話を聞けば何かがわかるかもしれない、と宗雄は考えた。しかし実際のところ、子供のとき以来安二郎君には会っていないので、どことなく躊躇されるのも事実だ。どうしたものかと、妻の夏絵に意見を聞いたところ、夏絵の答は簡明であった。

「こんなときこそ、しっかり会っておくものよ」

「そうか、本人に代って礼の一言ぐらいあってもいいのかね」

「御礼はともかく、お話を聞かなきゃ」

宗雄としては、やはり気が重かった。何かといえば遠慮する気持が先行してしまうのを、宗雄は自分の癒しがたい欠点と思わずにはいられない。いつだってそうなのだ。そこでまた夏絵が背中を押す。

「さあ、さあ、すぐに電話して。あたしもご一緒させてもらうわ」

須賀川へ電話して、いざ約束の日に出向いていくと、幸いにも食事をしながらの歓談となった。久しく会わないでいた時間のひらきなども、不思議なほどに消えてしまった。

「元気そうだね」

「はあ、何とか」

「兄のことでは、すっかり迷惑をかけたようで」

「はあ、……いや」

「兄はあなたにずいぶん感謝していたようだけど、いつごろからお宅へ伺っていたの？」

「亡くなる年の春あたりからです。夏にも来て、そのときには長く泊まっていた」

「それはそれは。で、最後はいつ？」

「信ちゃんは郡山で仕事をみつけて寮に入ったんです。でも、長くはつづかなかった」

「どんな仕事？」

「工事現場の安全を監視するような、あれです。旗か何かもって立っているの」

「ガードマンっていうのかしらね」

夏絵が横合いから気をきかせた。

「信ちゃん、仕事中に二回ぐらい倒れて、寮を追い出されたからって帰って来たんです。ぷんぷん怒っていた」

「そうか。それで会津にはいつ引き上げたのだろう？」

「手帳に書いてあります。確認してから、今夜、メールで知らせましょう」

「ほんとうに、いろいろお世話になりますわ」

夏絵が丁重な口をはさんだ。安二郎君は寂しそうに微笑んだ。

その晩のこと、安二郎君から次のように知らせてきた。これで正確な日取りがつかめて、須賀川まで足をはこんだ甲斐があったと宗雄は喜んだ。

「……さて、信ちゃんのことですが、去年の八月下旬に郡山から歩いて来たといって、わたしが仕事から帰ると、玄関先に腰をおろしていました。何も持たずに、夏服姿、半ズボンで。この日から拙宅に泊まり、十月の三日まで長居しました。そして十月三日の朝、郡山の警備会社まで送って行き、信ちゃんは面接を受け、その日のうちに寮に入ったようです。十月三十日、わたしの治療院にキャリーバッグを持ってやって来ました。仕事中に倒れたため辞めさせられたということです。一晩家に泊まり、翌朝十月三一日、郡山市役所まで車で送りました。病気の治療や生活援助の相談のために。そこですぐに別れて、それが最後でした。八月以前にもときどき家に来ていました。生活費や支払い費用がなくなり、食事なども十分ではなかったようです。拙宅に泊まっていたときには、よく新聞の求人広告を見ていました。警備会社の面接に出かける前にも、何件か電話をしていたようです」

安二郎君の話により行方不明の一件は解決した。警察が家に入ったときには、信也は郡山の寮に寝泊まりしていたわけだ。その後十月末日にキャリーバッグを引いて会津の家へ帰り、一夜明けて十一月となり、検死を担当した医者の話では、ほど遠からずして亡くなったらしいということである。信也は死に場所として故郷の家へ帰って来たのだろうか。

「郡山、須賀川から帰ったら、たぶんローン会社の手下の者だろうと思うが、泥棒に入られ、家中を荒らしまわされていて絶望のきわみだ。ねらいは登記権利証だろう。なんとか取り戻さねばならない。ところが私の身体は、だまされて労働させられたために衰弱しきっている。金ももらえず寮を追い出され、市役所に援助を求めたが帰りの電車賃だけもらって郷里へ戻された。ほかに方法がなくて、実家に帰った。水、電気、ガス、電話、車など何もなく、死ぬために帰ってきた。もう身がもたない。おまけに登記簿がぬすまれた。どうしよう」

信也が書いているように、家のなかが荒れ放題であったのは泥棒のせいだったのか、と宗雄は考えた。しかし十日ほど前には警察が入っている。警察もまた、誰かが侵入したらしい痕跡を嗅ぎつけていたものだろうか。あるいはその後に誰かが入ったのか。裏のガラス戸が壊されていることなどから、信也はてっきり泥棒の仕業と思ったらしい。登記簿についても、これは実際盗まれてなどいない。信也の記述が、宗雄にはどうも不可解であった。

八月、須賀川の安二郎宅へ出向く前に、信也は同じ会津に一人住まいする兄嫁の定子を訪ねている。定子は後日ロンドンの宗雄にメールを送ってよこした。信也が突然アパートへやって来て、見たところひどくやせ細って元気がなかったから、つい気の毒になって二万円を手渡したという。金の援助をするといつまで経っても自立しない、目先の援助がかえって害になる、というのが宗雄の持論であった。身内の皆にも、そのつもりで対応するようにと頼んでおいた。案の定というものである。それから一週間もしないうちに信也が定子に電話してきた。しかも夜の八時過ぎであったという。信也は日が落ちてから大川べりの河原に降りたものの、ガソリンが切れて車が動かない。表通りのセブンイレブンで待っているから、すぐに来てくれという話だ。今からガソリンスタンドへ行ってポリ容器にガソリンを入れてもらい、河原に置いてきた車へ戻りたい。一人ではどうにもできないと訴えるので、定子はやむなく暗い道へ車を飛ばした。聞けば、ガソリンはもとより、あと二万円ほど貸してもらえないかとせがむありさまなのだ。河原の闇夜のなかで押し問答が始まった。人影の絶えた寂しい場所柄、定子もさすがに恐くなって大声を出した。もう帰ってちょうだい、と叫んだ。とうとう信也も諦めて自分の車に戻ったそうなのである。

「夜の河原なんかに、どうして降りていったのだろう」

「家にいるのが暑くてやりきれなかったのかしら」

「そうか、水浴びでもしようと?」

宗雄が定子からこの報せを聞いたときには、ああ、またかと思った。信也との金をめぐるやり取りのなかで、宗雄はこれまで何度となく似たような苦い経験をさせられてきたものだ。

「兄は最後に何かいっていた?」

「そうね、これまで傲慢だったって、そんなことつぶやいていたかな」

「やっと反省する気になったわけか」

「反省かどうかわからないけど、何日も食べていないって」

「だいぶ痩せていたようだね」

「それでわたしも、つい……」

貧窮のあまり碌に物も食べられないとは、母の存命中から信也はしょっちゅうこぼしていた。宗雄はやりきれずに幾ばくか送金したり、食品を送ったりもした。母亡きあとは、そんな小さな援助さえも断絶して、まったくの孤立無援のなかで信也はどうやって露命をつないだものだろうか。宗雄は信也の書き遺したものを次々と読み漁った。そのなかから幾つか取捨選択して、ノートブックに書き写した。

「もうどうすることもできない程になりました。あと数日経つと死んでしまいます。時間の問題です。不本意な死を覚悟しなければなりません。実家と両親家族をただ守ろうとして、この三十年ほど、困難な問題を一人でかかえ込み、誠心誠意に手助けしてきました。そのため居場所を失って自分の物は何一つ残らないありさまです。それでも、困りきっている両親と実家を見捨てられなかったのです。その結果がうまくいかなくて、冷たい仕打ちを浴びせられ、傷つきながらも、いつか必ずとの思いでこれまで生きてきました。父も母も私のことを理解しなかったようです。金が尽きてもう助かりません。手紙を書くにも、意識がもうろうとします」

これはいつの時点で書いた文章なのだろう。死を意識していることは明らかだ。信也は何かというと父を批判し、母を擁護する傾向が強かった。それなのに、とうとう父も母も自分からは遠く離れた人のように捉えなければならなくなったか。もう誰ともつながりようのない、孤独の極みにまで行き着いてしまったというべきか。あるいは、こんな文面も見える。

「今日は山から汲んできた水さえなくなった。限界だ。車は壊れて整備屋へ置きっぱなし、金は須賀川で借りた残りの三千円きり。食べない日が五日つづいている。あと五日で歩けなくなるだろう。そうして十日から十五日で意識がなくなり、いや、そのころ糖尿病の合併症が起きるだろう。死んだ俺は誰にも気づかれず腐敗し、白骨化するのは冬ごろだ。葬式はいらない。骨は、俺が好きだったおもての庭石の下に埋めてくれ」

この記述は最後の年の春から夏にかけてのものか。すでに死が近いことを自覚している。それからほどなく、ついに手持ちの三千円を生かして須賀川への脱出を図ることになったようだ。最後のチャンスに賭けてみようというつもりだったのかもしれない。

「畑のりんご二つを盗んで暗い部屋で食べた。歯がないのでうまく噛めない。おいしかった。もはやここでは生きられない。あと三千円の持ち金、たかが知れている。いつかはなくなり、金が湧いてくる当てなどない。三千円かけて脱出するか。車は置きっぱなしで須賀川へ脱出、それから東京へ脱出する準備にかかる。さあ、電気、ガス、水道のある場所へ避難だ」

これは八月下旬に須賀川へむかう直前のことだろう。電気もガスも水道も支払いが滞ったために、容赦なく断たれてしまっていた。極限の状態であるにはちがいない。それにしても、信也の文面にはくり返しが多い。日を変えて、ときどきぐらつく決心をみずから叱咤しているようなのだ。幾度も己れに鞭打ち、その鞭打ちをくり返すごとに、叶わぬ夢の色を際立たせていくようでもある。

「このまま会津で死ぬか。残り少ない金を持って須賀川に辛うじてたどり着き、東京へ行く準備をするか。このまま会津にいれば死んでしまう。水も金も体力も、電気もガスもない。今こそ全身全霊で賭けてみるしかない。早く再生して、金をつくって会津に戻らなければ、会津の家は財産が空っぽになってしまう。税金のせいで」

安二郎の弟に敬三がいて、敬三は東京で食品会社を経営してすこぶる羽振りがよい。信也は敬三にすがって生きる道をさぐった。次のような手紙が下書きに残されているが、実際に手紙を投函したかどうか不明である。

「手紙を書かせていただきます。実は今、会津の実家で生きるためのあらゆる条件が否定されるに至り、貧困の極限状態がつづいています。それには理由があるわけですが、理由はともかくとして、水、電気、ガス、金が一切ない状態が何ヶ月もつづいています。早く手を打たなければいけないと思いながら、一歩踏みだす余裕さえないこの頃です。一日を生きるのが精一杯で、体力も意識も疲弊してしまい、この先は餓死するしかない極限すれすれの毎日です。安ちゃんには何度も命を救ってもらい、どれほど嬉しかったか、涙を流して喜びました。おばちゃん(安二郎の母)を見ていると、亡くなった母親と重ね合わせになって、胸の底からこみあげてくる思いでいっぱいになります。須賀川には大変なめいわくをかけてきました。これ以上は許されないと思い、私と実家の運命を社長にあずけるつもりになりました。どうかよろしくお願いします。何でもいいですから、働かせてください。私は一ヶ月五回ぐらいの食事で生きのびています。その食事にしても、薬をのまないと栄養が身体にまわらない状態なので、糖尿病が悪化しています。薬はもうないのです。骨と皮だけにやせこけ、歯もありません。東京に出て働かせてほしいのです。社長に命乞いをするしかありません。実家と私をあずかってほしいのです。今の持ち金は、安ちゃんから借りた残りの七千円だけです。そういうわけで、前借りとして十五万円ほどの送金をお願いできないでしょうか。それを給料でお返しするわけにはいかないでしょうか。どんな仕事でもかまいません。一生懸命がんばりますので、何とかよろしくお願いいたします」

また、こんなふうにもいう。

「歩くとだるい。筋肉がなくなっている。骨と皮だらけだ。五日に一度ぐらいの食事で、一ヶ月に六食を、一年以上もつづけているのだから。やっと昨日パンを食べた。もう水も車も金もない。早く脱出だ。かならず生きて戻ってくるぞ」

＊

夏絵が宗雄の書斎にふうらり入ってきた。

「まだなの？　夕食が冷めちゃうのに」

「もう少しだ。先に始めてくれい」

「ラザーニャが台無しよ」

「そうか、じゃ中断だ。やむを得んな」

イタリア料理にはきまって赤ワインが付き、飲めば仕事にならないから、今日のノート作りはこれでおしまいである。宗雄としてはよけいな邪魔が入ったと思わないでもないが、夏絵からすれば、強いて折々に介入して宗雄の猪突猛進をゆるめてやらねばならない。もう若くはないのだからというのが夏絵の主張である。

「お兄さんの雑記には、何が書いてあるわけ?」

「生きるか死ぬかの現状、それから恨みつらみだ」

「そういうものを書き残して、どうしようというのかしら」

「多くは手紙の体裁をとっている」

「誰かに宛てて、読ませたかったのね」

「おれにむかって呼びかけている手紙文も多いんだよ。そのなかから肝腎のくだりを、今ノートブックに書き取っている」

「それに何の意味があるの?」

「あれの心中に棲みついている魔物の正体を探りたいんだ。なぜ、ああなってしまったのか。忌まわしい力が働いたからだと思うんだよ。だが、そいつを書き散らした文章のなかに探り当てるのは、なかなか困難だな」

「文章って、厄介な生き物みたい」

「いうことを肯いてくれない生き物だね。それは、あれ自身が痛感していたことだろうよ。だから何べんもくり返して、同じ事を書いてはまた書いている。これでも駄目だ、これでもまだ足りんと思いながら」

心なしか、ワインの進みぐあいがいつになく早い。夏絵も晩酌を欠かせないほどの酒好きだから、二人で飲めばワインの一本や二本はかるく片付いてしまう。宗雄は酒が入って柄にもなく饒舌になった。

「あの人は、ふだんから言葉をバカにしてきた。おれのいうことなんか、みんな詭弁だといってね。それなのに人生最後のステージにあっては、言葉をうまく扱えなくて辟易している。言葉が適正に働いてくれさえすれば、自分の苦境も、感情や思考も、その微妙な手触りまでも他人に伝えることができたろう。完全にとはいわないが、幾分なりとね。しかし実際はそうもいかず、言葉のほうがあいつを見捨ててしまったというところだ」

「それからやっぱり、人間関係もまずかったんじゃないかしら」

「他人と関わるのが下手だったな。そういうときこそ、言葉の力がものをいうはずなのに」

「おやまあ、また我田引水ね。宗雄くんは、文学をやってきた人だから」

「古今東西の文学に親しむということはね、言葉を知ることなのだよ。もっといえば、知るだけではいけない。自分の言葉をつかまなきゃならん。そのつもりで文学をやるんだ。それがいつか自分を救うことにもなる」

「いよいよ酔ってきましたね、宗雄くん」

＊

宗雄は信也の書き物の山をさぐって、奥深くに何か光る石はあるまいかと目を凝らした。一つ一つ読んでいるうちに、ときにはふーっと昔の光景が浮かぶ。孤独な闇夜に流れる一抹の詩情のごとき、そんな感興に誘われるときがある。

「私はいつも不本意なことに、父や兄弟による存在の否定という最も苛酷な目にあってきました。現世の束縛から解放されたい一心で神を求めてきました。けれども神は心をひらいて助けてはくれませんでした。幼少のころ、実家で感じていたあの絶望的な意識は何だったのだろう。大人になってからもずっと私の意識を支配し影響しつづけたあの思いは何なのだろう。愛情の欠落とでもいおうか、心のなかにぽっかりと空いてしまった絶望感、私はこの空虚をうめるために必死になった。母だけが哀れみをみせて、その母の愛を支えにかろうじて生きのびた。母にそっくりだったのが別れた妻のシー子でありました。シー子は沖縄の女、沖縄は第二のふるさとで、私は沖縄にあって自分が生れ変ったかと思われた。この世のすべてがすばらしく輝いていた」

信也がここで触れている「束縛」や「絶望的な意識」の正体とは、いったい何だったのだろう。それこそが信也の奥深い真実につながるもののように思われ、宗雄はぜひとも真相を知りたかった。

しかし信也の言葉は心の闇を照らす光源とはなり得なかった。

「あまりにも悲しい人生の結末だ。若かりし頃は、すばらしいものだった。第二のふるさと沖縄、シー子に導かれるようにして現実を共に生きた輝くばかりの日々、愛する者といっしょであることが、こんなにもすばらしいことなのか。毎日が充実そのものだった。生きることは感動でもあり涙でもある。さよなら」

こういう心境に傾斜していくところには、何か、自分の終焉を見つめているような気配がうかがえる。次の乱筆は、灯りのない部屋で思うがまま書きなぐったものだろうか。

「五日も食べていない状態、水だけで生きた。カップヌードル食べてよかった。とりあえず命をつなぐことができたと胸なでおろすと同時に、申し訳ない気持でいっぱいになる。涙がこみ上げて、いつも母を思いだす。母さん、ごめんよ、よくしてやれなくて、ごめんよ。俺はあと何日生きられるか。たとえ二日でも三日でも生きているかぎりは、母さんのくやしい思いを晴らしてやりたい。橘家再興のために戦えるあいだ戦います。……どうしたら命が助かるのかわからない。方法がない。少し考え事をすると、気が遠くなる。あぶない。意識はどこへもどっていくのだろうか。餓死の道を何日旅したことだろう。一人きりでふらつきながら、暗いなかを。もう目が見えなく、かすんできた。字は当てずっぽうで書いている。意識がもうろうとしてきた。判断力がなく、あくびが出て、すぐ眠くなる。俺は自分の死を望んでいるのだろうか。死にゆく自分を観察しようとしている。普通なら、生命の危機本能がはたらくはずだが。なぜ生きのびようというのか。何をするために。いや、本来さずかった命のため、生きのびなければ。生きたい、死にたくないと思った。もう生かされているという甘えは許されない。すべて今ある条件に生存が否定されている」

こういう書き物を、これでもかこれでもかと読まされるのは、やりきれぬことにはちがいない。けれども宗雄としては、事の原因を、万事のそもそもの始まりを、自分が納得できるまで追跡せねば気がすまないのである。

次は十二月一日の日付を残した記述だ。この年が明けてから、宗雄はイギリスへ出発したものと思われる。

「為すすべもなく時間だけが過ぎていく。精神も肉体も崩壊していく。じわじわと、じわじわと生殺しにされている。苦痛の果てに死を迎え、そのまま誰にも発見されず、腐敗していく。もうその入口にさしかかった。残す時間はどのぐらいだろう。まだ生きているあいだに助けてほしい。貴方がやらなかった実家の事を、自分を犠牲にして三十年近くもたずさわってきたのだから、そうして歪んだ実家の財産を私からもらうのだから、少しぐらいの援助はできるはずです。見殺しにして、平気でいることができるのですか。手紙を書くにもパニック状態で字も思いだせません。自宅から一歩も動けず、ただ餓死を、いやその前に血糖値上昇による臓器不全で死ぬのを待つばかりとなりました。年末までもつかどうか。もうどうすることもできません。助けをお願いします」

手紙もろくに書けないというのは、実際そうだったのだろう。ざっと見ただけでも、誤字や当て字が目立ち(本文訂正)、文脈もところどころに乱れている。手紙に書きまとめようとしてまとまらず、時間ばかり費やして、疲れはてていたのではなかったか。

次は、これにつづく冬の一筆であろうか。日付が一月二十一日とある。宗雄がいよいよイギリスへ発つ年である。

「現状を報告します。私は今、極限状態にあり、このままではどう考えても助かりません。死の恐怖と不安から混乱してしまいますが、できるだけ冷静に書きます。大寒波がおそってきて大雪になりました。暖房が一切ない状態で、夜は寒くて眠ることができません。今日こそは支援金が来ると思っていたのですが、届きません。明日から電気が止まってしまいます。東北の雪国でこの寒波のなか、電気もコタツもストーブも、食べる物も水さえもない。この状態を極限といわずして何というのでしょうか。何よりも優先して救助されなければならない、それこそ人情だと思います。私の場合、すべてが自分だけのことではなく、実家の複雑な事情がからんで大変なことが何十年とつづいた結果なのです。もう死の入口に来てしまいました。このままでは数日後、寒さのなかで死にます。辱めの死が待っています。寒さと空腹に苦しんだあげく、町じゅうの噂になるでしょう。明日から電気が止まる。米が炊けない。次に水がなくなる。ガスが止まる。薬がない。血糖値が上がる。もう時間の問題です」

ときに宗雄はまだ日本に在住していて、その宗雄に訴えかける調子の文面ではあるが、もちろん同文の手紙を宗雄は落手していない。今にしてはじめて見る一文である。まだつづく。

「栄養がほとんど入らないまま命をつないでいるのは筋肉に残っているエネルギーを使って、一日の基礎代謝量といわれる一五〇〇カロリーを生み出しているからだ。そのため身体は日増しにガイコツになっていく。目も見えなく、思考も定まらなくなってきた。たのみの車もこわれて整備屋にあずけたまま、何か連絡をとるには歩いて行かなければならない。体力がなくて、ふらつきながら歩いている。家には食べる物が何もない。元をたどれば、土地の有効活用につき宗雄の理解がなく、自分だけの思い込みで万事を決めつけ、あとは逃げてしまうというわけだ。そんな態度から殺人が起きている現実を訴えなければならない。すべては宗雄の我執のなせる業なのだ」

信也からすれば弟宗雄の浅慮が許せなかったのだろう。

一方、宗雄がイギリスへ去るにあたっては、信也の今後を憂いて、生活保護の窓口を訪ねるようにと提案したものだった。その旨、役場の担当者にも話をつないでおいた。担当者は前向きに考えてくれて、信也の家を訪ねてみたものの、本人はどうやら居留守をつかって出てこないというのである。これでは先が暗い。宗雄は当座しのぎのため五万円を現金書留にして送り、重ねて生活保護の必要を説いた。しばらく経って信也からの返信が届いたが、信也は弟宛ての手紙を書くために、現状の困難をうまく伝えようとして何度も下書きを試みていたらしい。ルーズリーフに残した多量の走り書きがある。

「五万円を送っていただいてありがとうございます。返事が遅れてしまってすみません。どう説明しようかと書いては捨て、書いてはまた書き直していました。誤解が長くつづいているので、どう言えば趣旨が伝わるのかと、動揺しながら時間がかかってしまいました。まず条件として提案いただいた生活保護の件ですが、私の今の住民登録から、請求権は会津ではなく郡山にあります。しかも審査が二ヶ月ぐらいかかるらしいです。何をするにも段階があって、すぐにというわけにいきません。それよりも、仕事ができるようになれば助かり、先も見えてきます。まずは命の保護を前提にしなければ解決の糸口さえつかめないと思います。厚かましいと思われるかもしれませんが、どうしても五万円だけでは対処できません。命の維持ができません。なんとか追加の援助をお願いしたいのですが。先の五万円も一万五千円しかなくなりました。二二日までに五千円の電気代を払わないと電気が止まってしまいます。ほかにも水道代、固定資産税、下水道分割払い、土地改良費、次々と請求が襲ってきます。今年は大雪で最悪の冬のようです。あまりにも厳しい状況で弱気になり、これが終着駅かと半分あきらめ覚悟をきめ、死ぬ状態をいろいろと想像します。せめて自分の後始末のための時間を与えてほしい。いくらか金を送ってください。お願いします」

これに近い文面の手紙なら、宗雄は確かに受取っていた。しかし一段と気の抜けた書面であったために、一読して同情よりも反感が湧いたことを記憶している。ここでもまた信也の真情が相手の胸に伝わらなかったことになる。

「追いつめられて残り四千円しかなくなり、いくら節約しても金は減っていきます。身体のぐあいもおかしくなってきました。電気も二一日をもって停止予告の通知が来ました。暖をとっていないので低体温状態になり、ふるえが止まりません。食べ物は相変らず米と塩だけでつないでいます。もうすぐ雪が降りだすようなので山に水汲みに行ってきました。飲む水だけです。生活保護にしても月額六万円ほどで、私の場合は支給の条件に当てはまりません。これまで未払いの税金等をきれいに払った上、財産なしというのでなければ認められません。思うに、最初から実家との距離をとっていたら、たぶん今の悪状況は避けられたでしょう。自分の仕事を週五日だけに集中させたら収入はだいぶあったと思う。それを知りながら自己犠牲の道をなぜ選んだのか。それについては毎晩、朝方まで考えています。栄養失調のため、あまり頭がまわりません。寝たきりになりながらも、救いの手紙を書きつづけています」

信也はここまで堕ちてしまった現状のむこうに死を見ながら、想いは遠い過去へとむかう。その語り口はどうしても抒情のひびきを持つようだ。

「私には幼少のころ、心の底深くしまいこんだ秘密がありました。それは毎日つづく心の深い傷です。いじめからくる孤独の絶望です。なぜ、そんなことが起こってしまったのかわかりませんが、いつも自分の今の現実にたえられない、逃げたいと思っていた。自分一人のなかに逃げ込んでは、ふと一息ついて安心し、再びたえられない現実にもどって、何気ない顔をしてたえつづける。そんな毎日が高校までつづきました。現実から消えてなくなりたい、そんな思いで暮らしていました。私のほんとうの人生はその後、東京に出たときから始まったのです。将来はどうでもよかった。今のこのひとときを取り戻すところから始めました。自分があらわれました。輝くほどの自分が、深い底から自分が湧き上がってきました。自分の存在、今ここに自分が生きているという実感にみちみちていました。他人にまさるものが何もないのに、存在だけは輝きだした。ああ、生きていることだけがこんなにもすばらしい、なんてすばらしいのだろうと思った」

ここでいう「秘密」については、宗雄もそれを聞いて一驚を禁じ得ないのだが、記憶をさぐれば思い当るふしがある。身近に暮らした青少年時代の信也には、端から見て何かと解せぬ一面があった。高校のときには汽車通学をしていたが、母が朝早くからこしらえた弁当を持って家を出るのに、帰ってきてカバンから出した弁当箱を母に戻すと、母はいつも嘆いたものである。毎日の弁当を、信也は少しばかり突ついてそのまま戻していた。食べ盛りの年頃で、あれはいったい何だったのだろう。そのあと信也は東京の大学へ入った。もともと肉体が頑健で運動神経も良かったから、大学では空手部に属して精進し、あわせて世の人びとを見くだす傾向が露骨になった。いつでも殴り合いに応じてやるという面構えであった。その頃大学では学生運動たけなわであり、信也は四年生の卒業を間近にしながら、大学当局を小馬鹿にするように、ぷいと退学願を出してしまった。それやこれやの背後には、母がじっと佇んで信也を見守っていたようなのだが、少なくとも信也の側からすれば、母はどんなときでも信也をあたたかく抱擁してくれたというわけなのだろう。信也には母と、それから離別した妻が、人間としてすべてであった。

「私にとって母の死はものすごくショックでした。母が亡くなったこと、それから離婚の件は心に大きな傷を残しました。母の生前、今死なれたら俺は首を吊るしかないから死なないでほしいといいながら、必死になってめんどうをみた。これが何年もつづいた。母の死は自分の死でもあるということが、大変なストレスとなり仕事の成果にひびいた。集中できないのだ。焦りだけが強まっていく」

母、妻、愛情というような他人の温もりが、どうやら信也には生きる上での絶対要件であったらしい。その一点からすべてが始まり、すべてが耀きわたるはずであった。

信也は自分なりに事の要因を探ろうとして、一家をめぐる過去の出来事へと思いを馳せた。やはりどこかで歯車が外れてしまったのだ。誰もが一所懸命に努めるのだが、実に不毛な闘いとなるばかりで何も生み出せない。どうしてこんなことになってしまったのか。父親が死んで、相続の厄介事が家族会議のなかでいつまでも決着をみず、とうとう信也が机をたたいて自分が家督を引受けると放った。これについては、母の不安そうな表情がやりきれず、母を安心させてやるために自分が買って出た、と後で述懐している。不幸の始まりがそこにあったともいう。この直後にしっかり者の妻が離縁をもとめてきた。長年にわたって生きる喜びでもあり心の支えでもあった沖縄の妻が、結婚生活もはやこれまでと観念したようだった。二人のあいだに子はない。

「父が死んで遺産相続をするとき、あくまでも売却を目的としない共同の有効活用こそが、いちばんよい方法でした。困ったときに財産を担保にして金を借りるということ、それには身内の者の名義を立ててもらう、自分は身分のことで債務者の資格がないから、みんなの協力体制によって実行したかったのです。もう少し時間をとって話せばよかったのですが、あのとき母が、早くしないと期限切れで土地が取り上げられてしまうなどと勘違いしたものだから、母のためと思って無理にみずから背負ってしまったのです。そのあとゆっくり話を重ねて、身内どうしの共同認識に立ちたかった。しかしその後、そのような話合いはないままでした」

　つづく数年間は、母のめんどうをみながら実家の維持と自分の営業の仕事を日課としながら、じわじわと泥沼に沈んでいった。どこかで心機一転して、やり直す術はなかったものか。信也にはそれができなかった。

「毎日、いろいろ考えてしまい返事が遅れました。郡山の福祉事務所を訪ねて相談してきました。資産があるかぎり、生活保護はやっぱり無理とのことです。資産を手放すには時間がかかります。たとえ審査が通ったにしても、月額六万円で実家を維持する費用と自分の生活費にあてるのは困難です。今、持参金五千円になってしまいました。パニックにならないよう心がけ、平静を保ちながら毎晩三時頃まで考えています。暖がないので身体が低体温になり、一日中ふるえがとまらない。心身ともに衰弱して頭がまわりません。変なことをいつまでも、いつまでも考えてしまいます。私事で申し訳ないのですが、もうだめかと心細い思いに支配されています。私は死の入口に立っています。今ではただ生きるために書き、書くことでしか生きられない自分を感じています。命尽きるまで米と塩を食らいながら一時間でも多く考え、そして書くことしかできません。死を覚悟で書き残すしかありません。この冬は食べ物も水も暖房もないのです。低体温からくる吐き気は熱中症の逆なので様子もわかるでしょう。糖尿病の血糖値の合併症は臓器不全です。薬はもう切れてありません」

　八方塞がりの日々にあって、信也の孤独と絶望を慰めたものが一つだけあった。宗雄がそれを知ったとき、初めはいささか奇異な印象を否めなかったが、雑記のあちこちに言及されているのを見るうちに、やがて信也の夢のような想念が、静かに脈を打ちながら伝わってくるように思った。

「小刻みに二、三時間眠りにつくと、呼吸がおかしくなってとび起きる状態です。寒さで低体温になるのか、呼吸が止まるのか、いつも不快感をともなって起きます。空腹と喉のかわき、水がなくて死ぬ恐怖、米と塩をかきこみ、また寝る。こうして毎日部屋にこもっているのですが、そのなかでも只ひとつの支えは量子物理学です。人間とは、神とは、この世のシステムとは何かを追求する分野です。この世はわれわれの視覚空間を10メートルとすればマクロの方に10^{27}、ミクロの方に10^{34}、合せて10^{61}となり、とてつもなく大きなひろがりのうちに存在しています。10の後に0が61個も付く数字なのです。この世は一五三億年かけてここまで変化して、人間もそこから生れたわけですが、生命とはいったい何を意味するのか。神の意図を知るにはまだまだですが、超弦理論とその実験(エコライダ)について黙想し、私は自分なりに神の方程式を解こうとしたのです。究極の公理を解きながら日を送ったのです。量子論の原理を宇宙に当てはめれば、宇宙そのものが確固たる実在ではなくなる。特定の物理法則や物理定数の値をもつ宇宙の存在が、そこに生れた生命体によって観測されるまで確定しないというふうにも考えられる。宇宙を観測する者がいて始めて宇宙が存在するのかもしれない。……」

一読してわかる内容でもないが、さんざん書きなぐっている痕跡からすると、信也は夢中になって関係書を読み漁ったらしい。今日の物理学における専門用語なども、あっさり使いこなしている。

こうして、この世の呪縛から解き放たれ、ひとときなりと夢の時空にわが身を置きたいと考えていたものか。信也の遺体を発見した当日のこと、応接間の壁にアンドロメダ銀河の渦を撮った写真が飾ってあった。あれは信也の心情をそのまま映したものでもあったろう。

「とうとう全貌をとらえるに至った。物のなかに物以外のものをもって、すべての人間と人間を生み、人間を生かしている物の世界、つまり四次元世界の物の法則におよぶ一大原理に近づいた。物の法則は物理学なので、どのような理論もすべて高度な方程式によって完全に表されねばならない。なんと、われわれの世界は真空のエネルギーによって生れ、それがすべての物の源なのだ。真空のエネルギー(無)はゆらいでいる。そのゆらぎによって10^{-34}(プランク)という超ミクロのサイズから宇宙は生まれ、一五三億年の年月をかけて膨張し、マクロの10^{27}という大きさにまで拡大した。その全貌は多重構造になっていて、われわれの日常感覚ではとらえがたい。これだけ広大な宇宙のしくみが、人間の小さな脳髄のなかにすっぽり入ってしまうのだから、これもまた不思議なことです。人類は物理の標準理論といわれる内容を完成し、さらにその先の超弦理論といわれるレベルにまで到達しました。また量子学の方面では、宇宙の加速膨張は宇宙が内包する重力を打ち負かすほどの斥力が宇宙全体に働いていることを示す。斥力を生み出す未知の存在は暗黒エネルギーと名付けられた。これは真空そのものが有するエネルギーではないかといわれています。宇宙を支配する二つのダーク、つまりダークマターとダークエネルギー、重力と斥力との関係が重要です」

宗雄はこれらを読むにつけ、信也の異様な情熱に揺さぶられるようであった。思うに、信也の体内細胞には天の摂理のごときが浸み込んでいて、万事なるようになるという、運まかせ風まかせの想念がつよい。これは一見すると投げやりの態度ともとれる。怠惰で、煮えきらず、逃避的であるようにも見える。しかしそれは、もしかしたら宇宙の原理と己れとの完全一致を夢みていた証しなのかもしれない。

話は変って、こんな記述もある。

「人災です。被害妄想のようですね。妄想ゆえに現実を把握できないばかりでなく、相手にも害を及ぼしてしまう。本人の意識しないところで、思わぬ方向へ事を動かしてしまう。兄の場合がそうでした。ある日学校に呼び出されて駆けつけたことがあります。兄が職員室で暴れているというのですが、行ってみるとそんなではなく、兄が口から泡をふきながら何か猛烈にしゃべっている。私は何が何だかわからず、しばらく様子を見ていました。ほかの先生に訳をきいても、みな困った顔で黙っている。あとで知ったのですが、教室で子供たちが先生の葬式ごっこをやっていたようなのです。先生いじめみたいなことが起きるのは、なぜだろう。兄はさかんに説明しようとするのですが、自分でもよくわからないらしい。やがて学校や先生方のことで恐くなって、その分だけ自分が凶暴になっていく。学校にはもう行けなくなってしまう。妄想です。そして妄想の本質は恐怖です。兄と父においては、恐怖の輪廻とでもいいますか、親子のつながりから生み出されたものなのです。父はおそらく大病の経験からだと思うのですが、生か死かに脅かされ、その影響がトラウマのようになって後々までずっと尾を引き、子にまで伝染してしまう。人間だれしも死があるかぎり恐怖があらわれます。しかし恐怖が迫っても恐れないことです。それは妄想なのだから。私の場合、うちつづく困窮は想像を絶するものです。孤独、絶望、空腹のなかで、私はあえて恐怖せず、運にまかせようと決心したのです。こっちが見るからに平気でいるものだから、これまで嫌がらせをしていた村の奴らが、近ごろ逆に私を恐がっています。そんなものでしょう」

ここにはもはや現状打破をすっかり諦めて、悪あがきをやめ、なるようになれと運命に身を任せた態度がうかがえる。しかし人間そうまで覚悟できるのは、最後の最後に至ったときではないだろうか。もしや、信也は図らずも己れの身をもってその一事を証明したものか。

話はさらに一年ほどさかのぼる。信也は母亡き後の地獄の七ヶ月を過ぎたあたりから、いよいよ今後の方針もどきを定め、当面の支援を手紙に乞うてきた。その方針とやらも、消してはまた消し、どうにかして説得力をもたせようと努めたらしいが、宗雄の目にはいかにも粗雑な、希望的観測だけにしがみついた迷妄でしかなかった。

一、九月十五日〜十月十五日　互助会の解約、換金日は三五日後
立替え一〇万円のお願い、仕事開始、見込み収入・四本＝四〇万円
二、十月十五日〜十一月十五日　立替金の返済、生活費は二〇万円
見込み収入・四本＝四〇〜六〇万円
三、十一月十五日〜十二月十五日　見込み収入・四〇〜六〇万円

四、十二月十五日～一月十五日　過払い金の換金二〇〇万円

見込み収入・一〇〇～一六〇万円

＊上記合計三〇〇～三六〇万円の下支え金達成、来年一月より安定ラインへ

これはまことにおめでたい構想、いや夢想としかいいようがない。営業による契約が一本確保できて十万円余りの収入につながるという。ひと月に四本を確保するには一週間ごとに一本の割合で決めていかなくてはならないだろう。宗雄には縁遠い話だが、どこまで勝算あっての皮算用なのだろうかと疑わざるを得ない。

かつての借金返済にちなむ過払い請求が結審して、近々二百万円の払い戻しがあるそうだ。信也の前方に曙光がさしたといえるかもしれない。それから、もう一件が互助会の解約というものである。この振込み予定日までの三五日間を何とかして生きぬかなければならない。金はかならず返す、将来展望もかくのごとし、と信也は手紙に訴えて、つなぎの十万円ほどをお願いしたいといってきた。同様の手紙は、東京に勤務する二人の姪にも書いたらしいが、一通は封筒に宛名を記したまま投函していない。もう一通は住所表記に誤りがあったとかで戻ってきた。もっとも希望をつないだ相手が、弟の宗雄であったことはいうまでもないが、しかし、いつまで待っても宗雄から支援金が届くことはなかった。実はこれより一月ほど前に、宗雄の弁護士から信也宛に内容証明の郵便が送られていたのである。

弁護士は通知人たる宗雄に依頼され、その代理人として信也に勧告している。趣旨は次のとおりである。

「……通知人をふくむ親族らは、これまでのあいだ、貴殿からくり返し金の無心をされるなどしてきました。しかしながら、通知人らとしては、今後一切、貴殿に対する金銭援助を行う意向はありませんので、ご承知おきください。なお、貴殿のたび重なる金の無心により、通知人らは平穏に生活する権利を侵害されております。そのことを十分に理解してください。仮に今後も同じ事態が継続されるのであれば、やむなく、仮処分等の法的措置をとらざるを得ません。……」

この内容証明郵便は信也には大きな打撃であったようだ。親族との溝は深まり、孤立無援のわが身が残酷なまでにさらけ出された。何という奴だろう、と信也は歯ぎしりした。書き散らした雑文の語調も激しく、このあたりから弟を糾弾する内容が増えていった。

「宗雄に不作為の殺人の意図あり。法的にはともかく、人間的レベルにおいて許されるものではない。一方的な理由で手紙その他の意思疎通の手段を断ち切り、時間を遅らせ、見殺しにしようという意図がある。金を貸す義務はないという法律をかさに着て自分を正当化する。一方、私のほうは現実的な自立計画をたて、当面の立替えを願って手紙を出した。返事はいっさい来ない。このようなことで手紙に詳細を記すのは大変だ。口頭で話し合わないと前に進まない。ましてや代理人を通してなどでは間に合わない。はじめから逃げるのが目的で、助けるのが目的ではないようだ。極度の被害妄想です。私は死を予感する。今、その状況を記録に残す必要がある。私の死は貴方を逃がさないと思う。貴方は自分の恐怖の妄想で何も見えなくなっている」

宗雄に宛てた架空の手紙文という体裁である。同工異曲の文面はいくらでもある。

「法的に貸す義務はなくても、三十年も実家のことで苦しんできた者が自分のことを全部犠牲にして、それによって今、米と水だけで生きている。その者を放置したまま死に至らしめたとなれば、道義的責任はまぬがれません。大学教授という職にあっても、まちがいなく非人間的な罪です。よって一生苦しむことになるでしょう。貴方は何を考えているのかさっぱりわからない。被害妄想の恐ろしい事例かもしれない。そうだとするなら早く気づいてほしい。そこが盲点であり、悲劇が起きる原点なのです。被害妄想は妄想ゆえに恐ろしい。本人は妄想に気づかず現実だと思っている。それは相手にも、まわりにも伝染して拡散していく。兄のときがそうだった。妄想の本質は恐怖です。恐怖の本質は死です。この本質を洞察して、むやみに恐がらないことです。金の無心などと、ゆすりやたかりを連想させるような理由づけでもって、一方的に交渉をことわってくるとは、計画的な不作為殺人行為に他なりません。持病が悪化しても薬をのめない。血糖値は限界に達しています。あと三五日の換金日まで命がもつか、ということです」

換金日というのは、母が生前に積立てていた互助会による葬式費用の解約をさす。信也はちょうどその手続きを済ませたばかりらしい。三五日後に積立金が戻るというわけだろう。また、こうもいう。

「部屋に閉じこもり一歩も動くことができない。毎日わずかの玄米と塩と水だけの食事。玄米を煮たものは二、三口しか入らない。身体に栄養がなく、だるくて目がかすみ、すぐに眠くなってしまう。ときどき脳が強烈に痛む。少しずつ身体の機能がこわれて、死んでいくのだ。あと何日苦しめばいいのだろう。助かる道はないのか。十万円ほどで生死が分かれる。一ヶ月の生活費として十万円あれば命がつながり、仕事を始めて、少なくともあと二十年は生きられる。何のために苦しみながら、這いつくばって三十年も耐えてきたのか、意味がわからなくなってきた。最後の一度でいいから、自立のために十万円の支援をお願いします。それによって三五日後の解約換金日につないで、仕事への復帰をはかります」

「命の危機状態にあることはすでに詳しく伝えて救助の願いを出したにもかかわらず、弁護士付きの内容証明書で全面的に断ってくるとは、不作為の殺人行為にほかなりません。私の死とひきかえに一生後悔するでしょう。三十年近く実家のかかえた無理難題にぶつかり、苦しんで、母を最後まで看取った者にたいして貴方は人間として何をしたか。貴方にとっては自己防衛かもしれないが、それは被害妄想ゆえに相手を誤解してしまっているものだ。父も、兄を理解してやれなかった。貴方はまったく亡き父と同じだね。過剰な恐怖心から自分勝手に思いつめて、そそくさと安全な場所に逃げてしまう。そんなことでは、まともな意見交換もできず、誤解はどんどん深まっていく。貴方を批判しているのではない。気づいてほしいのです。恐怖に支配されてこうなったのだと」

信也は批判のつもりではないのかもしれないが、書きつらねられた言葉はどうしても批判の色が濃い。

「貴方が頭（かしら）になって親族をまとめ不作為の殺人をしでかすのか。何という呪われた家族か。兄のときと同じ構図がいつか再現されるのではと案じていたが、とうとう現実のものになった。我執は権力をもち、権力は妄想を生む。被害妄想は相手に対して不作為の殺人という新たな被害を生みだす。あと一歩で解決できそうになったものを、なに故にここまでこじらせ、私を苦しめ殺そうとするのか」

　糾弾の叫びはついに宣戦布告へと変じる。

「貴方の忠告はうけません。なぜならこれは不作為の殺人行為だからです。餓死するまで書きつづけ、弁護士事務所にも手紙を出して記録を残します。死の直前まで手紙を出しつづけます。大学にも出します」

　こんなふうに、信也としては憤懣やる方なしのありさまだが、実際に手紙を出すまでには何度も下書きして、それでもうまくまとまらず、とうとう草臥（くたび）れてしまったものか。

「今日は何としても手紙を渡さなければと思い、弁護士事務所に二度目に行って、ようやく弁護士に会えた。ガソリン代に残りの千円を使ってしまった。動けば所持金が減り、今では十円玉百枚、百円玉五枚、それ以外にない。毎日あちこちから支払いの請求が来るので居留守をつかって家のなかに閉じこもり必死で手紙を書いています。近所の目も気になる。私が餓死したなどということになれば、橘家はもう終ってしまう。この場所に人は住めない。貴方は本当に私を見殺しにするのか。それでいいのか。今となってはすでに餓死近くまで来ています。こうして生きているのが不思議なくらいです。はじめは半信半疑でしたが、生きようとする力は自然に湧いてくるもので、なかなか死にません。けれど確実に死へむかっています。あと何日もつか。どんな苦しみが襲ってくるのか。最後の安らぎが訪れるのだろうか。毎日苦しみもだえて力尽き、看取る人もなく孤独のまま死んでいく。この世に生をうけ、この実家が私にとっては掛替えのない尊い所だと思ってとび込んだものの、その場所で不本意にも消されてしまうのか。……父のことを思いだしました。兄が亡くなってしばらくして、二人で飯を食っていたとき父はふとこんなことを漏らした。あれは簡単だったんじゃないかな、と。それを耳にして、たまらない思いがこみあげてきて、私はこういった。今ごろ気がついたの、と。それから父も私も黙り込んでしまった。答は何だと思いますか。貴方は自分を防御するあまり、相手をまったく見ていない。この見ないところに悲劇が生れる。私は、あなたが恐がるような人間では決してないのです」

こうして一日また一日と過ぎていく。信也は何かをじっと待った。ひたすらに待つとは、耐えるのと同義語であり、これはまた信也という人間の一大特質でもあった。折しも、一条の救いの光りが射した瞬間があった。十月下旬のこと、互助会の解約による入金が二度にわたって為された。それぞれ二三万円の振込みが預金通帳に記帳されている。それらを信也が同日中に引落としているのは、早速食費等に充てたのだろう。加えて、十二月末には借金返済の過払いによる戻し金の二百万円が振込まれた。信也は胸をなでおろす気分であったろう。先便に示された再起プランがいよいよ実行に移されるときであったはずだが、しかしこの年の冬から夏にかけて、月ごとに三十万円、二十万円、十万円と預金が減ってゆき、八ヶ月後にはまた無一文になってしまっている。くだんのプランは実を結ばなかった。この間の信也の生活実態を伝える記述はほとんど見つからないために、どのような日々を過ごしていたものか不明である。しかし、その年の秋からまた生活面の悪状況がぶり返したのは確かだ。半年後にはもう、それまで辛うじてつながっていた細い糸が切れてしまう。すなわち、宗雄が日本を離れてしまうことになった。信也の胸の裡では、またしても失意と不安と焦りとがグルになって己れを苦しめたことだろう。

*

「おい、宗雄くん、もう起きたまえ」

「ん、何時だ?」

「八時過ぎよ。さァ、学校へ行きましょう」

「そうか、学校か」

「本業を疎かにしてはいけませんね」

「雨の日には休講という先生もいるんだ」

「そんな先生はすぐに馘よ」

「おれだって、遠からずして馘さ」

「いけません、宗雄くん、そんな弱音を吐いちゃ」

夏絵が寝床にやって来て、へんに絡まってくる。宗雄は昨夜の筆記の疲れが抜けきれず、朦朧とした気分につつまれながら、ぶつぶついった。

「おれはね、殺人犯なんだ。人が死ぬのを放置して、早く死ねばいいと願っているような卑劣な男なんだ」

「まあ、恐い」

「おまえも気をつけたらいい。不作為の連続殺人が起こるかもしれん」

「そのときには、ぜひお願いするわ」

「なんてやつだ。死にたいのか」

「死にたくなるときがあるってこと。さァ、起きよう」

＊

信也の書いたものを読んでいると、動かぬ事実がまずあって、そのまわりを虚しく廻りつづけている心懐が感じられる。宗雄は半ばうんざりしながらも、ときにはっとさせられる記述にぶつかって、曰くいいようのない悲しみに浸されるのであった。

「四時三十分、東の空が明るんできた。今日もまた夜が明ける。恐怖の一日がやって来る。昨夜もなすべがなく、暗い部屋で一人思い悩みながら、気がついたら、疲れて寝てしまっていた。腹がへった。へったというよりも、ジーンと灼けるような苦痛を感じて、玄米を煮たもの茶碗半分と水を腹に入れた。車検が切れ、ガソリンのない車では動けない。どこへ行って誰に助けを求めようか、あてもない。絶体絶命。どんな死に方になってしまうのか。もう何ヶ月も人間と会話をしていない。自分がどうなっているのかさえ、意識がぼーっとして長くは考えられない。短い時間で意識を集中して一気に書いている。私は何かに救いを求めて書いているのだろうか。身内の者達に訴えるように。それにしてもこんなやり方は、人間として最低の、卑怯な、不作為の殺人だといいたい」

「見て見ぬふりの殺人、つよい殺意をもった殺人も、みな恐怖の極限に立てば平気でやってしまうのが人です。人が人でなくなる瞬間です。戦争の殺しあい等、みなそうです。極度の恐怖心は人間としての心を殺してしまうのです。恐怖の対極にあるものは愛です。恐怖に打ち勝つには、生のよろこびにも通じる愛が必要です。我執はどうしても恐怖心を強めてしまう。我（が）は孤独だから、孤独の心に恐怖が忍びよる。橘一族の欠点としては、過度な目標志向により我が強まることです。ここに強い衝撃をうけるとノイローゼ、そして被害妄想へと進みます」

「宗雄へ。何か貴方は私を大きく誤解している。貴方と私とは個性が異なるということ、それぞれに個を生きてきたということ、そのちがいがその人の人生であって、それなりに意味があるのだと思う。貴方に理解してもらおうとして間に合わず、殺されてしまう。貴方は殺してしまう人なのかもしれない。お互いに個性が強すぎるならば、一定の距離を置いて共存すればいいのに」

「家のまわりは荒れ放題です。村の嫌がらせがあって、アメシロの消毒もやってもらえず、数十本の立木が枯れてしまいました。自然の猛威ははげしいものです。村人たちは話の通じない厄介な集団で、困窮した者をとことんイジメぬく。とにかく実家をよくしていくには金の力が必要です。自分が育った場所を、都合が悪いからといってなくしてしまえとはならないはずだ。まわりでは家族が協力して、うまくやっている。たとえば三世帯の家では、それぞれの条件を出し合って家族ローンを組み、土地を担保に借金して家を建て、みんなでローンを返済し、担保に入れた土地で米をつくり、みんなで食べて生きている。こういう発想が、橘家の身内にはできない。自分一人だけの競争なのです」

「ここまでやってきた俺がバカなのか。苦しんでいる父母を前にして、自分も苦しいといって逃げるわけにはいかなかった。それなのに、なぜ力を貸してくれなかったのか。自分のことだけで一生懸命な貴方だ。迷惑をかけられてきたというが、その程度ですんだのは、私が多大な犠牲をはらって実家を支えたからです。兄と父と母に起きた実家の問題は多岐にわたっていました。なんといっても兄亡きあとの状況が非常に悪く、後々まで影響してしまった。私一人の力では父の間違った行動を改めさせることができなかった。険悪な家庭の状態がずっとつづいた。協力的な人間関係をもつ必要があったのに。兄弟みんなで外から支えてもらいたかったのに」

会津の春はまだ遠く、冷えびえする暗い部屋のなかで、信也は来る日また来る日とペンを走らせる。何のために？　そうするほかに何ひとつできなかったのだ。同じ位置にじっと身をひそめているほかに、何もできなかった。それが信也にとっては、すなわち生きることなのであった。そうやって極度の栄養失調で骨と皮だけになり、体重も四十キロ代にまで落ち込んだといいながら、まるで不可視の世界に吸い込まれていくように、嬉々としてこう語りつづけるのだ。

「九次元空間の超弦理論で弦のあいだに働く力の強さをあらわすのに結合定数がある。それを変えていくと十次元空間の超重力理論になってしまう。結合定数を変えるだけで空間の次元が増減することから、空間も根元的なものではなく二次的な概念であることが明らかになった。ミクロの世界までいくと、温度も空間も、そのなかに働く重力も本質的なものではなく、すべてはマクロの世界での私たちが感じる幻想にすぎないのです。……宇宙はわれわれが見ている表の世界と量子が踊る裏の世界との二重構造になっている。表は実数の世界、裏は複素数の世界である。……真空のエネルギーを使って神はこのように複雑で多様な性質の宇宙をつくった。人類は早くから真空の存在に気づいていたが、真空はまさに真空であって、それ以上議論の余地はないものと考えていた。ところが二十世紀に入ってとんでもないことがわかった。空っぽの真空がざわめいている、その驚くべき事実だ」

地上の思惑をひとたび離れて安息の境地へ誘う、あの壮大な物理学の思念が信也の胸中にうごめく。同じ頃、東京では宗雄教授がイギリス行きの支度を着々と進めていた。その後に起きるであろう一大異変については、むろん知る由もなかった。

天壌無窮

息子の運転する車が門を入ると、庭は夏草のジャングルであった。さまざまな草木が算を乱して宙に踊っているようなあんばいだ。辛夷の枝葉には蔦や藤の触手がやみくもに絡みつき、松や桜の枝は所かまわず中空に泳ぎ、ポポーの大葉は我もの顔に陽光をさえぎって濃い影をつくり、腰の高さぐらいに伸びたブスや萱草や、そのほか名も知れぬ雑草の藪が、好き放題にみずからの生を謳歌している。緑いろの嬌声がいっせいに宗雄の耳を襲った。やりきれたものではない。息子はふう——っと息をのんで、

「なんという生命力だ」

と、か細い声をもらした。宗雄は信也亡き後の三年間を、この一瞬のうちに凝縮して叩きつけられたような不安をおぼえた。これが会津の夏だ。夏が来ると毎年きまってこの雑草の藪と、中天を覆うばかりの立木の茂みである。宗雄はここ三度の夏を迎えるたびに自然の猛威に突きあたり、そのつど驚きを新たにした。この驚きのなかには模糊たる恐怖の念が混じった。これが動かぬ故郷の姿であろうか。当地にあって夏はいつもこういう面構えで迫ってくるものか。ここに暮らす人たち

はその獰猛な力にせっつかれながら生きて、老いて、死ぬのだろう。へとへとになり、汗水たらしながら、時間の波になぶられてゆく。それは自然を相手どった闘いであり、闘いはそのまま現実に生きることを意味するはずだ。少なくとも宗雄の目にはそんなふうに映る。なんと、蔓は四方にはびこり、枝葉は頭上をふかぶかと覆い、緑の繁茂がさんざめく。これはまさしく自然の一種の暴力にちがいない。こんな相手とまともに闘うことなどできようか。宗雄はただ茫然と立ち尽くすほかなかった。

秋になると葉が落ちる。ここにまた別の暴力がある。自然との闘いはさらにつづく。宗雄は去年の晩秋にも生家を訪れた。前庭一面が落葉の海であった。風が吹いて茶色の波が立ちさわぐ。そこへ、ときおりかっと陽が射した。欅と銀杏の葉っぱが折重なり入乱れて層に積もったままなので、玄関先まで歩をはこぶのにも難渋する。門を入って右かたに亡父が掘った小さな池があり、その昔は金魚や鯉がひらひら泳いでいたものだが、今ではそこに落葉が降り積もって水の在り処を隠していた。庭石の上にも黄や焦茶の葉が嫌というほど積もっている。屋根の上にも樋のなかにも落葉は情け容赦なく降りかかり、来たるべき冬の積雪に圧せられ春の雪解け水に押し流されるまで、その場に動かず堆積しつづけるかと思われた。玄関前には先年死んだ信也が置き去りにしたプリメーラの黒い乗用車が見えて、さながら洪水の只なかに放置され、忘れられた鉄の残骸のように落葉の海に埋れていた。なんということだろう。一本の樹にこれだけの葉がくっ付いてはじめて樹木の生命が保証されようとは。必要を超えて産めよ殖やせよとばかりに、この世を贅沢に彩ろうとする神慮であろうか。そこに宗雄は、節制とか遠慮とか出し惜しみを嫌って、無尽蔵と誇張と大盤ぶるまいを高らかに自慢する神の声を聴いた。

そうして冬はまた、雪に閉ざされた日々の闘いとなる。闘い、また闘いである。ただ一つ、春の到来だけは大きな歓びにはちがいない。うっとりするような、夢見心地の、甘い空気のなかで小鳥たちが伴侶を求めてさえずる。春の花々が、あとからあとから咲きだす。しかし、その感動も永くつづくものではない。ふたたび緑にむせぶ夏がくる。

「裏へ廻ってみよう。足もとに蛇を用心するんだよ」

息子は気乗りしない面持ちで後ろから随いてきた。

「草をなぎ倒して行くんだ。決して急ぐな」

ジャングルはどんどん深くなる。梅の実が黄色に熟して落ちて、雑草のしげみの蔭に四散しているではないか。こっちには柿の木が斜めに倒れかかったまま青い実をいっぱい付けている。あっちには一面にひろがる茗荷と蕗の青葉の群れだ。から池の縁には槐（えんじゅ）の樹がまっすぐに佇立したまま枯れている。熊笹をかき分けて先へふみ入れば、ひと月前に伐採を依頼しておいた栗と胡桃と杉の大木が、かたわらの竹林をかすめて横倒しにされていた。わずかばかりの人力の介入である。これぐらいの手入れなどは、自然の勢いからすれば何ほどのものでもないだろう。別の立木からは次々と新しい葉が、新しい枝が、かぎりなく伸びだしているのだ。

「蚊が多くてやりきれないや」

都会育ちの息子が泣き言をいった。自然の力と張りあうなどは、息子には身のほど知らずの愚行にすぎぬのだろう。かたや宗雄としては、自然のただなかに呆然と立ちつくして、そうも簡単に割切れないものを感じている。前進か後退か、その判断は決して容易ではないのだ。

午後三時ごろ息子は去った。今夜は町のホテルにくつろぐのだそうだ。宗雄はひとり生家に残り、それこそ十幾年ぶりで生家の一室に泊るつもりである。むろん両親も家族も、誰一人いない。生家が無人となり、空っぽの部屋部屋に、いきなり戸をあけてみても、馴染みの笑顔が迎えてくれるはずもない。こんな状態になろうとは、よもや思いもしなかった。いや実際、気持の奥底では、そのへんのところを薄々予想していたというべきかもしれない。現実はしばしば人の予想を裏付けるというが、宗雄にとってこれがまさしくその好例であった。

まずは室内の掃除から始めなければならない。去年の晩秋に雪囲いの仕事で来たあとは、ふるさとは雪に埋もれるがまま顧みもせず、気がつけばもう七月である。思えば、信也が人知れず暗い一室に死骸となって転がっていたのは、ちょうど冬枯れの季節から翌年の夏に発見されるまでの九ヶ月間であった。今回の宗雄の来訪も、同じように先回から九ヶ月の眠りを経た後のことであった。信也が一人で寝ていた二階の部屋には、万年床がたたって畳の上に黒い地図模様を印しているが、宗雄は今夜、その隣に夏布団をのべて寝ることに決めた。

大汗かいて各部屋の掃除をすませたあとは、近くのスーパーへ出かけて弁当と、オン・ザ・ロック用の氷塊を買ってきた。夕焼けの時分である。開け放った大窓のむこうに庭木の茂みをながめながら弁当をつつくのは、ちょっと贅沢な気分でもある。茂みは刻々と黒ずんでゆき、高い梢のはるか彼方には、ちぎれた夕雲が黄金いろに燃えている。隣家の外壁に西陽の色がほんのりと照って、あたりの風景が明るく浮び上がった。この不思議な夢のような静寂のなかで夕餉のひとときを満喫するわが身が、宗雄には信じられないほどだった。

「まさか、ふるさと捨てがたしというものかねえ」

誰かそばに話相手でもいるかのように、宗雄はつぶやいた。

「そういうものなのかなア」

むろん、宗雄の声に応じる声はない。

ひとりで夜を過ごすなどは、宗雄として少しも寂しいものではなかった。昼間に忙しく立ちまわって、さんざん身体を酷使したせいか、寝酒を二、三杯やったあと朝まで深い眠りに沈んだ。手洗いに立ったのも明け方の一度きりだった。宗雄として珍しい現象といわざるを得ない。

今宵、実のところ、宗雄は胸の裡に何かを待っていたのだった。ホテルに宿泊すれば万事が快適であろうに、わざわざむさくるしい生家にひとりで泊るからには、それなりの訳があった。宗雄はかねてよりこの家の問題、いや、たび重なる椿事に癒しがたい不安と失望を抱いてきた。この家ではなぜ突拍子もないことが幾度となく起きるのか。こうして見ると、周囲の人びとの生活がいかにも順当で、いかにも平凡至極に映るほど、宗雄の実家はどこか異常である。家族どうしが異常なのか。父や母が異常な家庭というようなものを拵えてしまったのか。そうして異常な環境のなかに子供たちをどっぷりと浸けて、いつか知らぬ間に異常のしるしが子供の柔肌に刻印され、本人はそれをどこかに隠しながら社会の荒海へと船出していったものだろうか。この家の代々を貫く異常なるものがあるとすれば、それは何なのか。宗雄は今、生家の何か特別な事情が、あるいは感触なりが、ここで実際に朝晩を過ごすことで微かにも実感されるのではないかと考えた。

三日三晩が過ぎた。宗雄の意識にひびいてくるものは何一つなかった。四日目の朝、居間の戸棚のなかを整理していたら、古めかしいラジカセが出てきた。また一つゴミが、と思ってなかをあけてみると、カセットテープが収めてある。たちまち好奇心がうごめいた。電源を入れてみると、野太い声がとび出してきて、宗雄は驚いた。信也の声にちがいなかった。

「まあ、いろんなことがあったな。あれやこれや、俺の人生、結局何にもならなかったわい。まあ、ここで酒でもひっかけて、思いのたけをぶちまけてやりたいや。酒には弱いほうだから、へたに飲めばつぶれちまう。肝腎なことを語りきる前にぶっ倒れたら、どうしようもねえや。

……。

ええと、まあ、言葉って難しいな。書くよりもしゃべるほうが楽だと思って、このテープを用意したけど、やっぱりダメだな。言葉は、つかまえようとすると逃げていく。ああ、面白くねえ。酒だ、酒だ。……うん、俺の生涯は失敗つづきだよ。何もかも巧くいかねえ。なんで、こうなんだ？

誰か、教えてくれや。とにかく腹が立つんだな。まわりの奴らは、たっぷり飲み食いして、笑ったり騒いだり――ああ、俺はただひとり、残飯に塩をぶっかけて喰らう。それだって、近ごろ面倒くさくなってきた。胃袋が空っぽなのに吐き気がして、酸っぱい水が上がってくるんだ。……弟――ふん、あれが弟か。人非人だよ、あいつは。俺がこんなに苦しんでるってのに。俺にすっかり押しつけやがって。そのせいで、女房と別れる羽目にもなったんだ。

……。

酒だ、もう一杯だ。俺はおふくろに絡まれて身動きがとれなくなった。仕事どころじゃなかった。朝から晩まで見てやんなきゃ、おふくろ、死んじまうじゃねえか。そんなこんなで、死ぬまで面倒みてやったんだ。ここまで落ちた俺を、助けようという気にもならねえのか。悪魔だな。まともな人間じゃねえ。……クソッ！　おい、もう一杯だ。酒、酒くれい。負け犬になるのは癪だ。このまま大人しく死んでたまるかってんだ。道連れだい。刺しちがえてやる。

……。

え―と、何だ、ず―っと沈黙だな。言葉がすらすら出てこねえんだ。え―とだな、まあ、俺にゃ人生なんて初めっからなかったよ。子供のときから、宙に浮いているみたいな子で、周囲との接点がなかった。家族のなかでも、生きている実感なんざなかったさ。弟のやつとは、何年も口を利かなかった。何年もだぜ。ほんとうだ。大河のような時間が、俺をどこまでも、どこまでも押し流していったっけ。

そうそう、成人してからは、とにかく大金を儲けてやろうと考えた。その金を湯水のように費ってやれ、さぞ気分爽快だろうと思った。けちけち生きている虫けらどもに、これ見よがしに豪勢なぜいたく三昧をおっぴろげてやれ。高級マンションに住み、デザインもあざやかな外車を乗りまわし、女どもを悦ばせて、日がな一日遊び暮らす。これが人生ってもんだ。この実にくだらん、空っぽの生き方こそが人生の真実さ。俺はそいつを見せつけてやりたかった。

……。

ああ、酒だ、酒だ。だんだん酔っぱらってきたな。くらくらする。ちょっと休憩だ。いや、精神力で飲んでやるぞ。ええっと、それから、何だっけ。つまりだな、つまり失敗したってわけだ。うん。……そうだ、そんな俺のことを心配して、慰めてくれた女がいたな。女を連れて新規まき直しと相なった。いい女だよ。そいつと結婚してさ、十年後に離婚した。もう別れてもいいでしょう、って女がいうもんだから。……俺はまた一人ぼっちになった。営業の仕事もパッとしねえ。親父が死んでからは一人住まいのおふくろをしょっちゅう訪ねて、身辺の世話をした。なぜって、放っておけねえだろうが。おふくろは齢をとるにつれ、ますます俺を頼るようになった。泥沼だよ。まったく、仕事には身が入らねえ。借金はかさむ。おふくろの年金にすがるほかなかった。それにしたって、二人分の生活費には足らん額だ。ずーっと金欠状態、おふくろはよく涙をこぼしていた。

……この辛い現状を聞かせてやっても、弟なんか俺を中傷するばかりで、助けてくれやしねえ。考え方がおかしいだの、やり方がまずいだの、説教のくり返しだよ。あっぷあっぷしている者をまず助けなきゃいけねえときに、屁理屈ばかり並べてくれる。まあ、幾ばくか送ってくれたかな。食品とか衣類とか薬なんかを送ってよこしたこともあったよ。それぐらいじゃ足らねえんだな。俺はその何十倍も苦しんでやってきたんだから。この二十年間、ずっとな。親族の他の奴らも、みんなクズだ。どいつもこいつもな。愛情ってやつがねえんだよ。自分さえよけりゃいいんだ。小さく、小さく、まともに生きて、仕事だの家族だのをケチ臭くまもっている、それだけで充分とくらァ。ムシャクシャするぜ。おい、酒くれい。もっとだよ。なみなみと注げぃ。ふん、何だっていうんだ、こんな酒、何だっていうんだよ。おやっ、……？　何、ゴキブリか。黒いものが動いたから、何かと思ったよ、でっかいな。こいつ、人を恐れねえのか。じっとしているよ。狭いところで、うずくまって、何考えているんだ。こいつの生涯って、何なんだろう。ん？　俺の生涯そのものじゃねえのか。何、とんでもないって？　もっとひどい、もっとみじめな生涯だって？　そうか、うん、比べっこなんかしても意味がねえよな。人さまざま、いや、虫さまざま、ってわけかい。な―るほど。……おまえ、何かいいたいようだな。ゴキブリの言葉なんざ、俺にゃ理解できねえよ。……そうか、おまえ、そうやってじっとしたまま、俺に抵抗しているわけか。そうなのか。俺をバカにするなっ。ぶっ殺してやる。やい、逃げるな。……逃げたか、ふん。……。……ううん、また沈黙だよ。テープの空回りってことになるな。ええい、酒だ、酒だ、乾杯だ！ううい、ヒック、ヒック、ヒック」

宗雄は、またかと思った。自分の不運や不幸を愚痴の溶液で溶いてみせるのは、とても褒められたものではない。もう沢山だと思った。しかしテープは空白の進行がちょっとつづいたあと、声が再開した。もしや、別の日にまた録音を継続させたものか。今度は酔っぱらいの愚痴とはいささかちがうようだ。

「俺は今、何を考えてるだろう。俺はいったい何者なんだろう。こういう不本意な境遇に堕ちてしまったことが悔しいのだ。これほど馬鹿な話はねえ。何かが、どこかで、狂ってしまった。世のなかには偉そうな顔をして他人を押しのけ、かがやかしい勝者の座に収まって、天下泰平なりとふんぞりかえっている奴もある。なに、俺にだってそれぐらいの藝当はできるさ。誰よりも上手くな。だいいち、大学教授が何だというんだ。古臭い知識をむやみに集めて、そんなのを若い学生ら相手に誇っている。魂がねえんだよ。空っぽの言葉のゴミ溜めじゃねえか。俺はね、ああいう手合いとはちがうのだよ。

ここでひとつ、試しにやってみようか。ええ、俺の専門は、まだ誰も手をつけたことがねえ、それでいて万人にとって重要この上ないテーマを扱うものだ。名づけて「宇宙生命力学」とでもいおう。ええ、ここは五百人収容の大教室である。床面は室内の中ほどから段々にせり上がって、最後に達した所で三つの扉口へと接し、その傍から二方向に折れた階段が二階席へと通じている。本講義にあっては、二階席も含めて満席の状態だ。小さく光る目がいっせいにこっちへむけられる。そこかしこから咳の音が聞える。そうして、風が次第に鳴り止むように教室内のざわめきも収まっていく。

『ええ、みなさん、今日は星の話をしましょう。夜空に散らばる星であります。……』

俺はここでちょっと躓く。何だか、マイクにひびく声が自分の声らしくねえのだ。他の何者かが俺に代って弁じているのかね。今、こうして教壇に立っているのも、実のところ俺自身じゃねえのかもしれん。ならば、俺自身とやらは、いったいどこへ行っちまったか。

『ええ、さて、夜空を彩る無数の星のなかでも、まず惑星に注目しましょう。太陽は不動だが、その太陽のまわりを規則正しく廻っている九つの惑星があります。いや実は、近頃では八つと数えるらしい。まあ、とにかく、それらの惑星にもまた、子分よろしく付き従う小さな衛星があったりするから、全部加えるなら、太陽のまわりを旋回する星は八つや九つにとどまらない。それはさておき、この惑星を、太陽の近くから遠くへと順番に並べてみましょう。そうだ、せっかくだから英語も併記しておこうかな。外国語というやつは、ときに権威の代行として役立つものだからね。低級な学問ほどそういう権威の衣を着たがる。えへん。今日はその好例を示すつもりで、皮肉いっぱいに英語をまじえて並べます。皮肉ですぞ、オホン』

ぼつぼつ役者調子がとび出してこようというあんばいだから、気をつけなくちゃいかん。勢づいて余計なことを口走ってしまうのが俺の悪い癖なのだ。調子に乗るでないぞ。いや、待て。この自己省察のささやきだな。これこそが、とりもなおさず、俺自身の存在を確かに立証するものじゃねえのか。他人の目に快く飾り立てようとする虚勢が一方にあり、かたやその背後で、冷ややかに一部始終を値ぶみする別の自己があるという次第だ。この両面性、この二つの力が互いに引合う状態、つまり相互の引力関係から生れる緊張の一点に存在しているのが、俺という人間なのだろう。はてさて、俺は気むずかしい顔がホワイトボードの表面にちらちら映るのを見ながら、マジック・ペンの文字を踊らせる。

『水星――Mercury、金星――Venus、地球――Earth、ええ、この水星というやつは太陽にいちばん近くて、太陽を一周するのに八十八日しかかからない。一年が八十八日で終るということであります。金星も小さい星でありながら、水星同様にひどく地熱が高い。中身がつまっている星というわけです。次に我らの地球があり、地球の外側を廻るのが火星――Mars、木星――Jupiter、土星――Saturn の順序となる。火星の極点には一面にひろがる氷の原が観測されています。水があるということでしょうな。水があるなら生命体も存在すると考えたくなる。まあ、どういう姿かたちの生命体かは別としてね。次の木星は最大の惑星だが、実際この星はガスの塊りです。六十あまりの衛星を従えて急速度に自転している。それも一定速度をもって乱れがないというのには驚きます。まあ、宇宙には驚くことが限りなくあるわけだが。土星の輪も不思議なものです。元をただせば、あれは子分の衛星が親分と衝突して粉微塵に割れ、その無数の岩石がそろって親分のまわりを廻っているにすぎない。それが輪の形に見える。つまり、輪をなす秩序がおそろしいほど厳密に守られているのですな。さあ、土星の外側に廻るのが、天王星――Uranus、海王星――Neptune、冥王星――Pluto であります。天王星と海王星は地球の四倍ぐらいの大きさだが、天王星のほうは岩石の核を厚いガス層がつつんでいるから、裸にすればずっと小さくなるでしょう。海王星については、十三個の衛星のうち一つが曲者で、他の衛星とは逆まわりに親星のまわりを廻っている。このへそ曲がりが、誤って正面衝突なぞ起こさないかと心配です。最後の冥王星は我らの月の三分の二ほどの小さな星なので、これを惑星ならず「豆惑星」と呼ぶようです。どう呼ぼうとかまわないが、不思議なのは、この冥王星の軌道だけが、他の惑星の軌道を斜めに横断するかっこうなのです。どうしてこんな型破りが生じたのかわかりません。そもそも、太陽をめぐる軌道が宙空にはっきりと刻印されていて、星々はめいめいに定められた道筋から逸脱することがないなんて、まったく不思議でならない。たいへんな驚異であります。引力の働きによるのだろうが、それよりも何よりも、万物の根源に通じる絶対無比の力学体系が大空のすみずみを覆っているにちがいない。しかしそれを明解に語ろうものなら、言葉に絶望するほかない。言葉が不足しているのだよ。神秘とか不思議とか、そういう通俗の言辞をもって収めてしまうのは、すでに人智の敗北を認めているようなものじゃないか。諸君はどう思うかね』

俺の口調はだんだん高揚し、乱暴になり、いくらか深刻味を加えていく。まるで胸にわだかまる年来の鬱憤を吐き出しているかとも見える。いよいよ快調だな、と蔭でみずから苦笑するもう一人の自分がいる。エンジンがかかった。もう、こっちのものだ。さあ、行くぞ。

『太陽を中心とするこれら星々の動きは、まことにもって精緻な摂理に統治されている。その摂理は誰がつくったか。神かね。バカな。要は太陽の存在が鍵であり、太陽とは何かという核心部に探求のメスを入れなくちゃならんのだ。そればかりではない。やはり宇宙の謎というやつをもっと真剣に考えなくちゃいかん。謎そのものを、とことん追い詰めていくということだ。私はさっき、太陽は不動だといった。実際そんなことはないのだな。太陽のまわりをせっせと廻るわれわれ惑星の立場からすれば、親分たる太陽に動いてもらっては困るというだけの話だ。実は太陽も動いている。太陽系をつつみ込んでいる銀河宇宙も動いている。さらにそのむこうにある別の宇宙世界も、その先の宇宙体系も、みな大宇宙の中心核を軸として渦巻いているのだ。しかも、何もかも秩序を保ちながら動いている。いったい誰がそういう秩序体系を作ったのかね。

誰が——who の疑問はひとまずおいて、宇宙はどんなふうにできているか——how の問題にこだわってきたのがこれまでの学問だ。宇宙のそのむこうには何があるのか。さらにその先はどうなっているのか。どこまで行けば末端に至るのか。そこには深淵な闇がうちひろがっているというのなら、その闇がとうとう尽きる所に、さて何があるのか。闇はどこまで行っても闇だ、つまり無限というようなことがあり得るのか。学問はついに究極の謎にぶつかって頭をかかえるわけだな』

ざっと、こんな調子の名講義となるわけさ。このあとはいよいよ俺の縄張りだよ。なに、大学の先公どもの講義なんか高が知れたものさ。俺だって、ほら、この階段づたいに積み上げた参考書の山を見てくれや。すっかり埃をかぶって蜘蛛の巣だらけなのは、それだけ歳月かけて勉学に打ち込んできた証拠だよ。もっともそれには、掃除ぎらいという俺の性分も加担していたわけだが。え、何だって、家族はいないのかと？　そうなんだよ。二年前に母親を亡くしてから、俺はずっと一人暮らしだ。女房も子供もいない。俺にも円満な家庭を築くチャンスはあったのだが、何事も肝腎のところでつるっと逃してしまうのだな。俺はいつもそうだ。まあ、今更ぐずぐずいっても始まらねえや。俺はこのところ引きこもったきり学問を積んでいる。大学の講義の一つや二つが、何だっていうんだい。へん。俺はここで息を吸い込んで、ふたたび熱弁をふるうわけだ。

『諸君、いったい宇宙の果てというものが存在するのか。ここでちょっと立止まって考えよう。〝果て〟というのは、そもそも空間の概念に基づくものだ。無限につづく宇宙は空間のなかに存在し、空間は時間と絡みあっているだろう。宇宙がもしどこかで終るものなら、その地点から先には空間もなければ時間もない。そのような奇妙奇天烈な状況をどんなふうに説明すればよいのか。私は大学もろくに出ていない身であるから、あるとき自分の身に襲ったこの大問題とがっぷり四つで取組む決心をした。とはいっても、大学に入り直して専門知識の洗礼を受けようなんて考えなかった。そんなのはまどろっこしい。私は世界の最先端で苦闘する物理学者たちの著書をつぎつぎと読破して、彼らといっしょにこの宇宙の謎の解明に挑んだのだ。その足跡を、次回からの講義で諸君の前に明かすことにしよう。今日はこれでおしまい』

いやはや、ずいぶん大風呂敷をひろげたものだ。ああ、苦しいや。ああ、いやだ」

テープの録音はここでぷつりと切れている。宗雄は、いきなり闇の底に突き落とされたような気がした。深い静寂がかぶさってきた。

招魂

田舎では仕事なぞいくらでもある。朝起きて窓という窓をあけ、そのついでに空模様をうかがうと、今朝は重く澱んだ曇天の空である。雨になれば一日の仕事も何かとゆき詰まり、事がすんなり運ばなくなるのは知れていた。当地滞在の日数は限られている。宗雄は朝のうちに和室の障子張りを仕上げておかねばなるまいと考えた。東の窓にとりつけた障子戸は長年の陽射をあびて障子紙が風化し、ちりぢりに破れて桟骨をむき出しにしている。この桟をまず水布巾で拭こう。戸を外して廊下の窓辺に立てかけ、桟にまとわり付いたくず紙をきれいに除いてから、布巾でこすった。濡れた桟を乾かすのに陽が照ってくれたら嬉しいのだが、今日の雲行きではそこまで望めない。桟がすっかり乾くのを待たねばならぬ。そのあいだ、宗雄は風呂場へ入って洗濯に取りかかった。用意してきたシャツやタオルが悉く汗まみれになり、もう補給の品がない。だが洗濯はしたものの、こっちもすぐには乾いてくれないから困る。宗雄は何かに追い立てられるかのように働いた。汗みずくになりながら、せっせと働いた。応接間の窓を開放し、外気を入れ、衣紋掛に洗濯物を吊るす。宗雄はこのところ両手の親指の付け根がへんに痛んで、タオルを絞るのでさえ難儀だから、吊るした洗濯物が床面に雫をたらしてくれるのが悩ましい。板張りの床にはビニールのゴミ袋を延べて雫を受け、どうにか恰好をつけた。ふと目を上げて窓の外を見ると、誰かがこっちへやって来る。

「……」

「あの―、むこう隣の山部ですが、ちょっとお願いがあって……」

小太りの中年男が両膝に手をあてがってお辞儀しながら、お宅の垣根の藪が道側へとび出しているので困ってしまう、そいつを切ってくれないかと頼んできた。

「路肩を越えて道をふさいでしまっているんです。高い木の枝は、除雪車の頭がぶつかって先へ進めないんです」

山部さんは顔じゅう汗にして一気にいった。

「それはそれは。じゃ、何とかしなきゃならんね」

宗雄はそう応えて、雪が降りだす前までに、とはまさかいえず、しぶしぶ玄関口から草刈鎌を引っぱり出した。実際、庭の表側ばかりに気をとられるあまり、西側の小道に沿う庭木のことまでは考えもしなかった。あとからあとから、仕事が湧いて出る。果たせるかな、石塀のむこう側へ廻ってみると、雑木の小枝や藪の茂みが小道の半ばぐらいにまでせり出していた。宗雄は鎌を振りまわして藪草を払い、長い柄の剪定ばさみを開閉させて伸び出た枝を切った。枝は面白いほどによく切れた。藤つるに山もみじに竹、そのほか生い茂った雑草を手際よく片付けて、あたりがさっぱりした。山部さんが軽トラックの窓から顔を出して、こっちを見ながらにやにやする。宗雄はひょいと鎌をもち上げて、軽く空中を切ってみせた。

家に戻って、いよいよ障子張りにかかった。糊も紙も昔とはちがって上質である。仕事は着々と進んだ。かつて子供のときの手伝いで経験したことだから、要領は身体のどこかに染みついているらしい。同じ作業パターンをくり返すうちに勘所がわかって仕事が楽しくなった。二階が済めば階下の居間の障子も張り替えておこうと欲ばった。

そのうちに霧雨が降りだした。宗雄は庭の見える廊下の板場にあぐらをかいて一服した。さっきまで聞えていた郭公の鳴声も止んで、細い雨の音だけがあたりを領した。こうも深い静寂のなかに身をひたして暮らすのは、なんと平穏で、なんと屈託のないことかと宗雄はしみじみ思った。しかしながら、その静穏な生活のなかで重くのし掛かってくるのは絶え間のない自然との闘いである。身辺に迫りくる自然の勢いに責め立てられ、翻弄され、憫笑される。そんな自然の暴力に歯むかわず、いいあんばいに妥協して、かるくやり過ごせるものならば苦労はない。闘いはこっちがムキになればなるほど泥沼化するものだ。出口のない、残酷な、一連の修羅場が人心をとことん消耗させる。こうなると自然は美しくも何でもなく、青年男女の心を甘く酔わせるものでさえない。自然は剛腕の力をふるって微小なる人間を圧倒するばかりだ。嬉々として発する勝者の雄叫びが、ときに美しく、ときに魅惑の天地へと人を誘う、ただそれだけのことである。

さて、次は何を手がけようかと宗雄は思案した。二階の和室にきれいな障子戸が入ると、この部屋をひとつ旅館なみに整えてやろうと欲が出た。さしあたりの不満が、部屋の奥に居すわったスチール製の事務机である。畳の上にこんな物を置かれては興ざめだ。机の上には箱形のコンピュータが置いてあり、机のわきにはプリンターやら紙束やらを載せた簡易棚が見える。こういう品物が目につくかぎり、旅館風の客間もヘチマもあったものではない。だがそうかといって、机を一人で動かすのは苦労である。引出しのなかに何やら詰め込まれて鍵が掛けてあるから、やたらに重いのだ。これは妹が帰省したときに使っていた机だろう。信也はコンピュータなどに縁のない人間であったようだから、この部屋に寝起きしながら、やはりそれらが目障りだったのではないか。宗雄の感覚も同断である。事務仕事の片鱗たりと室内に紛れこもうなら、床の間の掛軸も、違い棚に飾った焼物も、みんな霞んで色褪せてしまうだろう。ここは事務部屋ではないのだ。その一事を徹底させねばならない。机とコンピュータは別の部屋に追いやってしまうにかぎるわけだが、宗雄はこのときほど一人きりの力不足を残念に思ったためしはない。

いきなり階下の玄関先に物音が聞えて、何事ならんと宗雄は耳を欹(そばだ)てた。入口に立てかけておいた額縁でも倒れたものか。積み上げた箱でも崩れ落ちたか。あるいは、誰か人でも来たのだろうか。宗雄を息をのんだ。すると突然、階段をゆっくりと踏みしめながら上がってくる足音がする。いささか傍若無人な足音である。泥棒ならもっとびくびくした足運びとなるはずだが。まさか、かつての家の主人が帰って来たとは思えない。しかしながら、宗雄は意外にも冷静を保っている自分に、むしろ驚いた。

「あら、兄さん」

和室の入口に妹のレナが立っていた。

「玄関の鍵があいていたから、何かしらと思って」

兄妹二人ながら、この間それぞれ奇妙な緊張感にひたされていたことになる。種明しがすめば何ほどのことでもない。

「じゃ、兄さんはずっとここに泊っていたの？」

「ああ、今日で四晩になる。なかなか快適だよ」

「あたしも泊ってみようかな。寝袋を用意してきたから」

「古いほうの二階もさっぱりしていいじゃないか」

「実は兄さんにお話があって。ちょうどよかった」

夕方、雨の上がった隙をみて、近くのスーパーへ買物に出た。ビールと弁当と、それからウィスキー用の氷塊を買った。水のボトルはまだ蓄えがある。空模様が回復して西陽が射せば、二階の窓辺に夕空を眺めながらくつろぐこともできよう。雨上がりの黄昏は清々しい。田舎生活の間（はざま）に顔をのぞかせる一ときの悦びというべきかもしれないが、この種の悦びに与れるかぎりは田舎もどうして悪いものではない。宗雄はそのことを、それとなく妹に伝えてやりたかった。しかし自然は皮肉にも、宗雄の意向に反して、夕方から夜にかけて灰色の厚い雲を打ちひろげたまま、さらに改善の兆しすら見せなかった。

妹と二人で弁当を食った。周囲がゆっくりと暮れていった。

「話があるんだって?」

ビールからウィスキーの水割りに移ったところで宗雄が訊いた。妹はそれまでのくだけた調子を改めて、しんみりといった。

「信兄さんのことなの。あの人が死んでから、どうしてああなったのか、あたし、ずっと考えてきた。でも、どうしてもわからない。あたし自身のことが何だかわからなくなってしまった」

「何だい、何か、自分の落度でもあったというのかね」

「もう少し、どうにか出来たような気がしているのよ。でもあのとき、自分でもわからないままに、ずるずるっと引っ張られてしまった」

「それは、どういうことかな」

「あたしはあの人が怖かったの。怒ったときのきつい目つきと、あの恫喝と、何を仕出かすかわからないような危険人物。それであたし……」

「それで?」

妹は黙った。しばらくして、ふーっと溜息をついて、意を決したように吐き出した。

「死んでくれればいいと思ったの」

「……まさか、そんなに憎んでいたのか」

「だって、それまで何度か灰皿を投げつけられたり、頭ごなしに罵倒されたり、ずいぶんひどい目に遭ってきたのよ。本当にやっつけてやりたかった。でも太刀打ちできないのはわかっていたから、憎しみだけが内向して、心のなかで加熱と膨張をくり返し、いつ爆発するかと。……自分でも抑えのきかないような、はらはらする瞬間もときどきあった。本当に、信兄さんなんか、一人でそっと死んでくれればいいと願ったぐらい」

「で、願いどおりになったってわけか」

「実際そうなってみるとね、自分がとんでもなく薄情な妹のように思えて」

「後悔しているのか」

「あの人が水も電気も食糧もない部屋に、じっと動かないでいるのは知っていた。それを知りながら、ロンドンの兄さんには何一つ知らせないで放っておいた。なるようになれと思っていた。一度だけ、行方不明になって警察が入ったときに連絡したのが例外です。あのときだって、いっそどこかに消えてしまえと思ったぐらい。本人はその直後に帰ってきて、ここで倒れて死んだわけだけど。実はあたし、あのとき、あの人の末路が何となく直感されたの」

「直感が正しかったことを、あとで確認したわけか」

「確認するまでもなかった」

「え、……」

宗雄は口をつぐんだ。迂闊なことを口走ってはならぬと思った。双方、しばらくの沈黙がつづいた。話に穴があいて中途半端な気分であった。やっとのこと宗雄が語をついだ。

「一つだけ訊いておきたいんだがね。遺体のわきに転がっていた鍵だが、たしか緑色のキーホルダーが付いていたな」

「ああ、あれは警察が戸締りをしたあとに返してくれたのよ」

「ふーん、そっちへ返されたのか。警察の預かり品が返却されてきて、そのなかに鍵がなかったから不審に思っていたのだが」

「遺体のそばに転がっていたというのは知らなかったけど。そういえばあの鍵、異臭が残っていたっけ」

「おれに渡してくれた合鍵は、そいつで造ったものか」

「いいえ、あたし専用の鍵から造ったの」

「ふーん、別の鍵があったか、そうなのか」

氷塊を詰めたビニール袋も、早々と氷が溶けて水でいっぱいになった。寝酒もそろそろお終（しま）いだ。妹のやつは、あっちの古い二階に寝床を用意しなきゃならんだろう。あっちへむかうのに、途中には屈折した長い廊下があるから、暗いなかを歩いて行くのはいい気分じゃあるまい。そうかといって、わざわざ先方まで送りあそばすのも馬鹿げている。

「懐中電灯なんぞは持っていないかね」

「携帯電話の灯りがあるから」

「ああ、そうか。むこうの二階まで行くのに平気かな」

「兄さん、あたし、やっぱり帰る」

「そうか、話したいことはもういいのか」

「兄さんなら、察してくれたでしょう」

「どうするんだい?」

「何が?」

「この先のこと」

「さあ」

「……」

妹は階下へ降りていった。宗雄はまた独りきりになって、しかも曖昧な気分を抱え込んだまま捨て置かれ、所在なげに煙草を吸った。あたりが森となった。しかしそれも束の間のこと、階段にみしりみしりと音がする。和室のガラス障子が勢いよく開いた。妹が血相を変えてこっちを睨んでいる。忘れ物でも取りに戻ったような様子ではない。その表情には、何やら険しい翳が見えた。いつもなら、どこかのんびりした、あたかも俗離れしたような立居振舞をなすのが妹である。その趣がまったくなかった。

「あたし、見ちゃった」

「何を見たっていうんだ」

宗雄は怒ったような声を張り上げた。

「いたのよ、……嫌いなやつが。台所の戸棚のへりを黒い影が動いていったの」

「そうか。食べ物のかけらも置いてないのに、なぜ出てくるんだろう」

「遊びにくるのよ。戸の角を齧ったり、畳のふちを抉ったり、やりたい放題よ」

「まったく嫌なやつだ」

「この家も、もうおしまいね」

妹の表情はようやく和らいだ。未練も失望もなく、せいせいしたような顔つきであった。古い伝統とか家の継承にこだわり、一個の義務観念をもって我が身を縛るのは愚かしいことであろう。愚かであるだけならまだ許せるが、それが身の破滅をよぶところまで亢進しようなら悲劇である。いや、呪いである。呪いをそのまま甘受するか。逃げるか。妹の場合は、宗雄の心情とはまったくちがって、実にさっぱりした様子であった。

「じゃ、帰るから。お休みなさい」

宗雄は独りになってやみくもに煙草を吸った。頭がぼんやりしてきた。ぼんやりとした頭では碌な考えが浮かばない。そんな反省だけが、くり返しくり返し、潮のように寄せては退いた。

どれほど経っただろうか。宗雄はずっと床柱に座布団を当てがい、それに背をもたせて足を伸ばし、黙然としていた。ふと、小さな音が聞える。階段を踏み鳴らす足音のようにも聞えた。妹がまだぐずぐずしているのかと思いながら、ぼんやり目を上げると、同時にガラス障子が開いて野太い声が上がった。

「なあーんだ、来てたの」

その声には聞き覚えがある。

「……ああ、泊めてもらっているよ」

宗雄は何食わぬ調子で応じた。しばらくの沈黙があった。宗雄は急にくつろいだ気分になって、言葉がすらすらと出た。

「食事はもうすんだの？　ここにちょっと食べ残しがあるけど、もしよかったら。ついさっきまでレナが来ていてね。助六の弁当を摘みながら話しているうちに、いきなり帰るといい出して。あいつ、何考えてるのかね」

「いやア、固形物なんて、もう何日も口にしていない。このところ、片栗粉ばかり舐めながら命をつないできた」

宗雄はじっと相手の顔を見た。ひどく懐かしい顔だ。ずいぶん長いこと見なかったようだが、しかし長いあいだ見馴れてきた顔にはちがいない。宗雄は一瞬涙ぐんだ。

「今日は何？　仕事で？」

「仕事はない。馘になっちゃったよ」

まるで他人事のように笑っている。宗雄は自分までが笑われているような気がした。小さな世界でこせこせ働いて生きている小動物の姿かっこうが思いだされた。

「収入がなくちゃ困るでしょう」

「困るねえ」

また笑った。宗雄としては、とりつく島もない。

「この家は、いったいどうなるのだろう」

「どうにもならんね。親族はみんな知らん顔なのだから」

「自分のことで精一杯なんだよ」

「なに、自分のこと以上の価値を知らんだけさ」

「そんな価値って、あるのかな」

宗雄は自棄ぎみに、大胆な一歩をふみ込んだ。何かにこだわるのはいけないことだ。気持が萎縮して余裕がなくなる。他人にも、自分自身にも寛容でいられなくなり、焦り、感情がささくれてしまう。そこは冷静に考えてみてはどうだろう。この世における価値なんて、それが実は思うほどの価値でもなく、ただ無反省に信じ込み、流され、踊らされているだけではないのか。疑え、何事も疑ってかかることだ。宗雄はそういいたかった。

「自分が勝手に価値ありと決めてしまっているんじゃないのかね」

「そういわれりゃ、確かにそうかもしれん」

「自分の体質が、いや気質がそんなふうに決定してしまっているんだ」

「他人も同じようにとは望めんわけか」

「うん、それぞれがちがっているから。みな同じと考えるのは偏見だね」

「偏見というより、妄念かな」

「そう、ある観念にとらわれ、それにしがみ付き、離れられないわけなのだろう」

「何もかもが、どうでもよいことなのか」

「自由かつ生き生きとした精神にとっては、何もかも、笑いとばすに値するだろう」

「そうか、俺はね、腹の底から笑えなかった。生活に笑いが欠落していたんだよ」

「躾とか教育のなかで、笑い方なりをもっと教えなきゃいかんかね」

「その逆を教えているわけだよ。俺もその逆の道を教えこまれてきた」

「笑いとばすんだな。自由であることだよ。それにはちょっと勇気がいるかもしれないが」

「勇気かね。めんどうだな」

相手はふふんと、誤魔化したように笑って立上がった。

「おや、もう帰るの」

という間も待たずに、ガラス戸の後ろにすっと消えた。階段をみしみし降りていく音が聞えて、宗雄はその後ろを追うように玄関先へと降りた。しかし先刻の話相手はどこにも見えない。なんて立ち退きぎわがいいんだろう、と宗雄がつぶやいたとたん、どこからともなく一頭の黒アゲハが迷い込み、宗雄の眼前をかすめて一、二度旋回したあと、細く開いた玄関の戸のあいだを巧みにすり抜けて外の闇に消えた。宗雄は不思議な気持に打たれた。夜の灯りに飛び込む大ぶりの蛾はこれまで何度も見たものだ。朝になって蛾が廊下の隅に死骸をさらしているのも珍しくなかった。しかしこんな夜の時分にアゲハ蝶が飛んでくるなどは、かつて一度もない。宗雄が玄関先に立ち竦んで呆

然としていると、さらに別の驚くべきことが起きた。細開きの玄関の戸が大きく開いて、

「やっ、お父さん」

と、今度は息子がそこに立っている。

「なんだ、おまえか」

「え、どうしたの」

「何か見なかったか」

「何を?」

「黒いアゲハ蝶か、何か」

「お父さん、いよいよイカれてきたね」

「いや、今、何時かな」

「八時を過ぎたばかりだよ。いきなり電話してくるから、何事かと思った」

「おれが電話を?　そうか、変だな」

「白い大きなネズミが出たとか。こっちに迫ってきたとか。ぎゃあぎゃあ、いってたよ。やっぱりお父さんは一人じゃ泊れないね。さァ、僕のホテルに移動しよう」

宗雄は息子にそういわれながらも、どうしたって腑に落ちない。夕食にビールを飲んだのは確かである。妹がいっしょだった。とにかく昼間からの疲労と渇きのために、ずいぶん飲んだようだ。ビールのあとのウィスキーもどれだけ飲んだか怪しい。妹が帰ったときのことは、朧げである。そ

のうち横倒しに寝てしまったものか。あるいは瞑想の流れに漂いながら、いつしか夢うつつの境にさまよっていたか。どこからどこまでが本当にあったことなのだろう。宗雄は自分自身が甚だ当てにならなくなった。自分の与り知らぬところで、勝手に何かが動いている。何かがこっちの思考回路を牛耳っている。他人からの指摘がなければ、自分が何を考え何を実行したかなど、そんなことにはとんと気がつかないありさまだ。また指摘されたにしても、それを是とする気持にはなれず、どこか半生(なま)の、宙ぶらりんの、ぼんやりとした領域に我が身を置かずにはいられない。宗雄は途方に暮れた。やがて息子の前に頭(こうべ)を垂れるようにして、ぼそぼそいった。

「迷惑をかけたな。ご免よ。おれがもっと、しっかりしていればよかったんだ」

外へ出てみると、空には厚く雲がかかっていて星は見えない。夜風が涼しい。

神々の集い

雨戸をつけない窓には寒気除けとして二重のガラス戸があつらえてある。宗雄はその戸を内側からあけ、つづいて外側の戸もあけた。白い息がとび出して前方に煙の帯を作った。真冬の庭先が灰色にひろがった。かなた、銀杏の樹の骸骨が凍りついたように太枝をひろげて、そのわきに桜の大木が、またそのとなりには辛夷やら、紅葉（もみじ）やら楓が、薄ぼんやりと立ち尽くしている。昔なら、あの辺りに俄か造りの山羊小屋があって、小屋のなかからときどき山羊の細い鳴声が流れてきた。斜（はす）向かいには黄粉色の土蔵があり、大壁のきわをむこうへ抜けると、どこかよそよそしい古家の前庭に出た。そこがおれの生れた家だ、と宗雄はつぶやいて、いや、両親から聞きおよんだ話によればそうらしい、とまたつぶやいた。しかし自分の記憶をたどってみると、宗雄はいつの間にか訳もわからずこの家の子として、泣いたり笑ったり、そばには恐い父と、甘ったるい母と、兄二人に、それから大人しい祖母がいた。誰がこの一団を形成したのだろうか。誰が？　宿命である。

「寒いなあ、換気はもういいから」

〈そうか、つい、ぼんやりしてしまった。寒暖計は？　ああ、零度か。どうりで鼻のあたまが冷

たいわけだ〉
我に返って宗雄はガラス戸を閉めた。ガラスの面いっぱいに、白い、清冽な氷の花が咲いている。その一つ一つが、それぞれにダイヤモンドの花弁をちりばめたように見える。一夜のうちに水滴が宝石に変ってしまうのだ。宝石の表面を宗雄の指がゆっくりとすべった。指先にちりちりと冷たい痛みが走った。

「宗ちゃん、ほら、炬燵に入って。みかんでも食べたら?」

〈みかんは冷たくて歯にしみるんだよ。上野駅から東北本線に乗るとき、どういうものか人はよく、駅弁といっしょに冷凍みかんの網入りを買った。ほら、赤糸の網筒に五つばかりのみかんを押しつめた一品さ〉

みかんは石のように固く凍っていたっけ。その表皮が車内の温気で溶けかかる頃に皮をむいて、まだ冷たくて硬いみかんの小片をむしり取るようにして頬ばるのだが、これが苦手だった。舌や歯にしみてやりきれない。東北本線に母がいっしょのときなど、汽車旅には冷凍みかんが欠かせぬとばかりに、母はきまってこの一物をプラットフォームの売店でいそいそと買い求めた。そうして少女のように、笑顔を赤くふくらませて列車に乗り込んだものだ。

〈朝から、茶ばかり飲んでいるじゃないか。炬燵の上の灰皿はもう吸い殻の山だ。煙草で喉が乾くから、茶を飲み、また煙草を吸う。そして長々と話がつづく。何を話しているんだい。話はいつまで経っても、ぬらりくらり、核心に到達する気配すらない。上空の同じ場所を旋回するヘリコプ

ターさながらじゃないか〉

「生きるためにゃな、こうすべきだ、ああすべきだなんて、きれい事をいっちゃいられねえんだよ。そんなのは子供の道徳だ。人間が生きるってのはな、きれい事じゃねえ。俺は学校がきらいだった。お勉強なんて、何だ、あれは。ママ事じゃねえか。学校の先生もクズだ。生きるってことの本当の意味を教えてくれやしねえ。俺はそれを自分で探ったよ。自分の生き方でいこうと決心した。ある日、ひそかにな。まわりの奴らなんか相手にもしなかった。奴らは俺から遠ざかった。どいつもこいつもだよ。ああ、まったく、どうしようもねえや」

〈そうして今に至ったというわけかい。で、あんたはどんな生き方でいこうとしたのかね。その自分流の生き方というやつだが〉

「喜びがなくちゃいけねえんだよ。生きる喜びだ。みんな、苦しむことばっかしやってるじゃねえか。一所懸命にさ。へんに気張って、見栄張って、余裕のかけらもなく。親父なんか典型だよ。あんな生き方で、何が面白いんだ。がむしゃらに生きて、人の上に立って、人からは尊敬され、そうやって大事なものをみんな犠牲にしてきたんだ」

〈おのれもその犠牲になったというのかね。親父は親父、自分は自分と、一線を画していくことができなかったわけか。親父の生き方に圧迫され、潰されてしまったのかね〉

「まず犠牲になったのは兄貴だ。それから、おふくろだって犠牲者だ。気の毒でしょうがねえや。俺はやられる前に家からとび出したんだよ。この家の重圧から逃げねえと自分の人生はメチャクチャだと思ったから。重圧の中心には親父の存在があったんだ。俺は早くからそれに気づいていた」

〈そういうもんかね。兄貴も母親も、それなりにこの家で生活して、そりゃ嫌なこともあったろうけど、どうにかこうにか親父さんと交わってきたはずだが〉

「そういう見方が甘えんだよ。どうしようもねえや。じゃ、兄貴ィ、兄貴は自分でどう思う?」

「ああ、己にはよくわからん。いや、誰のせいでもないんだよ。一人でいろいろ気になってね。何もかもいっしょくたに、渦巻いて、山鳴りみたいに変な音が襲ってくる。ああ、己はこの世に生きてないみたいだ。ふわふわと宙に浮いている。考えるのももどかしいな」

「そういうときは考えちゃダメよ。寝なきゃいけないの。さあ、お薬のんで」

「あんたはな、そうやって兄貴を薬づけにして放っぽり出そうってんだ。心がねえんだよ、さっぱりな。それで、ちゃんとやってます、なんていうんだから。大した嫁だよ、あんたってのは」

「わたしだって、頑張ってますよ。この家に入ってから、ずっと、もう何年も」

「何、いってやがるんだ。真剣味がねえんだよ。何をやるにも。そんな調子なら、さっさとこの家から出ていけっ」

「まあ、まあ、喧嘩しないでね。みんな、仲良くやらないと」

「おふくろはね、学校の先生してたから、いつもそんなふうにいうんだ。仲良くしろっていわれたって、この家の人たちは仲良くできねえんだよ。何故か考えてもらいたいね。答は簡単だよ。愛情がねえからだ。自分さえ良ければいい、そんな人たちの集まりなんだ。兄貴が不調なのも、愛情が欠乏しているからだよ。子供のときから、もう何十年もな。やっと結婚して、どうかというときでも、この女が嫁にきて、欠落した愛情を補ってくれるどころか——」

「もういいよ。誰のせいでもないんだ。己が弱いんだよ。うまく生きていけない性格なんだ。どうしようもない男だな。教壇に立つのも、まったく自信がない。世のなか全部が怖くてしょうがないんだ。これじゃいけないって思うと、ますますおかしくなる。ああ、もういいよ。己はあっちへ行くから、みんなでこれからの事をよく話してくれ」

「どこへ行くの？一人で」

「定子、己のことなんか構うな。それより、子供たちの面倒をみてやってくれ。もうすぐ学校から帰るだろ」

肩いからせ、声を力ませながら、言葉を絞り出しているのだが、席から立上がりぎわに手の甲でそっと目もとをこすっているのが痛々しい。この長男の心境に寄り添ってくれる者なぞ、ここには一人もいないようなのだ。長男なのだから、しっかりして欲しいとは家の誰もが希う。しっかりしてもらえば、そりゃ、自分らが助かる道理だからである。

「なに、みんなで大騒ぎしているの」

「おや、レナちゃん、今来たの。寒かったでしょ。炬燵に入りなさい。ほら、みかんも食べて」

「元気なやつはいいよな。それどころじゃねえっていうのに。さっきまで兄貴も入れて、この家をどうしようかって話していたところだよ。おまえ、何か名案があるか」

「悪いけど、あたしは今の生活が精一杯で、実家のことまで考えられない。お父さんはああして、動けなくなるまで神主の仕事をつづけようというし、上の兄さんも弱ったり立ち直ったりしながら、とにかく現状維持に努めている。家のこと心配するのは、まだまだ先なんじゃないの」

「俺にゃ、そうは思えねえ。何か、こう、暗雲がひろがってきている感じなんだ。おまえも結局、宗雄と同類だな。実家なんか消えちまっても平ちゃらなんだろう」

〈だから、どうしろというんだね。今現在の土台を強固にしないで、何が実家の将来かね。いざとなれば、実家などためらわず放擲するほかない。それこそ厳しい現実というものだろう。またそれが、真に生きるという意味でもあるはずだ〉

「実家ってのはな、自分がこの世に誕生した原点なんだ。むろん親もそうだ。そういう大事なものを大切にしねえのは、人間として許せない。おまえ、物事を軽く見すぎているんじゃねえのか」

「じゃ、兄さんは何をしているわけ？　実家のために、親のために、自分の原点のために。何か貢献している？」

「バカヤロー、こうやって本気に考えてやっているのが貢献のあらわれじゃねえか。知らん顔しているやつらとは大ちがいだ。いいか、放っておくとな、家は崩壊してしまうんだ。親だって、そのうち動けなくなったら誰かが世話しなきゃいかんだろ。放っておけねえだろ。いつか親も死ぬ。万事が滅びへむかって、じりじりと進んでいるときなんだ。どうでもいいなんて、いわさんぞ。自分の原点なんだからな。これを否定するのは己れの存在を否定するのと同じだ。逃れられんぞ。これは宿命だ」

玄関の戸が開いて、若い元気な女の声がとび込んできた。部屋のなかが明るくなった。

「ひゃー、大雪ですね、ハハハ。毎度どうも、ヤクルトでーす」

「あれあれ、まあ、たいへんな雪だこと。ほら、箒で払ってやっから」

「ハハハ、ありがとうございます。これ、ヤクルト五本、ここに置きますね」

「おや、別の雪だるまが二っつ、あれまあ、早く、早くこっちへ」

「おばあちゃん、ただいま。おばちゃん、こんにちは」

「おばあちゃんじゃなくて、おねえちゃんよ、ハハハ」

小学生の娘たちは真っ直ぐだ。若いヤクルト嬢も清純だ。若い血こそが、何にもまさる救いだろう。極寒の季節であれ、雪まみれであれ、一切ものともしない。若い血は闇を光に変え、家じゅうに暖をそそぎ、蜜の甘味をふりまく。若い力はかくも頼もしい。世界の将来はこれにかかっているはずだ。若い血と若い力。それからすれば、老いなぞはもう用済みの古道具だろう。箱のなかにしまい込むのも遠からずといったところだ。役割の力点はすでにして若い世代へと移っている。老人は未練を引きずってはならぬ。時代は転じた。かくて世は若返り、万物はここによみがえる。そうではないか。枯渇した頭脳をもって、新しい時代のみずみずしい生命に、どうやって張りあうことができようぞ。もう、さっさと任せることだ。そうして、何か、ある別の領野に、老いの道が細く枯れて伸びていようものなら幸いだ。過去の厚みのなかへ、未来ではなく、過去の折りたたまれた旧い事蹟の奥へと、細く、長く、一すじの糸が風に漂っていようものなら、それに縋るがよいのだ。

「あ、おじちゃんだ。おじちゃん、雪合戦しよう。ね、ね」

「よっしゃ、雪、だいぶ積もっただろ」

「ねえ、おかあさん、おとうさんは？」

「おとうさんは、あっちで休んでるのよ。今日も調子が悪いみたい」

「学校休んだの？　またァ？」

「そうよ、行きたくないんだって」

「ふーん」

「よし、友美に達美、行くぞ。子供は風の子だからな」

「わーいっ」

「きゃあ」

嵩たかく積もった雪も、陽射が照る頃には溶けかかった一椀の氷水のように緩みだす。トタン屋根の上に凍りついた雪の塊は、じりじりと樋のへりまで動いて、しまいには自身の重みに耐えながら、白い絨毯を巻き上げるような格好で屋根先にぶらさがる。しかしそれもやがて忍耐の限界に達すると、岩石のような雪塊は先に崩れ落ちた下方の雪の山に我が身を投じるのである。そのような雪崩が幾たびかくり返され、地上に積もった雪は刻々と嵩を増し、ついには屋根のへりにまで接して、ここに屋根から一つづきの雪の斜面が出来上るのだ。子供らとして、この雪面を遊び場にしない法はない。橇やらスキーやら、屋根の頂から真っすぐに庭先の雪原めざして滑り降りる。庭のかたわらには立木があるから、それだけは用心しなければならぬ。屋根の雪はコチコチに凍った氷塊だから、滑って転べば打身が痛い。しかし赤い頰っぺの子供らは、しょっちゅう転んではよく笑う。

いつの間にか、近所の子供たちまでが加わった。大そう賑やかな雪遊びとなった。橇もスキーも持たない子供は、ダンボール箱をつぶして尻で滑った。それさえも持たない子は、勇敢にも尻餅ついたまま滑り降りた。固く盛り上がった氷塊に乗り上げたとたん、その子は、痛っ、と叫声を発して急所を押さえた。ガリガリっと、すぐそばをスキーが滑降する。ゴワゴワっと橇が走って、平地の雪面に転げる。男の子も女の子も、かわるがわるに滑った。どの子も汗まみれになり、ジャンパーを脱ぎ捨てセーター姿も軽やかに、それでも毛糸の帽子と手袋だけはしっかり放さず、口から忙しく吐きだす息も白い。

「あ、おじいちゃんが帰ってきた」

友美が屋根の頂に立って鈴のような声をひびかせた。門の内に佇み、子供らの雪遊びをじっと見ている老爺が一家の長であり、村の神社をまもる宮司である。教職を退いてから東京の大学で講習を受け、神主の資格を取り、その後は年ふるほどに実績を積み、着々と位階を上げて、とうとういちばん上の正階にまで達した。着衣の色もすがすがしい水色に際立ち、遠くからゆっくりと歩いてくるその姿は、村人たちの目にあたかも神の出現かと見えた。

老爺は子供らに声をかけるでもなく、また微笑みかけるでもなく、静かに雪を踏んで玄関を入っ

た。厚手のコートとマフラーを妻の手に預けると、老齢にしては張りのある低い声で、

「このどら焼きは?」

と食卓の菓子鉢に三つ四つと積んだどら焼きを指さした。

「これはね、レナからの、おみやげよ」

「ん?」

老爺はひどく耳が遠い。特別に注文してとり寄せた精巧な補聴器を持ってはいるが、耳に鳴る不自然なひびきが嫌いだといって、二、三度使用しただけで机の引出しの奥へ放り込んでしまった。

「どら焼き、食べますか」

「ん? うん、茶を淹れてくれ」

他人のいうことは大概見当をつけてのみ込むが、自分から発する話にはまったく乱れがない。それどころか、ときに話は一方通行の感を免れず、老爺が得意げに語る四方山話を聞かされる家族としては、少なからぬ気遣いと、それに伴う疲労を覚悟せねばならぬ。

「紀彦のぐあいはどうか」

「はい、部屋で、休んでます」

「ん、……」

老爺は好物のどら焼きを旨そうに食った。音をたてて茶を啜った。

「学校の勤めを休んだか。休みが重なると、休まずにはいられなくなる。そういうもんだ。休む

ことに中毒する。中毒っちゅうもんは、簡単にゃ抜け出せん。恐ろしい闇だ。さァて、どうしたものか」

「ええ、ほんとに」

「レナが来たか」

「はい、二階の部屋に」

「宗雄は忙しいか」

「あの子は、何、やっているんだか」

「ん、何だって？」

「宗雄は、どこかへ、出かけました」

「うん、そうか」

老爺はまた一つどら焼きを食った。甘い物が大好きだから、早くから糖尿病を患ってしまったのも無理はない。紀彦にも糖尿の気がある。信也もそうだ。宗雄は糖尿よりも心臓が心配だ。レナは、どこかに悪いところがあるのかどうか。

「信也もいっしょに出かけたか」

「信也は、子供たちと、雪合戦のはずだけど」

「ん、わからんな」

「雪、が、っ、せ、ん」

「ああ、そうか」

しかし実のところ、信也は雪合戦に興じていたのではなかった。子供たちの相手をしたのは、ほんの十分間ほどで、あとはふっと気が変ったように門を出て、雪の細道を歩いて行った。屋敷の西側のはずれを廻って裏道へ出ると、雪に埋もれた田畑が遠くまでひろがり、今まさに白銀の世界であった。見渡すかぎりの雪野原に冬の陽光がまぶしく乱射していた。雪が降りだす前は緑の野菜が風にそよぎ、あるいは金色の稲穂が一面に波うっていたものだが、今では光りかがやく白一色の平野となっている。その平野を切り裂くように、はるか遠くから単線の線路が伸びていて、二時間に一本ぐらいの頻度でディーゼル機関の短い列車が明るい音をたてて走りすぎた。耳をうつ音といえばそれぐらいのもので、列車が通らなければ深い静寂と、人影ひとつ見えない荒涼たる大地がひろがっているばかりである。やわらかい真綿の絨毯を八方に敷きつめたような雪原に、陽は惜しみなく、残酷なまでに、燦々と照りつけた。こういう風景のなかに身を置いて、我知らず不思議な力に引きずり込まれぬ人は少ないだろう。信也はその種の力に敏感に応えた。脛の深みまで雪に潜りながら、そんな雪など気にも留めず、一歩一歩と歩みを進めているのだが、何のために、どこへむかおうというのか、とんとわからぬ。わからずに動いているというのもおかしな話だが、信也にいわせるなら、己れの意識を超える巨大な力が、わけのわからぬ暴力が、ときとして自分の全身をつつみ込んでしまうというものだ。その力に従って、ふらふらと動いていくほかはないのであった。思えば、思春期の永い日々の連続がそうだった。また成人してからは、東京の渋谷に小会社を設立し、社長の名を恣（ほしいまま）にしたのも一年足らず、ほどなく借金返済に追われて倒産した。世田谷の贅沢なマンションも手放すほかなかった。あのときもやはり、信也は不思議な力に自分の五体が翻弄されているようであった。話合いをしても、いっしょに近所を散歩しても、いかにも何かに憑かれたような様子が見えた。

信也は雪道をゆっくりと歩いて行った。ときどき立止まっては遠くに目を遣り、動く物影ひとつないのを確かめるようにして、それがすむと、また歩きだす。黙々と歩いているうちに信也の目に映る風景が次第に変化していった。いや、それは果たして肉眼がとらえているものなのか、あるいは何かの錯覚によって、脳髄が勝手に作りあげた像を肉眼に伝えているものなのか。雪原の果てに林檎畑が見える。かたわらには柿畑もつづいている。その手前には小川が流れ、土手道が伸びて湾曲した先方には、杉の木立にまもられた古い神社が見えた。目を見張ると、白一色におおわれた道が雪ではなくて砂利を敷きつめた田舎道と化し、その道を、こげ茶色のランドセルを背負った少年が一人で歩いて行くではないか。たった一人で、とぼとぼと。道が線路の踏切を横切っている。そのときであった。突如、静寂につつまれた四方を揺るがすように、踏切のかたわらに設けた警報機が高く、大きく、金属鉢を叩くような音を空中にばらまいた。

「カン、コン、カン、コン、カン、ゴン、ガン、コン、ガン、ゴン、ガン、ゴン」

信也は突然に襲いかかった炸裂音に驚いて、あたかもそれに抗するかのように、ただ一つ、やああっ、と宙にむけて大きな叫びを発した。

跋——祈り

たまたま地方の一旧家に生れて、年ふるままに人となり、しまいには天の定めふりかかり、その命を召しあげる。遺された者ら、只ひたぶるに祈る。されど、祈る者びとも、かわるがわる、とき到りて同じ定めに斃れ、今度は逆に祈られる。一人また一人と、生れては死ぬ。死ぬとわかっていながら、生れてみれば嬉しいことも、辛いこともあろう。それもこれもが、いずれみな、ひとときの光芒放つ間もはかなく、果ては闇に消えゆくものの。

かつてさんざめいた日々の生活、古い家屋敷、周囲をとり巻く山に川に、野に畑に、昔の面影今は無く、ただ言葉だけがむなしく宙へ舞う。祈るべし、命あるかぎり祈るべし。神々の、この世に在りし証を温めながら——祈ろう。

第二部　譚草拾遺

愚神祭

一

主人公は犬か人間か、さっぱりわからぬ。人間こそがむしろ大切であるはずなのに、実際そうではないらしいのだから困る。人間と犬、いったいどっちが偉いんだい？——とは、その頃の親父の云い草でもあった。親父は年じゅういらいらした。暗い溜息をついた。それにも拘らず、さかえ町の遠山家の真ん中にはいつも犬がいる。まるで王様だ、いや雌犬だから女王だ、とか何とか、冷ややかな噂が近隣じゅうに流れていた。

女王ばりの犬を丸ーるく囲みながら二人の男の子、つまり中学生の兄と小学生の僕、それから母親と父親が順に坐っている。その目出度い五人家族の図が、いま、うららかな記憶の遠景に甦るのだ。しかし正確に想い出すなら、親父一人だけが、いつも家族の輪の外に白々しく離れていた。どういうつもりか知らない。一家の中心が、まずこの人であるようには見えなかった。

仮に親父が難病もちであったり、また癇癪もちであったならどうだろう。家族としては、まさか無視もできまい。病人はすぐさま一家の玉座に引上げられて、取扱注意の毀れ物みたいに、家族の誰もがおそるおそる近づき早々に離れるという具合だろう。だが親父は、それどころか、心身ともども呆れるばかりに健康なのであった。三度の食事では恐るべき健啖ぶりを発揮して、夜は小児さながらに安らかな睡眠を貪った。酒を飲めば止まるところを知らず、煙草なんざ、夜な夜な灰皿いっぱいに吸殻の小山をつくって悦しんだ。そんなわけだから、家族はとかくこの親父を顧みず、いちいち親父の気持を忖度することなどもなかった。

「ふん、犬と人間と、どっちが偉いんだい？」

親父のだみ声が流れてこようが、真顔で応じる者なぞ誰もいない。そよ風でも吹き過ぎたか、またはせいぜい、爺さんの独り言かとばかりに相手にしなかった。

「へん、そのうち大病に罹ってやる。死ぬかも知れんぞ」

親父がそうまで自棄っぱちになるのは、晩酌でいささか酩酊したときに限られた。むろん、馬耳東風に受け流されて、家族の誰からも何の反響もない。

親父は普段いつも家にいた。もっとも、毎日くすぶっていたわけではなくて、ときどき出かけては真面目に働いていたらしい。——らしい、というのは、子供の目には暇だらけの、呑気な父さんと見えたから。女房が家をまもり亭主が外で働く、とやらの古風典雅な役割分担なぞ、わが家にあってはまず考えられなかった。

親父は大学教師の職務がら(と本人がいう)、とかく部屋に引きこもる日が多かった。悲しいかな、わが書斎をもつだけの器量もなく、家族がそろって雑魚寝する二階の六畳間の窓辺に小ぶりの坐り机を置いていた。その机の前で、朝となく夕となく、親父は座禅修業にでも埋没するがごとくに坐りつめていた。何が愉しいのかわからない。小さな机は、幼い頃に愛用した代物を田舎の実家から送り届けさせたというのだ。こげ茶のニスが隈なく塗ってあって、前のところに可愛らしい引出しが二つ付いていた。引出しの一方には、子供のときに買ってもらったという虚空蔵さまのお守りが後生大事に忍ばせてあった。もう一方の引出しは空っぽである。

母さんは、親父と逆の性分であったようだ。雨が降ろうが風が吹こうが、外出しないでは気がすまない。外出すればきまって帰りが遅い。夕飯どきになってもまだ帰らないことがしばしばであった。

――ある日を境に遠山家の雰囲気が変った。一匹の仔犬が、何くわぬ顔でわが家の真ん中に居すわっていたのだ。

学校から帰って玄関のドアをあけると、仔犬が嬉しそうに待っている。母さんがあちこち出歩いて夕方に戻れば、さあ帰って来たぞと、尻尾をぺらぺら振って今にも跳びつきかねない。親父が偶(たま)の外出から帰宅するや、これで家族全員がそろったとばかりに安らかな顔つきを見せる。仔犬は遠山家の人びとをがっちり支えているようだ、とやがて近所にも噂が立った。詮索好きの富谷さんが、隣家どうし向きあわせの台所の窓格子からこっちを覗いて、あれやこれや周囲に喧伝したのだろう。まるで犬さまさまだ、人間のほうが犬にかしずいているわ、とか何とか。まあ、どうだっていい。

要するに、仔犬が来てから家のなかの空気が一変したのである。親父の溜息もふえた。

二

さまざま想い出す。僕には四つ年上の兄がいて、僕の下に弟も妹もいない。これが久しく不満の種だった。兄ちゃん、兄さん、兄貴ィ——何か、そんなふうに呼ばれてみたくて仕方なかった。だから、仔犬のウィンが家族に加わったときには、たまらなく嬉しかった。これで少しばかり大きな顔ができると思った。話は前後するが、仔犬の正式の名はウィンダミアという。これはイギリスの湖水地方に思い出のある母さんが、当地の湖の名から取ったそうだ。しかしそのままでは長たらしいというわけで、ウィンと呼ぶことにした。

ウィンは雌のシベリアン・ハスキーでありながら、ロシアではなく東京に生れ、祖父母の代までがアメリカ在住というから、まったくもって国際色ゆたかな犬である。ある日、母さんが表通りの犬屋で仔犬をみつけて、ためらいもなく手付金を払ってしまった。それから改めて兄と僕を犬屋へ案内して、

「ほうら、見て。お兄ちゃん、いっしょに帰ろう、ってよ」

と檻のなかの仔犬を見せた。仔犬はつぶらな目でこっちを凝っと見ていた。

夕方、親父は下駄をからんころん鳴らしながら母さんのあとに随いて、犬屋へむかった。下駄の

音からして、気乗りしないことが明らかであるようだ。

「ふん、手付けを払ってしまったとは図々しい」

檻のなかの仔犬を睨みつけながらつぶやいた。仔犬は何やら訴えかけるような、淋しい目付で坐っていた。あとになって聞いた話だが、このとき親父は、仔犬の目がどこか自分の眼つきに似ていると直観したらしい。満更でもなかったわけだ。

いい犬が来た。家のなかに入れて、またたく間に初めの一週間が過ぎた。ぽつぽつ戸外へ出すがいい、と親父はせかすのだったが、折しも、夕べの黒ずんだ空に猛烈な雷鳴がとどろいて、ウィンは外犬になるどころか、下駄箱の下の空洞にもぐり込んだ。

玄関の隅に古い下駄箱が取りつけてあった。底が宙に浮いた恰好になっていて、下方にほの暗い空洞ができている。間口一メートル、奥ゆき五十センチ、高さ三十センチばかりの小さな穴ぐらである。そのほら穴に小肥りの軀を押し込んで、ウィンは梃子でも動かない。よほど居心地がよかったのか、次の日も、また次の日も、雷ぬきでこの穴ぐらにもぐっていた。

「おい、出るんだ」

穴ぐらの外にのぞいた片足をつかんでそのまま引出そうとしたら、きゃん、と一声発してウィンは親父の右手に歯を立てた。すかさず平手打ちがその横面に飛んで、これが目に当った。

「きゃん、きゃん、きゃあん」

ウィンは丸く肥った軀を二度三度と旋廻させて、それから、喧嘩に負けて逃げるようにあっちへ退散した。前肢をぴょこたん、ぴょこたんさせている。目をやられたはずなのに、肢が変になるとは不思議な犬だ。

僕はこの現場をたまたま目撃して、妹がやられた、と思った。胸が燃えた。とはいえ、まさか小学坊主が巨漢の父親に歯むかうなんぞできやしない。両方の頰ぺたが熱くなった。ウィンを呼び寄せて、頭から背中を撫でてやるうちに、涙がぶくぶく湧いてきた。するとウィンは、頸を廻して濃い茶色のつぶらな目をこっちにむけた。

「おにいちゃん」

と、その目が呼ぶ。

「よし、安心しろ」

胸のなかでウィンに呼びかけた。この先どんなことがあっても、絶対におまえを放すもんか、外犬になんかするものか、ずっと傍に置いてやるぞ。――僕はウィンにそう約束した。

三

おすわり、伏せ、ゴウ、親父がそれぐらいの動作を躾けてやろうと声を力ませたら、

「え、なあに?」

仔犬は小頸を傾げる。伏せ、伏せ、と怒鳴られても一向に反応しないから情けない。犬の背中を

押しつけて無理にも屈ませる。スパルタ教育にはちがいない。

おすわりっ、と恐い教師が命令する。何のことやらわからぬ。英語ならばどうかというわけで、ゴウ、と指先を遠くへ走らせてみる。結果は変らない。仔犬は御主人さまの真意を測りかねて、きょとん、とするばかりだ。

仔犬は玄関の上り口の板張りの上に引っくり返って両腿をひろげ、にこ毛の腹を大きく天井にむけたまま寝ていることがある。薄ピンクの皮膚一面には白いやわらかな毛が萌え出て、頭から背中へ流れる黒いビロードもどきの毛と好対照だ。これは軀の外側と内側のちがいでもあろう。内側のひどくか弱い局所をさらけ出して、さあ、何なりと、とばかりに熟睡している仔犬はいかにも屈託がない。さすがの親父も、この無防備にはいささか呆れたらしくて、玄関脇のトイレにむかう折など、犬の寝顔を見おろしながら無言でそっと跨いでいく。ちょっと失礼、と親父のほうから折れているようにも見えた。もしもそのとき親父の感情に魔が差して、薄ピンクの腹の上に踵を置いたりなどしたらどうなるか。しかし、そういう気紛れは一度もなかったらしい。仔犬のほうでも、そんな災難に見舞われようなど夢にも思わぬ風情だった。

親父はつくづく不安になった。わが思惑とは逆の方向へ事がじりじりと進んでいく、そんなふうに思われてならなかった。仔犬を早々に外へ出さねばならぬ。柱も、ふすまも、古畳にかぶせた絨毯なども、みんな傷だらけにされる。台所から居間、居間から応接間へと犬が駆け抜けて、家のなかは仔犬の屋内運動場と化し、涎だの小便の臭いが立ちこめる結果にもなろう。

親父は母さんにそんなことを訴えた。はね返ってきた答がこうである。

「どうせ、あなた、そう立派なお家（うち）でもないでしょ」

確かに、築二十五年を越える古家にはちがいない。しかし子供らも成長して、こんな家では寂しかろうと、四、五年前に、階下の応接間と二階の六畳間をやっとのこと増築した。まるきり甲斐性のない男がどうにか資金繰りをして、家の恰好が幾分ましになった。二階の寝室から子供たちが離れてくれたので、書斎兼用の六畳間にもゆとりができた、と父さん今では喜んでいる。それなのに、女房からこうも冷たく突き放されてはやりきれまい。しかも犬のために、犬をまず先に立てることで、何たることか、人間の生活環境がまさに崩れようとしているのだ。

「犬の相手ばかりで、そのうち自分までが犬になってしまうぞ」

朝から晩まで犬とおしゃべりしたり、寝そべったり、格闘してみたり、母さんはそんな毎日の連続である。今日はいいお天気ね、と呼びかけて一日が始まるかと思えば、雨降りだから寝ていましょう、と犬を胸もとに抱き寄せる。

「近頃、だらしなくなったぞ」

親父は心配でたまらない。家のなかがまるで大きな犬小屋だ。人間の生活がずるずると犬の生活にずり落ちて、女房が、子供らが、みるみる犬に変っていく。うるわしい一家の図なんて、もうどこにもない。親父はこのとき、ひとり絶海の孤島にとり残されたような思いであったかもしれない。

ある晩おそく、親父が帰宅した。大学では一定の講義を担当するかたわら、学校経営にからむ小むずかしい役職なぞに就いていて、苦労も多いらしい。しかし何をやっているのか知らない。余人はいざ知らず、どうして学校教師も楽な商売じゃない、というのが本人の偽らざる心境であったようだ。そういう実感がやたら出しゃばって煩い日には、酒を飲む。仕事も忘れ、家のごたごたも忘れて、駅前の小ぢんまりした呑屋でしんみり飲むのが、この疲れた学校教師の数すくない悦びであり慰めであった。しかも、そうやって飲んで帰る日が、この頃ではめっぽう増えたのだ。

「ただいま」

「……」

「おい、帰ったぜ」

「……」

家族は仔犬を交えて手ぬぐい取りの遊びに夢中である。手ぬぐいの両端を左右水平に張って、それを仔犬の鼻先に近づけながら、ふうわり手を開く。ぱくん、と犬が手ぬぐいに嚙みつくより先に掌を閉じれば、手ぬぐいは奪われずにすむ。犬が速いか、人間が速いか。そんな競争で大騒ぎをしているのだ。一家の主が帰って来ても、泥棒に入られても、気づく気配すらない。

「おい、王様のお帰りだぞ」

「あら、……」

母さんは気の抜けた返事をした。遊びに邪魔が入って、さも迷惑そうな顔付である。しぶしぶ台所に立っていってスープの残りを温めにかかったが、それというのも、親父は酔って帰ると必ずや

「水け」を所望するのだ。何か汁物が用意されていないと機嫌がわるい。母さんはそれに応じるつもりで、とっても美味しいスープがありますよ、なんてわざとらしく誘惑した。

「何のスープだ？」

鶏の腿肉を湯がいて肉は仔犬に食べさせ、その煮汁をスープに活かして人間さまの食卓へ載せた、という説明である。親父はこのチキン・スープのお蔭で、酔いもすっかり醒めてしまったようだ。

「近頃、何だか、だらしないぞ」

とつぶやいて、スプーンをそのままスープ皿のへりに置いた。それから子供にむかって、

「夜ふかしはいかんな」

と恐い顔を見せたので、

「お父さん、また飲んで帰ったんだね」

中学一年生の兄が軽蔑したような笑いを浮べた。その脇で、仔犬が桃色の舌先を波立たせて涎を落としながら、まるでいっしょに笑っているふうにも見えた。

四

かねて知合いの小木おじさんが、ふうらりやって来た。おじさんは同じさかえ町の大工だが、数年前に、近所のよしみから家を改築してもらって、それをきっかけにわが家との親交も深まったよ

うだった。仕事が暇になるや、おじさんは何かと顔を見せた。

「で、犬の肢は、あれからどうかね？」

いつぞやのウィンの災難を家族の誰かから聞きつけたらしく、その後、おじさんは仔犬のことがずっと気になっていた。本人の白状するところでは、けっこう熱烈な犬好きとのことだ。そういいながら、犬を諦めて鼬（いたち）なんぞを飼っている。その鼬をポチと呼んで頭を撫でたり風呂に入れたりして可愛がっているから、真意がよくわからない。

「どうもこうもないさ、肢は医者が簡単に治してくれたよ」

と親父が応えた。

「切ったのかね」

「いや、切ったりつないだりじゃなくて、注射一本だ」

「ほほう、だけど、遠山さんよう、あんたも罪なことをしたもんだ」

「ふん」

犬のぴょこたん歩きなんか放っておいて直るはずだった。それを母さんがやたらに心配して、犬をバスタオルにくるむなりナガミネ診療院に駆けつけた。親父は医者という医者を疑う癖があるから、犬の肢が直ったあとでも、ナガミネ先生の注射なんて怪しいものだと内心では思っている。細い注射一本に八千円までも取られたことが、親父にはむしろ不愉快だった。

ウィンは桃色の舌をぺらぺら垂らしながら近づいて、話をしている小木おじさんの背中に跳びついた。

「こら、こらっ」

と宥めるのも肯かずに、かえって挑発されたとでも思ったか、仔犬はむやみに興奮して青いジャンパーの背中を引きちぎった。ウィンは人と戯れるのが大好きなのだ。

「こ奴は活発すぎるんだよ。本でも何でも齧ってくれる」

そんなふうに慨嘆されても、小木おじさんは驚かない。

「本は紙だし、紙の元は植物だからな。犬でも道ばたの草なんぞ食いちぎるだろ、あれだよ」

「うん、葉っぱを食うね。こ奴を散歩に連れだすと、よその庭先から伸びだした山吹の葉っぱなんか、実に旨そうに食う」

親父はウィンの横顔を恨めしそうに覗いた。小木おじさんは煙草をふかしながらゆっくりと頷いて、それから、ウィンの顔に煙をぷーっと吹きかけた。やられたほうは堪らない。あわてて台所の奥へ退散したかと思うと、すぐさま急旋廻して部屋じゅうをやみくもに走りまわった。まるで狂った弾丸である。

「椅子の脚だって、齧ってくれるんだ。台所の椅子なんかもねェ……」

「何、何だって？」

ウィンの暴れる音がやかましい。

「椅子の脚をがりがりしゃぶって、とうとう横棒の一本が、丸ごと消えちゃった」

親父は、ウィンのかき立てる騒音に負けじと声を張上げた。

「うん、椅子も植物だからな。そのうち、脚なんかみんな食われちゃうぜ」

そんなふうにいわれると、甚だ心細い。一家の主人は神妙な顔付で、

「本当に旨いんだろうか、味があるんだろうか」

と洩らした。しかしその声は小木おじさんの耳には聞えなかったらしい。相変らずウィンが駆けまわり、そこらの品物をひっくり返し、突き飛ばして、いつまでも暴れているのである。

五

ウィンが、茶色のネッカチーフを頸に巻いて坐っている。家のなかでうろつくのに革の頸輪なんかいらないだろうと、いつの頃からか、頸輪を棄てて裸の丸首になった。そうなると躰全体にアクセントを欠いたようで、いささか物足りない。何か飾りを、というわけで頸にネッカチーフを巻き付けてやった。

「お兄ちゃんが、おしゃれさせてくれたわァ」

母さんがウィンになり代っていった。お兄ちゃんと呼ばれて気をよくした僕は、

「ほら、ウィン、これも似合うよ」

と、つづいてスコッチ縞のハンチングを犬の頭にかぶせた。このハンチングは、親父が先年スコ

ットランドへ旅行したときの土産だ。大そう気に入ってしょっちゅう被っていたのだが、それをこうして犬の頭に載せてみると、これはまた、いなせな兄ちゃん、いや姉ごである。

「まあ、うれしい、ありがとう、ワン、ワン、ワンダフル！」

母さんがまたもウィンになり代った。当のウィンは、ハンチングとネッカチーフでおめかししながら、赤い舌なんぞ垂らしている。どこか割切れない顔付である。

「あの―、あたし、ふつうの娘なんですけど」

ウィンは切に訴えているようなのだ。それからいきなり、ぷるぷるっ、と頭を小刻みに振ったものだから、おつむのハンチングは宙を飛んで部屋の隅に落ちた。その近くにたまたま中学生の兄が寝ころんでいて、

「これ、僕にくれるの？」

とハンチングを摘みあげた。ところがそのとき、ウィンが小走りに迫ってきた。長い舌をてらてら垂らしながら男の子に挑んでいく。

「ひゃあ、こわい、狼が……」

兄は頓狂な声を発して応接間の籐椅子の上へと逃げた。手にはハンチングを持ったままなので、ウィンはそれを取り戻そうと追いかける。相手の引きつった声にますます血が騒ぎ、四肢も張りつめ、闘志満々の勢で跳びついた。野獣のハンティングさながらの趣である。籐椅子の上では絶叫やら、悶えやら、うなり声が乱れ飛んだ。

「狼に食われるよォ」

子供が叫べば叫ぶほど、ウィンはよけいに興奮して、子供のシャツの袖に噛みつき、引張り、そのまま頸を右へ左へと振りまわした。

「きゃあ、もう、だめだァ」

恐怖の声がもはや絶頂にまで達したようなのである。

「ふん、弱虫」

ウィンはさっさと籐椅子から飛びおりた。なるほど、その風貌には、どこか狼の仔を想わせるところがある。細面に冷たく光る両の目、口の裂け具合、ぴんと立ち上がった耳、それらはまさしく野生の動物の属性にちがいない。

親父が居間に現れた。

「なんだァ、その格好は」

ウィンのネッカチーフを一瞥するなり、情けない声を釣りあげた。道を歩いていると、どこかの犬が頭にリボンを結んだり、赤い毛糸のチョッキなど着せられて散歩しているのに出くわす。親父にいわせれば、いかにも愚かしい発想だということになる。

「こ奴は、動物じゃないか」

「あら、人間さまも動物でしょ、ワン、ワン、こんにちワン」

ウィンの弁士が反論した。しかし実際、ウィンはそうまで気易く、そうまで頻繁に吠えたてない犬なのである。ごく稀に声を出すときでも、ワンと叫ぶかわりに、消え入るようなハスキー・ヴォイスを洩らすばかりだ。

六

仔犬のウィンがまたも下駄箱の下にもぐり込んだ。奥の暗がりはひんやりと涼しい。夏はここにかぎる、というわけか。

「ほい、そんとな所に入らんと」

田舎から来たお祖父さんのいうには、こういう狭い所にばかりもぐっていたら躰が成長しない。体格は周りの環境に、つまり住居のサイズにそのまま比例するらしいのだ。もしもこの比例説が真実なら、穴ぐらから出たところで、狭い住居に変りはないのだから、ウィンが立派な大型犬にまで成長するのはまず望めない。ハスキーとしては甚だ貧弱な体格に甘んじなければならぬか。

「ほい、出んさい」

お祖父さんがウィンの丸い尻を突ついた。

「ウ、ウ、ウーッ」

ウィンが反抗の意を洩らした。お祖父さんはそのまま引き退るのも癪だと感じて、犬の背中を力まかせに引き出した。余計なお世話である。薄闇の奥から犬の顔が伸びてきて、安息を妨害する輩の手にがぶりと一撃加えた。むろん、本気で噛んだわけではない。正当防衛の限度内ぎりぎりといったところだろう。けれどもお祖父さんは右手の甲を四針ぬった。そうして、ほどなく瀬戸内の田舎へ帰っていった。

「休みにゃ、田舎へ遊びにくるんじゃよ。あっちは、広いけぇねえ」

お祖父さんは帰りぎわにそう誘ってウィンの頭を撫でた。右手は包帯でぐるぐる巻きだったから、左手で撫でた。

——夏休みになった。親父ひとり東京の留守宅に残って、家族は仔犬ともども朗らかに瀬戸内の海辺の町へと旅立った。そこは母さんの古里で、お祖父さんお祖母さんが、娘と孫らの来着を待ちこがれていた。

親父が東京駅まで送ってくれた。

それにしても郊外の私鉄に乗り、次は地下鉄に乗り継ぎ、いよいよ東京駅へと到着するまでが一苦労であった。ウィンは電車に揺られるのが初めてなのである。鉄格子付きの大きな手提箱のなかで、やみくもに暴れまわった。頑丈な鉄格子を黒い鼻先でがんがん突くものだから、何の動物だろうと、怪しげに覗き込む乗客さえあった。

「熊の仔かな?」

サラリーマン風情の男がそうささやけば、

「いや、ゴリラの仔じゃないか?」

と別のサラリーマンが応じる。

しかし、そんな騒ぎはまだ序の口といってよい。私鉄から地下鉄へ乗り換えるために親父が手提箱を持ちあげたとたん、ウィンは箱のなかで前へ転げ後ろへ転げて吠えたてた。親父が歩きだすや、ますます激しく転がった。暴れるから余計にバランスを失う道理なのだが、仔犬としては、シーソーの揺れに翻弄されながら、地が裂け天も崩れるかと怯えたのではないか。ウィンは甲高い掠れ声で吠えつづけた。めったに声という声も出さぬ犬が、あらんかぎりの力を振りしぼって吠えた。われら一家は駅構内の雑踏を縫って黙々と歩を速めたが、狂ったように吠えたてる犬の声には周囲の誰もが思わず振りむいた。

駅の地下通路、階段の上り下りと、ウィンの吠え声は四方の壁に遠慮なく反響した。こんなに大きな声を発する犬ではなかったはずだ。親父が急ぎ、我らもあとから小走りに駆けた。

やっとのこと、東京駅に着いた。ここから先は新幹線の旅である。「ひかり号」に乗り込んで、座席の下に箱を置くなり、運搬人はやれやれと汗を拭いた。母さんが鉄格子の扉を開けてやると、ウィンはひどく懐かしそうに跳びついて、尻尾を忙しく振った。

「ご苦労さん、お疲れさまア」

と母さんはウィンに頰ずりした。親父は汗を拭きながら、恨めしそうに仔犬を見たあと、

「さあて、当分のあいだ、人間らしい生活をするぞ」

こんな厭味とも本心ともつかぬ一言を残して電車から降りていった。

あとで聞いた話によれば、親父は真直ぐに帰宅したそうだ。ほの暗い家の台所の椅子に腰かけて、ぼんやり煙草をふかしながら、さて、人間らしい生活を始めるにあたっての具体策をどうしたものかと考えた。二階の部屋は暑くてやりきれないので、台所のテーブルで読み書きをして、腹がへったら横のガス台で何かつくって食べよう。パンツ一枚で裸になり、それでも暑ければ水風呂に浸って頭を冷やすことにしよう。夜は疲れるまで仕事をつづけて、いよいよ眠くなったら隅に転がって寝てしまえばいい。誰にも気兼ねしない。誰かに会うこともない。新聞は読まぬ。テレビだって点けない。一人きりの、自由奔放な毎日、ああ、これこそが人間の生活だ、と一家の主人は内心満足であった。それにしても、とまた考えた。気持の片隅が、なぜか、空虚なのである。さっきから家のなかがやけに森(しん)としている。一つ一つの品物が、不思議なほどにきちんと片付けられて、どこか空々しい。何なのだろう。まず明らかなのは、仔犬が消えたことだ。しかしそれといっしょに、女房も子供たちも、みんないいなくなった。

七

僕はいつになく早起きして、母さんがウィンを散歩へ連れだすのに同行した。眠い。ぬくぬくの寝床を離れて朝まだきの戸外に立つと、頭がふわついて足もとさえ覚束ない。黙々と道を歩くうちに目がさめて、冷んやりした鼻先に、ジャガイモを植えた畑の匂いなんぞが流れてきた。

夜露をふり落とした木々に朝陽がまぶしく照る。すがすがしい早朝の道をウィンがぐんぐん突き進む。黒毛の頭から背中、ときどきふり仰ぐその白い頬っぺたにも、朝の陽射がふんだんに降りそそぐ。

「待って、待ってェ」

母さんにとっては朝の爽やかな散歩というわけにもいかない。ウィンが容赦なく頸の綱を引くのである。母さんも負けん気の強い性分だから、引かれるたびに引き戻す。すると犬はよけいに引張る。さすがに極北の雪原で橇を牽く犬だけあって、その血は争えないものとみえる。母さんは悪戦苦闘した。

「まあ、元気なワンちゃんだこと」

どこかの早起き婆さんが、擦れちがいざまに声をかけた。

「きれいな仔犬ね」

散歩道ではしょっちゅう声をかけられる。そのつど誉められるのは、むろん悪い気がしない。うちの妹はとびきりの美人なのさ、とこっちは内心得意に思った。しかも大変な力持ちなのだ、と、これまた誇らしく思った。

「おや、まあまあ、歌舞伎役者さんみたい」

見知らぬお婆さんがウィンの顔つきをのぞいて感心した。巧いことをいうものだ。確かに、純白の顔面を左右に分けて、縦に太く一本、黒漆の鼻筋がきゅーっと走っている。両の瞳は大粒のぶどうを二つ並べたように、甘くもの憂げに輝く。明りの具合によって黒、茶、緑にも色づくその瞳は、まさしく役者のあらわす二重三重の表情につながろうというものだ。お婆さんに誉められて母さんは大そう喜んだ。散歩から帰ったあと、朝の食卓でこれを皆に披露した。

「白粉と黛でかっちりきめて、この子、ほんとうに歌舞伎役者さんだわァ」

役者がふすまの前に端坐して噂の横顔を見せている。母さん、何をそんなに興奮しているの？とでもいいたげである。と、その細長い、うるわしの顎が上むいて、みるみる二つに裂けながら大きなあくびを放った。

「お母さんは、役者の母親だね」

兄がくすぐったい台詞をくっ付けてくれた。役者が悲しそうな目をこっちにむけた。

「そう、そう、売れっ子役者の産みの親なんよ」

こんなふうに地方訛が飛びだすのは、興奮している証拠でもある。その熱が兄にまで伝染した。

「そのうち、テレビの取材が来るぞォ」

「雑誌にも載るんやろうね、フッフッフ」

「おい、化物じみた笑いはやめろ、みっともない」

それまでむっつり話を聞いていた親父がいった。風むきが変った。くだんの役者は古絨毯の上に腹ばいになり、横目でご主人の動静をうかがいながら長い舌を垂らした。

「犬は飼主に似るからな。この役者も、まあ、そのうち売れなくなるさ」

親父は独言のようにつぶやいた。

八

灼熱の季節も過ぎて、青く澄んだ空に秋の雲が飛んでゆく。しかし遠山家の台所は季節によらず、いつでも薄暗い。四囲が建てこんでいるから、外光が満足に射し込まないのである。そんな台所にみずみずしい梨の香が流れた。

「よおい、ドン」

と、梨のひと切れに喰いつく。同時にウィンが、僕の掌から別のひと切れをくわえて頬ばった。その先が速い。てんで勝負にならぬ。ウィンは顎を一ぺん二へん動かすなり、口に入れた物をもう呑み込んでしまっているのだ。

「あれーっ」

こっちはおのが敗北を笑いながら、梨の残りを侘しく食べるほかない。

「おまえ、遅い、遅い」

今度は兄が挑戦した、思いきって梨を一口に頬ばったまではいいが、大きすぎて顎が自由に動かない。あふあふ、と藻掻(もが)いているうちに、ウィンのほうはあっさり仕事を片付けて気の毒そうに見ている。

「だいじょうぶ？　無理しないでェ」

こげ茶のびー玉みたいな目がぐるんと動いた。

「よおし、ウィン、もう一度やろう」

捲土重来とばかりに僕はふたたび挑んだ。しかし同じことである。ウィンは噛むより先に呑み込んでしまうのだから速いわけだ。こっちはいちいち噛み砕こうとするから遅れる。だが、噛まないうちに呑むなんてできない。人間と動物の差異は、ここに明らかである。

「お父さんなら、ウィンに勝てるかな？」

兄が親父をそそのかした。

「よおい、ドン」

しかし父さん、勇みすぎて舌を噛んでしまった。まったく話にならない。

「動物め」

哀れな敗者は顔をしかめて睨みつけたが、睨まれたほうは、あたしのせいじゃないよ、と甚だ迷惑そうにそっぽをむいた。

つづいて兄が、

「よし、ウィン、来い」

と父親の仇を討とうとしたら、

「あんまりやらないでェ、お腹に石がたまっちゃうから」

横合いから母さんが水を差した。梨が犬の腹にいけないものかどうか知らないが、母犬、おっと母親は、とかく仔犬の健康を気づかってやまない。どこかで聞きかじった豆知識をすぐに持ちだして、梨はもとより、牛乳は腸をこわす、ビスケットは虫歯のもと、骨付き鶏肉なら命取り、とあれこれ危険な品々を並べてくれる。こんな入れ知恵の発信元は知れているのだ。犬の嫌いな隣家の富谷ばあさんが、母さんをつかまえて、知ったかぶりの一くさりを垂れたにちがいない。さも犬の健康を願っているふうに見せながら、要するに心配の種を蒔き、飼主の不安を煽って喜んでいるのだろう。以前、どこかの犬に足を噛まれてから、富谷さんは犬全般を、ついでにその飼主らまでを悉く憎んでいるようなのだ。

ともかく、梨であれ、牛乳であれ、躰に良いだの悪いだのという俗説など親父にとっては何ものでもない。

「なあに、動物だ。本当に毒なら食べやしないさ」

と笑った。動物本能なるものにすっかり信を置いているらしい口吻だが、実際、ウィンの場合には、その本能とやらも甚だ怪しいのである。この家に飼われて以来、ウィンはおのれが犬である事実を少しずつ忘れかけているのだ。犬が犬でなくなる。親父の発想からすれば、これは人間が人間でなくなるのと同じくらいに深刻な問題であったはずだ。

九

珍しく、ウィンを車に乗せた。ウィンが乗物ぎらいであるのは疾うに知れている。だからこれまで車で出かける気にもならなかったわけだが、しかし偶(たま)には、家族そろって軽いドライブぐらい楽しみたい。秋の陽射がかくもやわらかに照っているのだから。

案の定、車が動きだすなりウィンは暴れはじめた。足場の揺れ動くのが恐ろしいのだろう。ところで、遠山家では母さんが車を運転する。親父は後部座席に陣どって、火がついたように暴れまわる犬の頸を押え込む役目だ。だがウィンは躰をひねり、腰を引き、座席のあいだを後ろから前に突き抜けて運転席の母さんのもとへ逃げようとするのである。母さん、車を止めてェ、と訴えているのかもしれないが、何しろ危なくていけない。

窓を細目に開けてやった。ウィンがこっちの腿の上にがむしゃらに乗って、窓の隙間から尖った鼻先を外へ突き出し、せわしなく呼吸した。窓ガラスが曇り、涎が何本も筋を引いて落ちた。

「誰かァ、助けてェ」

道ゆく人々めがけてこう叫んでいるようなのだが、犬の異常な動きに気づく者なぞいない。ウィンは血走った眼(まなこ)を宙にさ迷わせて、窓の隙間にごつごつと鼻先を打ちつけた。

「助けてェ、降ろしてェ」

一家おそろいでドライブなんて、ちっとも嬉しい話ではないわけだ。兄が助手席から手を伸ばしてチョコレート菓子をウィンの口もとに近づけた。ウィンは狭い所で躰の向きを変えるなり、ひと思いに前の座席へと跳んだ。

「ひゃっ」

と兄が叫んで、手に持った菓子がふっ飛んだ。

「ウィン、こっち、こっち」

後方の窓を大きくあけて、こっちからウィンを誘った。ウィンは後ろの座席へ跳び込んだ。それを親父が素早く押えた。

「もう少しよォ、危ないからねェ」

母さんは運転手としての冷静を辛うじて保った。狭い車のなかでこんなにも大騒ぎされながら、さぞかし困難な運転となったろう。

仔犬も半年ほど経つと四肢がにわかに伸びて、ボールみたいな背中も長細くなり、あどけない幼犬の趣は薄らいだ。その代りに野生の力がまさってきたようである。大いに反抗もする。好き嫌いを露骨に示す。そしてなぜか、ときには悲しい表情さえ浮べるのだ。

渓流のほとりに着いた。

ウィンが、ごろた石の川原のひと所に佇んで凝っと遠方をにらんでいる。舌を垂らしながら荒い息を吐いているその顔は、ふと笑顔のように見えるが、笑っているはずもない。

「ウィンちゃんは、ここでお母さんと待っているの、ね」

母さんが呼びかけて、気を惹こうとするのだが、ウィンは見向きもしない。気がかりでならないのだ。父さんと兄ちゃんが釣竿を片手に川の上流へとのぼっていく。いけない、戻れ、戻れ、といいたげに、小さく遠ざかる親子の姿を見つめてウィンはいかにも落着かない。

「ほら、こっち、こっち」

浅瀬には透き通った水がさらさらと流れているのである。素足をすべり込ませると、足くびのあたりを冷水がそよいでくすぐったい。しかしウィンは、再三の誘いにも乗らぬ。上流の川すじが先へ湾曲して遠くの木立の蔭に消えている。今や、親子がその消えゆく川すじのあたりまで遠のいて――と、そのときである。ウィンは突然やみくもに吠えたてた。何者かへ怒りをぶつけるかのように激しく吠えた。ハスキー犬にして、これだけ吠えるのも珍しい。

ほどなく、上流のダム放流を告げる警報サイレンが川辺に鳴りわたった。

十

丸く膨らんだ黒毛の尻、純白の後肢、それにふさふさの尻尾がふとんの外へはみ出している。頭と背中はすっぽり炬燵のなかである。極寒の地シベリアに忍耐強い先祖を誇りながら、ウィンはとんでもない寒がり屋だ。

「ねえ、だめよォ、あたま呆けちゃうから」

母さんは犬の重たい尻を揺さぶって、もう炬燵から出るようにと促す。ウィンはどこ吹く風である。家族の足と足のあいだに肥った躰をねじ込んで、強引にもわが寝床を確保しようとするのだが、

「ひゃあ、ウィンが……」

と、兄などは犬の襲来に怯えて足を引込める。しかし僕は頑として譲らない。すると、足の上にウィンが遠慮なくかぶさってきて、そのまま寝てしまうのだ。

親父が帰宅した。おお寒こ寒、とかいいながら炬燵の温度調節つまみを「強」に合わせたところ、

「ウィンが、焼けちゃうでしょおォ」

母さんが眉間に皺をたてて、つまみを元の「弱」の位置にまで戻すのだ。そういえばこの頃、ウィンの眉間にも縦に短い皺があらわれて、やはり飼主の表情に似てきた。隣家の富谷さんが、

「お宅の犬は気難しそうね。暗ァーい感じなのね」

と失礼きわまる感想をぶつけてきたらしく、そのことで母さんはひどく怒っていた。自分の人生がおめでたい人だから、ああなのよ、と毒づいた。そうして、あたかも本人を前にするかのように、眉間に濃い皺をたてた。

ふとんの縁(ふち)から伸び出た白い肢はウサギの後肢を丸ごと拡大したみたいだ。その二本の肢が、絨毯の上に並んで横だおしになったまま、ざっざっ、と宙を掻いた。もしや、雪の原野を存分にひた走る夢でも見ているのか。躰が炬燵で温もるのは、そうやって力いっぱい走っているためだ、ぐら

いに思っているのかもしれない。

「おい、焼豚、出ろ、出るんだ」

父さん、帰り道にかなり聞こし召してきたらしい。呑めば少々乱暴になる。家族に危害を加えることはまずないが、口が軽くなる。言葉の血色が甚だよくなるのだ。

「おめェは、もはや犬じゃない。炬燵で丸ァるくなるデブ猫だ」

そういって、ウィンの肥った尻を撫でた。その尻を、炬燵の奥ふかく、ぐいぐいと押し込んだ。

「あーあ、ウィンがいなくなっちゃったァ」

兄が悲しそうに声を引張った。しかし炬燵のむこう側のふとんが膨らんで、白と黒の顔がのぞいた。睡たそうな目が、ほのぼのと開いたり閉じたりしている。炬燵が小さくて、犬の図体が大きいので、片側からはみ出てしまったのだ。こっちの膝のすぐわきに突き出してきたその黒い丸顔を撫でてやった。やわらかいビロードの布張りが熱を含んでいる。ウィンはとろとろと目を閉じた。またも夢を見ているのであれば、今度はいったいどんな夢なのか。とろけるような寝顔である。

「まあ、この子ったら、ほんとに呆けちゃったみたい」

母さんが細い声を釣りあげた。親父は神妙な顔付で、さっきからしゃっくりばかり繰返している。

十一

誰かと思ったら、大工の小木さんが黒服に白いタイなんか締めてやって来た。日焼けした顔がてらてら光っている。

「姪の結婚式に出てね……」

と小木さんは黒服のまま上り込んで、料理の折詰めを居間の卓上に開いた。

「それはそれは……」

母さんが台所へ立って行って、ほどなくお銚子を二、三本はこんで来た。遠山家では何かに引掛けてすぐに酒宴が始まる。家族の誕生日はもとより、花が咲いただの、月が出た、やれ夏至だ冬至だ、と騒ぎ立てては酒になった。父親も呑助だが、母親も引けを取らない。二人は酒を飲んでいるときに最も上機嫌で、最もむつまじい夫婦なのである。

「ウィンが仔を産んだら、結婚のお祝いに一匹やろうか」

親父は玉子焼の薄切りを一口頬ばっていった。

「なに、仔を産ますのか?」

「そりゃ、ねえ、どしどし産んでもらわなくちゃ」

母さんが横合いから口を挟んだ。やたらに景気がいい。血統種の仔犬一匹を五万円と見積って、ええと、——こういう調子なのである。とりわけウィンは美形だから（飼主に似てとはいわず）、その仔犬に一割増しの高値が付いたところで不思議はない、なんて皮算用している。しかしこれはみな酒の席での冗談らしい。

「チビちゃんが五匹、六匹とそろったら、きっと賑やかでいいわねえ」

つまり母さんとしては、仔犬にとり囲まれながら、犬の国の女王よろしく暮らしたいわけなのだ。生まれた仔犬はどれほどの値をつけられようが、一匹たりと手放すつもりなぞないらしい。

小木さんがにやにやしながらいった。

「仔犬の贈物はいらんな。姪のやつ、そのうち人間の子を産むそうだ」

「何だい、早々とお産か」

親父は海老フライを摘んだまま、口をぽっかり開けて、その口に海老がなかなか飛び込んでいかない。

「若い人たちは、やることが素早いのねえ」

母さん、また出しゃばった。

「そんなに頭数ばかり殖やして、どうするんだろう」

と親父が溜息を洩らすなり、

「いや、一匹五万円也、と算盤勘定したわけでもないだろうよ」

小木さんは母さんのほうに頸をひねって、へらへら笑った。一本取ったつもりでいる。

「それはそうと、お相手はどういう人なのかしら?」

「相手? ああ、旦那か。ありゃ、学者の卵だそうだ。セークスペアだか何だか、そんなのを勉強しているようだな」

「おやおや、まあ……」

母さんが感心したのか呆れたのか、どっちともつかぬ声を洩らしている横で、親父はひどくつまらなそうに酒を飲んでいた。家庭内で学問や同業の話が出たりすると、この人の表情はたちまち強ばる。酒に合わぬお菜を出されたようなものらしい。

昼寝に飽きたか、玄関のほうからウィンがふうらりやって来て、母さんの膝もとを前肢で引っ掻いた。何かを要求するときの毎度の仕草である。朝もこの引っ掻きで起こされる。もう夜が明けたのだから散歩に連れていけと、夏場なら五時前に、冬でも六時半頃に、母さんは毎朝きまって引っ掻かれる。ステンレスの容器に飲み水が満たされていなかったり、牛肉のジャーキーを食いたいようなときにも、ウィンは目的の品に近づいてみせたあと引返して、母さんを引っ掻く。要求に応じてくれるまで何度でも引っ掻くのだ。

「何が欲しいのよォ」

うるさい前肢を払って、かまぼこの薄切りを掌にのせた。ウィンはそのかまぼこを、ぱくん、と一つ嚙んでから、興ざめして母さんの掌に吐き出してしまった。

「そうか、一杯やりたいんだな」

小木さんがぐい呑みの酒をウィンの鼻先に近づけてやったら、ウィンは一息嗅いで、くすん、と小さなくしゃみをした。

十二

さっきからずっと、兄がウィンの寝顔を見つめている。犬は頭陀袋(ずだ)のような図体を板ばりの床にのべたまま身じろぎもしない。二本そろえた前肢の上に顎先を委ねて、ときどき半眼をすーっと開いたり、また閉じてみたり、ちょうど大河の流れにたゆたっているようなあんばいだ。悠然と眠れる獅子、それの一つ二つ手前ぐらいかもしれない。

「ウィンは、なに考えているのかなア」

兄がぽつんと云った。横で新聞をめくっていた親父がすぐに応じた。

「哲学さ」

「それ、なあに?」

何につけ、親父は説明というのを好まない。説明されなければわからぬような事柄は、わからなくて宜しい。説明が長びけば長びくだけ、どこか説教じみてくるから嫌いだ。他人に説教するほど自分は偉くないし、そうまで偉くなりたいとも思わない。こんなふうに考えている人が、よくも教師稼業をつづけていられるものだ。不思議でならない。そのあたりを突けばまた、

「俺は教師じゃないぞ」

とくるにきまっている。

「ウィンは哲学者だよ。生きるとは何であるか、というやつを寝ながら考えている」

「へえ、それはいいね」

兄はちょっと羨ましそうに嘆息した。ウィンの身辺にはいつものんびりとした空気が漂っていて、これを哲学と呼ぶべきかどうか知らないが、兄の目にはすこぶる結構な境遇と映ったようなのである。

実際、ウィンは何を考えながら生きているのか知るすべもない。朝から晩まで変りばえのしない毎日であるようにも見える。これが幸せか。幸せは別にあるのか。しかしウィンとしては、この遠山家にたまたま飼われて、とにもかくにも観念して生きているだけかもわからない。シベリアのだっ広い雪原も、足裏から這い上がる氷の感触も、耳もとをかすめる橇の鞭だの、鳥の群れ、嵐、吹雪、焚火のぬくもり、それやこれやをきれいに忘れて、とりとめもなく過ぎゆくこの一とき一ときに身を任す、それだけの話なのかもしれない。

「どうせ、大したことを考えていやしないさ」

親父がウィンの頭を掌でつつむようにして軽く叩いてやると、ウィンは目を閉じたまま耳をぺらぺら動かして、

「うるさいわねえ」

くかに見えた。

と迷惑そうであった。つれづれなる哲学の末に頭がしびれて、いよいよ眠りの底ふかく落ちてゆくかに見えた。

「そんなじゃないよ、ねえ」

母さんが割り込んできて、ウィンのでっぷり肥った背中を撫でながらいった。

「あたし、いたずらを考えているのよォ、ってね」

母さんは犬の心を翻訳してみせるのが得意である。もっとも、これにはひどい誤訳が混じることだって少なくない。

「早くみんな出て行ってェ。今日はあたし、何をばらまいてやろうかしら。何を齧ってやろうかしら」

こうなると、家族めいめい、いわせてもらいたいことが幾らでもあるのだ。

「こないだも、ごみ箱の紙屑をちぎって部屋じゅうに撒いてあったぞ」

粉々にされたその紙屑というのは、学校の給与明細書であったらしい。本人が破り捨てたものを、ウィンがさらに細かに破ってくれた。

「テーブルの上の鱈子、学校から帰って食べようと思ったら、消えていたよ」

僕は鱈子を固く焼いたのが大の好物だから、これには悔しい思いをした。兄は兄で、シャープ・ペンシルと消しゴムが、いくら探しても見つからない。困りはてて親父の勉強部屋を覗いたところ、机の前の座ぶとんの上にきちんと並べて置いてあったそうだ。几帳面な者のいたずらである。あるときには靴がない。折畳み傘がない。学校の連絡プリントがない、というわけで大騒ぎになった。そういう品々が、ずっとあとになって、思いも寄らぬ場所からひょっこり出てくるのだ。犯人はきまっている。

家に誰もいなくなると、ウィンは部屋から部屋をのし歩き、階段を上ったり下りたり好き勝手に遊んでいるらしい。そうして、軽いひらめきから、途方もないいたずらを思いつくようである。

「頭がいいのよ、この子は」

母さんがウィンの頭をさかんに撫でた。そうやって撫でつけるものだから、黒いビロード布が光沢を含んでやたらに光っている。そのなめらかな布地の面（おもて）に、兄が頬ずりしながらうっとりと目をつむった。

「ああ、ウィンのこの匂い、たまらない」

「要するに、犬の匂いさ」

親父が水を差した。当のウィンは誰に何をいわれようが、何をされようが、もはや観念したように黙りこくって寝そべっていた。

十三

「あ、毛が」

味噌汁に浮いた一本の毛を親父は箸の先で掬いあげた。根元のほうの半分が黒くて、先端の半分が白い毛である。ウィンの毛にまちがいない。見ると、食卓のへりに、器の蔭に、そんな毛が幾つも散らばっている。

キャベツ炒めの皿から、急須の取っ手の先から、母さんが犬の毛をそっと摘んで捨てた。この日に限ったことではないのだ。

「上着にも、ズボンにも」

と親父が立って毛を払った。軽い毛は床の上を低く飛んで、ふーっとまた舞いあがり、台所の隅の冷蔵庫の上だの、食器棚のなかへと飛んで行く。

早々と昼食を切りあげて、先生、いざ出勤である。帰りは何時になるものかわからない。一旦家を出たら、そう簡単に帰ってたまるか、というのが当人の云い分らしい。それにまた、何時頃に帰るとか、夕食はいらないなんていちいち断るのが嫌いである。賄つき門限ありの学生寮に泊めてもらっているわけじゃない、という調子なのだ。こんな主人の流儀には母さんも馴れつくしていたから、

「行ってらっしゃーい」

と坐ったまま屈託のない声をひびかせて、わざわざ玄関まで見送りに立つことさえしない。ウィンの食事がまだ途中とあれば、見送りどころではないわけだ。

母さんは炒めた肉片を口にふくみ、半分だけ味わったあとで掌に戻し、それをウィンに食べさせ

る。毎度のことである。肉ばかりか、チャーハンも、ラーメンも、バター付きパンも、母さんが口にする物なら何でもきまってウィンの口に入って終る。こんなやり方でなければ、ウィンは碌に物を食べない。しかし母さんとしても、こういう食事こそ何より楽しい、何よりも充実した生活の一齣であったようだ。

「や、雨が降ってきたぞ」

玄関のドアをあけるなり親父が叫んだ。

「いけない、いけない」

と母さんは台所からとび出して二階の物干し台へあわてて走った。ふとんを干しておいたのだ。ウィンがあとを追って騒々しく階段を駆けあがった。弾丸の勢である。

「だめ、だめ」

二階から悲痛な声が落ちてきた。

「だめよ、あんた、下りられんのだから」

ウィンは階段を上るだけ上っても、自分の力で下りてくることができない。頭を下にむけたまま一段また一段と下降するのが怖いらしい。重い体重が前肢にかかるわけだから無理もないが、実は、ついこないだから、突然こんな具合になってしまった。何が本当の原因なのかわからない。いきなり臆病神にとり憑かれてしまったようだ。下りられないという厭な心の呪文が、よけい下りられなくさせてしまっていることは間違いない。

「さ、いらっしゃい、勇気、勇気」

母さんは階段の中ほどで待ちうけて、階段の天辺にしょんぼり立ちすくむウィンを促した。犬がいざ転げ落ちたなら受け止めてやろうと身構えている。ウィンは階段のへりから決意の一歩をふみ出そうとするのだが、すぐにためらい、しおたれてやめてしまう。何度もそれをくり返すごとに、ますます失望の色を深めているようなのである。

「おい、だめなのか」

玄関から太い声が聞えた。

「だめみたい」

母さんも、ウィンも、いっしょになってがっかりしているようである。親父が靴を脱いで上ってきた。

「ぐずぐずやっているから、だめなんだ」

と声を荒げて、ウィンの足もとに古毛布をひろげるなり、さっさと犬をつつみ込んでしまった。それから毛布の四隅をがっちり握って、大きな荷物を引きずるようなあんばいで階段をどすどす下りた。有無をいわさぬやり方である。

「まあ、乱暴ねえ」

見ているほうは、さも自分が乱暴な目にあわされたように口を尖らせた。親父はズボンをしつこく払って、犬の毛を落とした。

「急がなきゃ、バスに乗り遅れる」

と、今度こそ家を出た。雨は本降りになるどころか、皮肉にも、陽が射してきた。

十四

小木おじさんが、若い女の人を連れてきた。

「これがね、こないだ嫁にいった……」

と、姪の玉江さんを紹介して煙草に火をつけた。おじさんにはじゃれつく癖のあるウィンも、煙草の煙が流れてきたのでさっさと退散した。

「もうすぐ、赤ちゃんが生れるんですってねェ」

母さんは、玉江さんのお腹のあたりにこっそり目を落とした。親父は客の白い横顔を眺めているばかりで何もいわない。

「いやァ、まだ半年さ」

小木おじさんが本人の代りに応えた。玉江さんは黙ったまま下をむいて、なぜか、小鼻をひくひくさせている。可笑しいわけでもあるまい。何かいいたくて、いいよどんでいるのかもしれない。

「半年で、そんなに膨れるのかい」

「まあ……」

母さんが、無礼きわまりない主人を睨みつけた。隅に置けない人である。親父はそ知らぬ顔で、見るものをちゃんと見ていたわけだ。玉江さんは小鼻をうごめかした。

「腹帯だよ」

と小木さんが物知り顔でいえば、

「腹帯？」

片方は何も知らない。

「先生さまも案外無知なんだな。さらし木綿を二重三重に巻くんだよ。ここん所に」

小木さんはごつい手で下腹をこすりながら顔をねじ曲げた。急に腹痛でも催したような顔付だ。

「姪のやつ、冷えるとかいってね、タオルまでいっしょに巻きつけやがる」

「それじゃ、寒がりの子供になるぜ」

男二人は遠慮もなく大笑いした。玉江さんは相変らず沈黙をまもって、小鼻だけがひくひく動いた。胸を揺らす感情のさざ波が、そっくり鼻のうごめきと化しているようにも見える。

「あの……」

とうとう小鼻の動きが止んだ。針金みたいに細く澄んだ声が流れた。

「仔犬が生れたら、いただけません？」

「だって、あなた、赤ちゃんが……」

母さんはびっくりして玉江さんの顔を見つめた。相手は白い満月ふうの顔にうすら笑いを浮べながら、またも黙りこくった。小鼻が動きだした。親父は顔をそむけて、吐き出すようにいった。

「人間よりも、犬のほうが大事か」

そのとき、突然、階段の上から男の子の叫声が降ってきた。

「誰か、誰かァ、早く来てェ」

切羽詰まった叫びなんぞ発するのは、むろん兄にきまっている。親父が、そして居間の一同が、あとからあとから階段を駆けあがった。

「ウィンが、ウィンが……」

中学生の兄は部屋の隅に棒立ちになり、両手で顔をおおっている。畳のそこかしこに点々と血が落ちていて、それをウィンが一つ一つ舐めているのだ。

「……」

「……」

「いやはや、もう、女になったのか」

皆が無言で立ちつくしているところへ小木おじさんがしんみりつぶやいた。ウィンは慌てるどころか、まるで慈しむように、懐かしむように、おのれの体内からこぼれ落ちた血の玉を一心不乱に舐めている。親父は犬の姿に息がつまって何もいえない。母さんのほうは、一瞬の驚きから醒めて、ややはしゃぎ気味に、

「まあ、なんて早いこと」

と横の玉江さんに目配せした。

「味方が、また一人増えましたね」

「ほっほっほ」

女二人は、旧来の友達でもあるかのように、もうすっかり打ち解けてしまった。

十五

歳月は流れ、流れに流れ、遠くどこまでも流れ——あれから幾年が過ぎたろうか。ウィン、おまえを今日、わずかばかりの前庭の、ひときわ陽のあたる山法師の木の根もとに埋めた。これでいいかな、ウィン、ここで誰に気兼ねなく、眠れるか。

新しい家の二階の居間で、おまえは乳色の骨壺に入れられたまま、骨壺は窓ぎわのキャビネットの上に載っかったまま、この一年ばかり、朝夕われらが談話に聞き入っていたろうか。しかしおまえも、そろそろ休んだらいい。休む所となれば、もはや、土に還るほかないではないか。これまでキャビネットの上の仮の寝床には、母さんが季節の花を飾って、花が萎れて落ちるより先に、また別の花を飾った。悔しいのだ。これからも、ずっとこうだろう。

去年のちょうど今頃だ。ここでお浚いしてみてもはじまらぬが、秋の陽射のやわらかに照る、そんな日、おまえは珍しくも車に乗せられた。遠く町はずれの医者をたずねて、帰って来たのが、それから四日後のことだった。

あの最初の日、夜中に電話が鳴った。開腹の手術の結果が、癌だ。子宮とリンパ腺がやられている。子宮は切除したけれども、悪疾の小さなかけらが背中の奥に残った。医者はそういった。次の朝、母さんはおまえの銀の食器を洗っていた。餌を盛る大ぶりの器と、水を満たす小ぶりの器と。ずっしり重たいこの食器を、丹念に泡だてながら、ごしごし、ごしごし、と磨いていた。――脇目もふらずに。

その後おまえは日に日に痩せ衰えた。好物のあれこれを与えても、興味の一つとて示さぬ。水ばかり飲む。そうして頻繁に、かつ多量に、小便を放つ。台所のわきの専用便所には、広告で売出しの吸引マットを敷きつめて、そのまわりに古新聞までもひろげた。こんな病になぜ冒されたのか。ストレスさ、と近所の人たちが、富谷さんも須崎さんも村上さんも、みんな口々に噂する。――ストレス、とはどういう意味だ？

前年の夏の終りから、さかえ町の東隣のいずみ町に、しばらく古家を借りて住んだ。さかえ町の本宅は建て替えの工事に入った。それから半年して、新居完成が二月上旬。ぼたん雪の降る朝に、二度目の引っ越しとなった。おまえは雪のなか母さんに伴れられて、古家から三十分ばかり黙々と歩くうちに、背中にしこたま雪を積もらせた。その日から新居での生活が始まった。たび重なる環境の変化ほどいけないものはない、と隣の富谷さんは講釈するのだ。本当にそうだったわけか、ウイン、教えてくれ。

食欲なし、体重減少、尿結石、しかるに血液検査異常なし。それで以て開腹手術の結果がこうだ。手術の痕も生々しく、皮袋もどきに麻糸を縫いつけたそんなお腹で、おまえの顔つきだけがちっとも変らない。

秋の日、やけにひっそりとした昼さがりである。二階の居間の板ばりの床に、おまえは長々と寝そべって、高窓から射し込むまぶしい陽射に目を細めていた。秋はこんなにも豊かで、こんなにも明るいのだ。詮無くチョコレートの小粒をその口もとへ近づけてやると、半ば気がすすまぬように、気だるそうに、ぼそりぼそり食べた。また一つ、また一つ、とチョコレート粒を口に近づけてやった。

毎朝、漢方薬の何々を蜂蜜に混ぜて舐めさせる。これで悪疾を制圧できまいか、と母さんは考えた。いろんな所からいろんな処方を仕入れてきた。ただ抗癌剤だけは副作用が怖いので避けた。くだんの漢方薬が効いてか、おまえはいきなり食欲を盛り返して恐ろしいばかりに喰らうことがあった。そんなとき母さんの声は上ずった。けれども喜びはつづかない。ほどなく頸の根にぐりぐりが触知された、ぐりぐりは日一日と際立ち、ああ、頸のリンパ腺まで、と母さんは息をのみ込んだ。

いよいよ始まった。何が？　闘いが。誰との？　世界、運命、神との。おまえは餌を少しばかり口にするや、二度も三度も下痢に襲われるのだ。やたらに水を飲む。飲むごとに、くわん、と割れるような悲鳴をあげる。床上の容器に頸を垂れようとすれば激痛が走るのだろう。それなら、と踏台を寄せて、ちょうどおまえの口先に届くよう、大小の食器を台の上に並べ換えてやった。

下痢は日ごとに回数を増した。何も食べていやしないのだ。ほぼ一時間ごとに、おまえはふらふらと台所の隅の便所まで歩いて、そこで垂れ流すのは茶色に濁った粘液だ。鮮血が点々と混じることもあった。一時間、次の一時間と、ばかに規則正しく。

小木さんがみえた。見舞いのつもりらしく鶏のささみを買ってきた。これは親父が焼いて酒の肴にいただいた。その翌日、玉江さんが七つと十の男の子を連れてやってきた。ウィンはとうとう仔を産まなかったね、と惜しむような溜息を洩らすのだ。母さんは静かに下唇を噛んでいた。もはや長くあるまいと、誰もがひそかに読んだ。母さんはしかし、なおも漢方薬を舐めさせた。蜂蜜の小瓶が空になって、次は思いきって大瓶を買った。たっぷり半年までも持ちそうな瓶だ。

おまえは律義にも定められた場所で用を足す。けれども、吸収マットの上にかがんで踏んばると、脚の押さえがゆるんで滑ってしまうからやりきれない。足首を支えて補助してやったところが、あ、おまえの後肢は氷のように冷たいのだ。

やがて歩くのも覚束なくなった。台所までたどり着かぬうちに腰をかがめて漏らしてしまう。やむなく台所から居間の床へと新聞紙をつないで、細い道をつくった。道なかばにして便意を催しても、これなら安心だ。新聞紙はむろんしょっちゅう敷き換えねばならぬ。濁り水のような、血のような、そして得体の知れぬ肉片のごときが流れ出る。重ねた新聞紙を貫いて床板にまで滲みることだって珍しくない。何でもないことだ。床を拭き清め、おまえの尻も拭いてやる。やわらかなちり紙を用いているのに、尻はもう赤くただれて痛々しい。

汚れた新聞紙を丸めたまま、床に手を突いて、母さんがじっと堪えていた。そばで親父がきつい顔を傾けているので、聞けば、田舎の祖父さんから電話があったと吐き出した。苦しみを長引かせなさんな、もう諦めて医者によろしく頼みんさい、と勧めるらしいのだ。なに、負けてたまるか、と頑固な親父は天井をにらんだ。母さんは、どうしたものかしらと、いつまでも血まみれの新聞紙を握っていた。

その頃、親父が夜中の十二時まで、引続き母さんが朝までおまえに付添った。親父の帰宅が遅い日には、兄貴とおれが手分けして、一時間ごとにおまえの血を拭いた。血は刻々と軀から失われて、もう、両肢はおろか、肉のそげた尻のあたりまでが冷たい剝製のようだ。死は、ほんの近くまで迫っていた。

おまえは何を思ったか、夜中に血を絞りだしたあと、寝室へ戻るなり母さんのふとんの上によじのぼった。そこで丸くなって、前肢の上に顎先をちょんと載せた。ふとんの上に乗られて、母さんが目を覚ますほどにおまえの目方はもう重くはない。しかし、いかにもおまえらしい剽軽ぶりを最後に見せたのは、この一度きりだった。

十二月初め、おれは職場の旅行で沖縄へ出発した。おまえの右膝の関節は、これもリンパ腺なのか、瘤にふくらんで、はや歩くのもままならない。それでもなお、おれが帰るまでおまえは生きて待っている、と確信した。事実、その通りだった。沖縄から帰って、家の階段を途中まで上ると、血の匂いが鼻にきた。間に合ったと思った。おまえは珍しそうにこっちを見るばかりで、起きあがって尻尾を振る元気さえなかった。ひんやりした左右の肢先には靴下をはかせ、腰のあたりにバスタオルをかけてやった。

あくる日、そのまたあくる日の深夜に、おまえは死んだ。添い寝していた母さんが、おまえの異様な一声を聞いて跳ね起きた。もはや、呼んでも揺すっても動かなかった。母さんの絶叫が闇にひびいて、おれは下の寝室から階段を駆け上がった。親父が書斎からとんで来た。つづいて兄貴も来た。みんなが二階の一室に集まった。万事が終った。闘病の明日はもうない。ささやかな喜びもない。癌の痛みも苦しみも、いっしょに死んで消えてしまったろう。何もかも終った。さっぱりしたものだ。呆れるほどに。

静かな晩である。しかし、なんという空虚か。これが生きて死ぬ、ということか。一体どこの誰が、この虚しい生の戯れを、さながら一夜にして果てる祭事を、いとも気軽に、実にさっぱりと、好きなように催してからお開きにしたものか。神か。――そのときカラスが一羽、とぼけた鳴声を闇に引っぱって飛んだ。夜のこんなときに、と思った瞬間、わけのわからぬ怒りが突きあげてきた。憎い。おれの妹をさらっていった黒い魔物が、憎い。するとまた一羽、クォー、クォー、と浮かれたような声を流して、カラスが遠山家の真上を飛んでいった。

蘇生

女房は専業主婦だから、外では働かない。外で働くのを主人が許してくれないのだそうだ。主人にいわせれば、女房が外で働く分だけ家事が疎かになって、それを補うのは誰か、ということになる。だから、女房を安易に外で働かすわけにはいかない。

主人は近ごろ疲れぎみだ。大学生の息子と、大学は出たけれども半人前の息子がまだぶら下がっている。それに税金だ、保険だ、車検だと、出費がやたら嵩む。主人がときに重い溜息を吐いたとて不思議はないのである。

——これじゃ、犬なんて飼えないさ。どうしたって、飼えないぞ。

夜道を歩きながら、ふと、そんな独り言が主人の口からこぼれ出た。八年ばかり飼っていた犬が死んだあと、犬好きの女房は狂ったように別の犬を所望したが、主人は聞き入れなかった。息子らも、犬のいない家庭は冷え冷えしていけません、なんて贅沢をぬかす。頑として受付けなかった。そうして、犬なしのその後三年間をやっと切り抜けた。孤軍奮闘の態である。

妙な偶然の一致とやらが、ときには起こるものだ。主人が帰り途に犬のことなんかつぶやいたあと、帰宅して玄関の扉をあけたところが、靴脱ぎの敷石の上に大きな犬がもっさりと坐っていたのである。しかも、とっくに死んだはずの、わが家のあのシベリアン・ハスキーなのだ。

――ウィン！

思わず犬の名前を呼ぶ。犬はふうらり近寄って、大きな図体に似合わぬ、もの優しげな瞳でじっとこっちを見る。わざわざあの世から帰って来たのか、と主人は怪しんだ。やけに懐かしい感慨が湧いた。しかしよく見ると、やはりウィンではなかった。黒毛の額がやや扁平である。眉間から鼻先へ一本きゅっと走っているべき黒い筋も見えない。目の色だって、もっと深みのある茶であったはずだ。

女房が上がり框に腰をおろして、意味ありげな笑みを口もとに漂わせている。それから声を沈めて、いい犬でしょう、ときた。二五キロほどもある立派なハスキー犬で、聞けば、こいつは迷い犬なのだそうだ。

――ふーん。

Ａ幼稚園の門前でふらふらしているところを通りがかりの主婦が見つけて、大騒ぎになったらしい。子熊のような、パンダのような、珍しい犬が放されている。噛みつかれやしないか。幼稚園の子供たちが危ないわ。犬をよく知らないとみえる主婦は、近所にその緊急ニュースをばら撒いた。女房は現場へ急行して、噂の迷い犬をあっさり手なずけ、さっさと自宅へ引いて帰った。犬は大人しく従った。かつてウィンが使っていた銀メッキの容器に水と餌を満たして与え、声をかけたり撫でてやったり、女房はひとしきり犬と遊んだ。それから徐ろに近所の交番に届け出たのだそうである。

――ふーん。

交番でも勧められたとおり、飼主が見つかるまで当分のあいだ預かるほかない、しばらく家に泊めますから、と宣言して女房はにんまり微笑んだ。主人は黙ったまま二階の居間へと消えた。上の息子が自室の扉から顔だけのぞかせて、父さん、お帰り、と背後からやけに明るい声を弾ませた。

――あの犬、飼う羽目になるかもね。

息子はそうぶつけて、へらへらと笑った。そんな誘導に乗せられてたまるか、と主人は二階の居間へ上がって寝酒の水割りウィスキーをつくり、独りでちびちび飲みだした。階下へ降りて犬の顔をしげしげ拝むようなまねは断固しまい、と決心した。

物音ひとつしない。ハスキー犬は土台おとなしい犬だが、それにしても、さっきから階下がばかに静かである。安閑と寝そべる犬の脇で、女房までが板張りの上にだらしなく伸びて添い寝とやらか。何だか怪しい。上の息子にしても、早々と部屋に引きこもったまま出て来ないのは、どういうわけか。めいめいが沈黙を守っている。変な雰囲気だ。これでは主人としても迂闊に出られない。みずから墓穴を掘るような愚は避けねばならぬ。

――へん、犬が何だい。

一方ではこんな強がりさえ主人の口からとび出した。そうして、ウィスキーのお代りを重ねている。次第に酔いが廻ってきた。

——へん、もう一杯いこう。

いよいよおかしな具合になった。テーブルの上のグラスが、グラスのなかに浮いた氷が、氷のつるんとした断面が、目の前にゆらゆら揺れる。主人は何やら古い追憶にむかってゆっくりと沈んで行くような様子だ。

ふと我に返った。階下に寝そべる犬を、ちょっとだけのぞいてやろうか。あの目を睨みつけて、あいつが何を訴えてくるものか探ってみようか。

——いや、いや、ここで屈してはならんぞ。

主人は気持を引きしめた。甘い誘惑に負けて、犬なんか飼うつもりになってしまってはいけないのだ。

夜も更けた。もうすぐ下の息子が帰って来よう。下の息子は大学のテニス・クラブに所属していて、連日その方面に没頭するあまり、帰宅の時刻もだいぶ遅い。家族の食卓におとなしく加わるなんて、滅多にあるものではない。

しかし今日はどういう訳なのだろう。主人が階下の手洗いへ降りかけたら、ちょうど下の息子が玄関の扉をあけたところに出くわした。女房は玄関の板場に正座して犬を見ている。上の子は自室に引きこもって出て来ない。

――お、おお！

と下の息子は奇声を発して、日焼けしたその顔が綻んだ。犬は、息子のほうへするすると吸い寄せられるように近付いて、おのが鼻先に伸びてきた節くれの掌をさも懐かしそうに舐めまわした。一片の赤い炎が息子の指から指、手の甲の隅から隅へ、めらめらと燃え移っていくかのようだ。主人は棒立ちのまま不思議な感動に打たれた。

翌朝、犬を散歩に連れ出したのは誰あろう、主人その人なのであった。何を考えているものやら、さっぱりわからない。この不可解なところが、まさしく主人の性癖というべきかもしれない。それはともかく、主人はひとり呟かずにはいられなかった。うん、なかなか頼もしい犬だ。先祖が橇を牽く犬だけあって、やはり引き味がちがう。黒い背中を波打たせながら、頭を落として、勇ましく前方へ突き進む。一歩一歩地面を踏みつけるごとに、前肢の付根のあたりが固く盛りあがるじゃないか。うん、そうだ。綱を握る手に、びしっ、びしっと、容赦のない引きが伝わってくる。ああ、この力の感触には覚えがあるぞ、と主人はしみじみ思った。

散歩から帰ったら、私道ぎわの日なたに将太君が出ていた。将太君は隣家で飼うダックスフンドで、死んだウィンの遊び友達だった。一方は大型犬でふっくら、他方は小型でずんぐり、また一方は沈黙がちの牝、他方は人相の悪い奴によく吠える雄犬という次第で、外見も性質もこれほど大きく異なる組合せはない。それでいて双方すこぶる仲が好かった。その将太君が、かつてのウィンらしき犬が主人を引っぱりながら私道の先からやって来るのを見て、おや、久しく会わなかった旧友が、とでも思ったか、慌てて自宅の庭へ駆け込んだ。お母さーん、と呼びに行ったのかもしれない。奥さんが出て来た。

——まあ、ウィンちゃん、生き返ったの？

奥さんは頓狂な声をあげた。遠山家の女房があっちの二階のベランダから笑いながら、奥さんに犬の一件を説明した。

——あらまあ、道に迷って、来るべきお宅へたどり着いたわけね。

——ええ、そうみたい、ホホホ。

このとき、部屋の奥の電話が鳴った。女房が応じた。大きく開いた二階の窓から、女房の声が流れてきた。

——はあ、そうですか、……飼主さんが見つかりましたか。

交番からの連絡の電話であった。

独身

ずるずるっと、先へ行ってしまうのです。止めようがないのです。先生、わたしの話を聞いて下さい。このままではわたし、どうすることもできない。どっちへむかったものか、わからない。定職もありません。お金だって、もちろんありません。何もかもが、ずるずるっと、先へひとりで動いていってしまうのです。

いつからこうなのでしょう。短大に在学の頃は、明るく弾むような、それでいてどこか物悲しい毎日を楽しんでいました。わたしばかりではありません。テニス部のE子も、メディア・サークルのH代も、インテリア・デザイナー志望のY恵も、たいがいの女子学生がそんなであったようです。先生もよくご存知でしょうけど。でも今のわたしは、学生のときのわたしではありません。まったくちがうのです。思えば、二十(はたち)になって、一ト月ほど経ったとき、こんな事がありました。

ひとり、春先のスキーに出かけたのです。卒業後いよいよ旅行代理店の職に就こうと決心して、その面接試験が間近に迫っているときでした。もはや学生ではいられない、お勤めが始まれば好きな事もそうそうできない、ならば今のうち存分に好きなことを、と往生ぎわに足掻(あが)いてみたような恰好です。

春のゲレンデには小雪が散らついていました。標高二千メートル級の山だけあって、とっても寒い。でもこれまで厳冬の高嶺、猛吹雪、凍てつく山中の夕べと、さんざん経験してきた身としては、春の雪なんか高が知れています。寒いにはちがいないのですが、冷気は軀の表面をなぶるばかりで、骨の髄までしんしん痛むほどのものでもありません。

爽快なスキー三昧でした。夕方、帰り支度をすませて帰路につきました。運転免許取りたての車を走らせたのです。季節はずれの粉雪が、車の真正面から吹きかかって煩いほどです。なに、構うものか。山道を一気に登って、まずは横手山の頂から白根へ、それから草津に抜けて楽々と帰るつもりでした。ところがどうでしょう。十分と走らないうちに、速度がみるみる落ちて、とかくすると上りの山道に車輪がせわしなく空転したり、横ざまに滑ったりするではありませんか。いやだな、と思っているうちに、雪はいっそう激しくなります。この辺でこうなのだから、山頂付近ではもっと凄まじく吹雪いているにちがいない。峠を越えるのはやっぱり無理かしら、とわたしは迷いました。ここらで方向転換して別の道を選ぶほうが無難のようにも思いました。けれどそれも束の間、もう迷うどころか、車のほうが勝手に動かなくなってしまったのです。道ぎわにでんと腰を据えたまま、車輪は愚かしく、そして情けなく空転するばかりです。

それでも、まだ諦めません。わたしは用意してきたチェーンを引っぱり出して、慣れない手つきでいじり始めました。車の運転でさえまだ自由自在とはいえないのに、そこへもってチェーン装着ですから、お話にもなりません。それはわかっているのです。悪あがきの類なのかもしれません。でも、何かしなくてはいられない。突風が襲ってきて、周囲一面、真っ白になりました。

と、一台の乗用車が、そしてまた一台が、すぐそばで同じようにぶざまに立ち往生してしまいました。一方は小学生ぐらいの男の子二人をつれた家族、他方は老人ばかりの行楽グループのようです。どちらの車も騒々しく空エンジンをふかしたあと、一人二人と車から出て、降りしきる雪を見上げながら溜息なんかついています。わたしは黙ったまま、ひとりチェーンと格闘していました。

こんな災難もたまにあるものでしょうか。ほどなく、地元の救助班が大きな四輪駆動で巡回してきたのです。黄色い上っぱりを着たごつい男性が二人、ぶつぶつ唱えながら老人グループの車に手をかけました。おじいさんらがわいわい、がやがや、救助班がウォーだの、ギャーだの叫びます。

別の救助班が、あとからわたしに近づいて、

「あんたは若いんだから、自分でやれるだろ」

と使い古した軍手を手渡してきました。口の端に、うすら笑いが見えました。わたしも負けん気を起こして、手伝ってなんかもらうものか、と喧嘩腰になってしまいます。けれどもチェーンはきつくて固くて、引いても捻ってもうまく収まりません。チェーンがタイヤの大きさに合っていないのかもしれない。何度も試みるうちに、わたしは腹がたってきました。泣きたくなりました。

腰を伸ばして目を移したら、なんと、救助班の四輪駆動が山道をさっさと下って行くではありま

せんか。その後ろに、老人グループの車がロープで牽かれていきます。

「なんて薄情な!」

悔しさと、憤りと、そして胸苦しい不安に襲われました。じりじりと闇が迫ります。あたりに人家の灯は一つも見えません。音もなく降りつづく雪と、次第に黒ずんでいく山を見るにつけ、いよいよ妖しい気分に引き込まれていきます。ずるずるっと、深い穴に落ちて行くような感じです。遭難、死――これをそのとき思い浮かべなかったはずはありません。わたしはその不吉な想念を振り払うかのように、携帯電話を取りあげました。でも、どこへ電話しようというのでしょう。それに、わたしの安物電話では、どっちみち圏外となって使えない。

「馬鹿ね。ダメなのは初めからわかりきったことなのに」

わたしは自分自身に腹がたちました。それといっしょに、これぐらいの抵抗しかできない自分を哀れに思いました。

そうそう、他にもう一台、家族づれの車がそばに止まっていたのでした。その車のことをてっきり忘れていたのですが、お父さんと覚しき中年男性が近寄ってきて、声をかけたのです。

「やっぱりダメですか。動きませんか?」

わたしはその人に、黙って寂しい目をむけたようでした。あちらはそれをどう受け取ったものか、

「まったくひどい連中だ。すぐに戻って来てやるから待っていろ、だってさ」

とさっきの救助班を非難するのです。それについても、わたしは黙ったままでした。きっと頭が

足りない女なのだ、とあちらさんは思ったかもしれません。へんに関わらないほうが安全だ、と直感したのかもしれません。むこうの車から、その奥さんらしき人が、しきりに呼んでいます。

「あなたァ、あなたァ」

わたしの耳にその呼び声は、危ないわァ、危ないわァ、と聞えるようなのです。何が危ないのでしょう。わたしのこと?

ご主人(独断でそう呼ばせてもらいます)が、奥さん(これも独断)の所へ戻って、それからまたわたしのほうへ来てこう伝えました。

「携帯電話で警察に連絡をつけたそうなんです。もう、安心でしょう」

ご主人はにっこり微笑んだのですが、わたしはなぜか、奥さんがこっちを見つめているような気がして微笑み返すわけにもいきませんでした。

「とにかく、待ちましょう」

ご主人は自他ともに励ますような調子なのです。もちろん、嬉しくないわけではありませんが、ふと何かが邪魔をして、わたしは他人と同じ気持になりきれないのです。曖昧な表情や、もやもやとした態度でごまかすほかありません。

「おッさん、おッさん」

あっちの車から子供たちが、ゆっくり発音すれば「おとうさん」となるはずなのに、慌ててこう呼びました。「おッさん」は、にやにやしながら車のほうへ帰って行きました。

急に静かになりました。雪は激しくなる一方です。前後左右、あたり一面が灰色の闇に閉ざされました。ふと、車の燃料の目盛を見たところ、もう半分を割っています。燃料が切れれば車内の暖房も利かなくなる。――燃料ぎれ、時間の問題、凍死、そう考えると、刻一刻、まちがいなく死に近づいて行くようで、わたしはそれをひたすら待っているような気持になるのでした。

「とにかく、待ちましょう」

と、あのご主人はいったものです。何を待つのでしょうか?

警察なんか、いつまで経っても到着しないのです。あれあれという間に、もう二十分が、三十分、四十分が過ぎました。警察は初めから来ないことになっていたのかもしれない。いや、きっとそうなのでしょう。わたしの知らない所で、何かが、着々と用意されて、するするっと動いていってしまうような気がしてならない。

そのときわたしの脳裏を駆けめぐっていた事柄は、何だったのでしょう。ちょうど先月のこの日、前にも申したとおり、わたしは二十歳になりました。これまでいろんなことがあったような、また何も無い、空っぽの二十年が流れ過ぎたような気もします。よくわかりません。ただ一つ、何かといえばスキーにのめり込んできたことだけは確かのようです。短大ではスキー部に属していて、それはそれで楽しかったのですが、正直のところ、一人だけで滑るスキーの悦びに優るものはありません。スキーは本当にいい。お金や宝石や高い地位、その他の何よりもいい。むしろ雪山で死ねば本望、と思ったことも、一度や二度じゃありません。そうして今こそ、――。

だしぬけに母の顔が浮びました。巧くいえなくて困るのですが、わたしは何だか、ずっと母に見られているような気がしてなりません。そうしてそんな母に、気持の裏でいつも反発して、母の目から逃れよう、母の呪縛から解放されよう、と努めている自分に気づくことさえあります。今度も夜の明けきらぬうちに、行き先も告げないまま飛び出して来たものだから、今頃こんな山中にうずくまっているなんて母は知るはずもない、そこまではいいのです。わたしの願うところでもあります。けれども一方で、母の顔付がありありと見えるようなのです。母の目が、こっちを睨んでいるようなのです。そんな母はひどく不機嫌で、今にもきつい文句が降りかかって来そうです。——このぐうたら娘、ウスノロ、キチガイと。

父はどうでしょう。あの人のことだから、わたしが帰らないとなれば、度を失って右往左往するかもしれない。もちろん捜索願いも出すことでしょう。そもそも娘にスキーを仕込んだ張本人が自分なのだから、父は自分を責めて悔やむにちがいありません。わたし自身、ちっとも父を責めてなんかいないのに。代りにこういってやりたいくらいなのに——父さんのおバカさん、と。

いつか父といっしょに出かけた天神平のスキーを思いだしました。あの日は天神平でしこたま滑って、谷川温泉に一泊して、親子水入らずでいろいろ語り合ったものでした。こうして一人ぼっちの山中なんかにいると、昔日の回想にも格別の味が付いてしまいます。わたしは警察の到着に待ちくたびれて、あれやこれやと思い出の糸をたぐり寄せていました。——

先生、わたしの表現はたいへん稚拙ですから、ここで、幾らかましな父の文章を借りることにしましょう。父はその頃、同人雑誌に小説もどきを寄せていて、その雑誌に書いたスキーものの連載を誇らしげに見せてくれました。雑誌が今、手もとにあります。わたしは「中学坊主の息子」に仕立てられ、真実四割、嘘六割ぐらいの小話にまとめられてしまって、ちょっと迷惑なのですが、でも、もうどうだっていいのです。理想肌の父にはうんざりさせられますが、こんな書き物でも、理想の薄衣を透かして往時の断片がちらほら見えないでもありません。くだんの雑誌の文章から、前後を省いて、肝腎な所だけ引き写しておきます。

——『飛蚊』第十九号・三七ページより(前略)——


「おお、ここが天神平か」

年甲斐もなく中年男は叫んだ。このたびの連れに、中学坊主の息子がいる。息子はスキーやゲレンデにかけての情報通だから、親父とちがって、雪山のありきたりの風景なんぞには驚かない。

「ここ、突風で有名なゲレンデなんだ」

「ほう、なぜ突風が吹くんだい?」

「すり鉢の形だからだよ、お父さん」

「すり鉢の底に風がなだれ込むわけだな。そのあと風はどこへ行くんだい? まさか、すり鉢の底をぐるぐる廻っていやしないだろう」

「むかい側の斜面を駆け上がるのさ」

「そりゃ大変だ。その斜面を滑れば、下から突風が吹き上げるわけか」

「うん、スキーは下から上へと戻されちゃう」

「それじゃ、いつまで経っても降りられないぞ」

「そうだよ、お父さん、それでここのゲレンデは有名なんだよ」

薄日が射した。高倉山のてっぺんから裾ひろがりに落ちる一枚の大斜面が見えた。斜面は下方へ流れるにつれて三つのコースに分割され、そこかしこに、スキーヤーが点々と黒い小さな虫けらのように貼りついている。

「いやア、ばかに空いているじゃないか」

雲がちぎれてゲレンデの雪面に陽が照りだした。遠くまばらな人影が、まぶしい雪の海ばらをめいめい好むがままにたゆたう。実にのんびりとした光景である。

「まるで極楽だね」

「さあ、お父さん、もっと上へ行こうよ」

天神平に架かるリフトに乗り継いだ。古めかしいリフトである。いよいよ山頂に立つと、こちらは息をのむばかりの絶景だ。雪をかぶった谷川岳が眼前に頭を突き立てている。その尾根のふちを削る絶壁が、ところどころに青白い氷の肌をむき出しにしながら、谷底めがけて真っ直ぐに落ちている。あんな所にはとても近づけたものではない。

「ひょー、……」

「ほら、あれがトマノ耳だよ。あっちがオジカ沢の頭さ」

「そうか、背筋が寒くなるようだな」

「あんな所は、スキーなんか無理だね」

「とんでもない話だ」

くびすを廻らすと、こちらはなだらかな雪の荒野がひろがって、その真只中に朱の鳥居が頭だけをのぞかせている。鳥居の柱は雪の下にもぐっているはずだが、一見すると、誰かが鳥居の頭部だけをちょん切って、雪の原にそっと立てて置いたみたいだ。この朱い鳥居が、スキーヤーにゲレンデの位置を示す一つの目印となっているらしい。積雪がもっと少ない季節であれば、鳥居の下すれすれに腰をかがめて滑り抜けるのが、ここでは流行っているのだそうだ。息子が父親にそんな話をした。

「さあ、暴風が吹かないうちに滑ろう」

「いや、お父さん、天気はすぐにくずれるよ」

中学の息子は笑って、さっさと朱い鳥居の方角へ滑っていってしまった。鮮やかな滑りっぷりだ。いつの間にこうまで、と男は不思議な気持に駆られた。また嬉しいようでもあった。いっしょにスキーに来たのは久しぶりのことで、改めて息子の滑りを見ると、その腕のやわらかな動きといい、膝のひねり具合といい、いかにも優雅にして力強いリズムをものにしている。全体に角がとれて、すっきりとして、ゆとりさえもが感ぜられる。

「一羽のまぼろしの蝶が……」

男は夢見ごこちになった。色どりゆたかな蝶が、白銀の中空に舞っている。その蝶を追いかけるようにして、男はあとから滑り降りていった。――(中略)――

どれほど経ったかしら、とうとう一台のパトカーが到着したのです。私の回想も中断されてしまいました。

「山越えの道はもう閉鎖ですぞ。ここはまず、下山することですな」

ずんぐり肥ったお巡りさんがそういって、こっちの顔を覗きました。山の中腹の温泉宿まで下りて、そこで対策を考えたらいいと勧めるのですが、こんな山中に車を置き去りにしていくのが、わたしにはためらわれるのでした。

「なんなら温泉宿に泊って、山道の雪が消えるのをのんびり待ちますかい?」

お巡りさんの口調には人を小馬鹿にしているようなひびきがありました。いっしょに傍で聞いていた家族づれのお父さんが、

「これぐらいの雪なら、すぐに消えますかねぇ」

とお巡りさんに迎合するようなことをいいました。小学生の子供たちが、わァい、温泉だァ、と歓声をあげ、お母さんは、しっ、と抑えながらも嬉しそうな表情を隠せません。なんてばかばかしい楽天一家だろうと思いました。この親子は結局、一泊の宿をとることに決めて、しゃあしゃあと

パトカーに乗り込んでしまいました。

「あんた、どうするかね」

そう迫られても、わたしはまだ決めかねていました。

「電車で一旦家に帰って、明日また、車を取りに来てもいいがね」

これもお巡りさんの皮肉でしょうか、どうもさっぱりしません。そんなわたしの顔付を一瞥して、

「まあ、ゆっくり考えなさいや。まずは、この人らを下ろして来るから」

とお巡りさんは、忙しそうにパトカーの運転席へ戻ってしまいました。

わたしは今度こそ、山中に独りきりになったのです。あれあれという間に、こういう情ない結果に墜落してしまうのは、どうしたものなのでしょう。さっぱりわかりません。

それから再び待たされたのでした。パトカーは果して戻って来るのかしら。ひどい意地悪をされたようにも思う。何なのだろう。思えば、わたしは近頃いつもこうなのです。もしかしたら、自分の側に、わたしの表情とか態度のなかに、他人の意地悪をおのずから誘い、そそのかすような何かがあるのかもしれない。とにかくわたしは、他人といっしょに笑い、語らい、助け合うなど、ちっとも望まない性質なのです。だからきっと、知らず識らず、人を遠ざけてしまうのでしょう。そうにちがいありません。天邪鬼（あまのじゃく）なんかではないのです。自分の性格を弁護しても始まりませんが、わたしはただ、何もかもが面倒くさいだけなのです。

車のドアをあけました。雪と風がおどり込んで来ました。慌ててドアを閉めて、身を縮ませると、

目の前の一切が灰色に溶けて、遠くへ、遠くへと流れていくようでした。

──『飛蚊』同号四三ページより──

谷川温泉の民宿の食堂で親子は食後の一ときをくつろいだ。他に客はいない。宿の髯おやじが大きな鉄のストーブに薪をくべながら、ときどき雑談に合いの手を入れた。

「ここらの山に、カモシカはいるかね」

と男が訊くと、

「ええ、ときどき」

髯おやじはそういって、ついこないだの朝も、家の裏口にカモシカが立っていて、目を合わせるが早いか深雪を蹴って谷底へ降りていった。あんなに細い肢でよくも転ばないものだ、なんて感心している。

「カモシカが転んだら、お笑い草だ」

「ウサギも転ばないよね。お父さん」

「ああ、人間だけが転ぶ」

男は大声で笑った。この頃では足腰が弱りきって、スキーでも夕方あたりになれば、こてんこてんとよく転ぶ。もはや齢には勝てないというものだ。

「これ、お読みになります?」

民宿の細君が洗い物をすませて台所から出て来た。手に持っているのは、谷川岳遭難を記録した小ぶりの本である。細君はなかなかの本好きらしい。

「岩場で足を滑らして、宙づりになった人がいましてね、……」

二日後にやっと救助隊がその現場に到着したそうだ。遭難者は逆さまになったまま生きていたが、それを救助隊が引き上げて、軀を元の具合に立て直したところ、いきなり心臓が止まって死んでしまったというのである。本にもそのとおりに記録してある。

「宙づりといえば、こんなこともありましてね、……」

髯おやじが語った。先年、谷川岳の一の倉に宙づりの遺体が発見されたのであった。ここは名にし負う登山の難所である。遺体収容作業は困難をきわめ、なかなか埒があかず、とうとう遺体を吊りさげたザイルに弾丸を命中させて断ち切ろうという話になった。

「射撃班の一人が、あたしの知合いでね」

髯おやじが力をこめた。何でも、その知合いは奥利根に民宿業を営んでいて、泊り客相手に鉄砲撃ちの手柄話のかずかずを披露してくれるのだそうだ。ところが一の倉の一件だけは、ちょっと手柄話にもなりにくい。

「射撃班が横ならびに連なって、ワン・ツー・スリーの合図でザイルを狙ったんですがね」

「弾はひとつも命中しない」

と細君が話をつないだ。

「もう一ぺん、ワン・ツー・スリーとやって」

「もう一ぺん的はずれ」と、細君。

「撃っても、撃っても」

「成果なし」と、またまた細君。

「弾は背後の岩を砕いて飛びちるばかりです」

ここで髯おやじは溜息をついた。

「二百発、三百発と銃声が岩場にひびいて」

細君がやたらと話を盛りあげた。

「なかには、ザイルに当っているぞ、って怒鳴る人もいます」

やじ馬が大勢詰めかけたそうだ。弾はザイルに当っても弾かれてしまっているというのだから、よほど眼のいいやじ馬である。

「やっと、ザイルが切れたんです」

髯おやじはそういって悲しそうに顔を歪めた。ザイルが切れたとたん、遺体は一個の重いずた袋よろしく谷底へまっすぐに落下した。谷のほとりでは遺族がこの顚末を凝っと見まもっていたというのだ。ザイルが切れたのは、岩盤にはね返された銃弾がたまたま当ったという。これもまた、すこぶる眼がいいわけだ。

「一の倉なら、ぼく、行ったことがあるよ」

「へえー、危ないなァ」

「いや、そのふもとを歩いたんだよ、お父さん。大岩のあちこちに、遭難した人の名前と年齢が彫ってあって、気味が悪かった」

「そんなのが、いっぱいあるのか」

「うん、いっぱい並んでいてね。十代二十代の人でも、だいぶ死んでいる……」

息子の声は先細りになったかと思うと、薪ストーブの炎がいきなり、ごおーっ、と燃えあがった。

——(後略)——


あらあら、パトカーが戻って来ました。実はわたし、もうどうでもいいような気持になっていたのです。古い記憶を確かめているうちに、なんだか身近の品が一つ一つ整理されていくような、そしてこの整理がすんだら、あとはもう何もやることがないような気持に傾いていたのです。でもお巡りさんの話では、レッカー車がこちらにむかっているということでした。

「そのほうが、簡単に片付くだろうよ」

それはそうなのだけれども、こっちの都合だってあるわけです。持金が乏しいわけで、ここでまた、わたしはぐずぐずしてしまいました。

「ガソリン、まだあるね、大丈夫だね」

燃料が切れたら凍死するぞ、とお巡りさんは笑って、さっさと帰っていきました。わたしはまたまた独りきりになって、もう本当に、どうでもよかったのです。何もかもが――。

それから後のことはよく憶えていません。もうろうとした薄闇に、ぽつりぽつりと記憶のかけらが浮んでいます。どうやらレッカー車に牽かれて麓の町まで辿り着くと、町の往来がひどく眩しくて、助かった、生きて戻った、とそのときぼんやり感じたようでした。

レッカー車のおじさんが、別れぎわにりんごを袋に詰めてくれました。費用は四万五千円といったかしら。これは明日にも振込む約束をしたら、にわかに空腹をおぼえたものです。付近の売店にとび込んで簡易食を買い漁り、壁の時計を見ると(腕時計を失くしてしまったらしいのです)、もう夜の十時を廻っていました。聞けば、ここは長野市の隣町ということでした。


危ないところを助かって、さてわたしは、この先どうすればいいのでしょう。それを考えて、月日がどんどん過ぎてしまいました。先生、わたしにはわかりません。だって、生きようと思えば何事もすんなり運ばず、もう死んでもいいと肚をきめたとたんに、ずるずるっと生きる方向に揺り戻されてしまう。何が何やらわかりません。みんなわたしの知らないところで、わたし抜きで決まってしまう。ああ、勝手にしたらいい。わたしは、結局わたしじゃない。

先生、旅行代理店の面接試験、落ちてしまいました。それから気を取りなおしてもう一つ、小さな保険会社の面接を受けたのですが、これもずるずるっと、いけない方向へ動いていってしまったのです。先方の質問に頭がぼーっとなり、話がへんな方向へ暴走してしまいました。足を強く踏んばって動きを止めることが、わたしにはどうしてもできない。すぐに流されて、また流されて、わたしいったい、どこへ行くのでしょう、先生——。

ジェイムズ・ジョイスへの旅路

ブリトン島の西端に位置するペンザンスの町を、私はこれまで四度五度と訪ねた。そのつど何やら遠い過去の残骸に惹きつけられていくような感じがあり、その正体を突きとめたい一心で、いろいろ考えてみるのだが、時間がいたずらに流れるばかりでちっとも要領を得ない。たとえば町を散歩して、どこからか微かに潮の匂いが流れてきたり、海鳥が鳴いたり、岸辺の白壁に夏日が燃えるようであったりすると、私はそのたびにそわそわして落着かないのである。ある日、古い走り書きの紙束など繰っていたら、十年ばかり前の夏に、一人でコンウォール地方へ旅したときの備忘録みたいなものが見つかった。それをここに改めて一瞥しても、とくに感興をもよおすわけでもなく、書いてあるいちいちの事なぞはきれいに忘れてしまって、自分でも呆れるほどだが、ただそれを書いていたときの思いつめた気持だけが夢のように甦るのである。

——どうしてまた、あんなことに？

ペンザンスからバスで来て、ポースカーノウの民宿に着くとすぐに夕食が出た。鄙には稀なうるわしの乙女が、キノコの前菜やらサーロイン・ステーキの大皿を運んできたので、女と料理と、どっちに目配りしたものかと迷ったあげく、やっぱり食い意地を優先させて、ナイフにフォークをせわしなく動かしたのだった。大きな丸テーブルの中央には天井から吊り下げたフラワー・ポットが、赤や黄やピンクの、目にしみるほどに美しい花房を垂らしながら、西陽をいっぱいに浴びていた。その花々のむこうで二、三組の別の泊り客らが、わき目もふらず黙々と食っている。食堂の窓は左右に大きく開かれて、遠くのほうから牛の鳴声が風にのって流れてきた。のどかな気分と、しかしそれにも増して私の気持は沈みがちだった。

——ばかなことだな、まったく。

腹ごしらえがすみ、いざ出発と相なって、なぜか出かけたくないような、煮えきらぬ気分に駆られたが、宿の主人が膝掛け毛布と座布団を袋につめて手渡してくれたので今さら予定変更もかなわぬこと、見れば、泊り客の全員にこの袋づめをもたせているのは、七月といえ、夜の石の上がひどく冷えましょうとの話だ。毛布さえあれば鬼に金棒、西陽が黒々とひろがる原野を染め、海がなおも青くかがやく風景の、そのただなかを歩き、いよいよ夕方六時半ごろに先方へ到着するや、石席のところどころには早くから座をしめて飲食に余念のない人びとが見え、さては、ここに東西文化の大きなちがいありやと感じ入りながら、連中のあいだに小さく割込んで腰をおろしたのである。お隣の男女ともどもワインの瓶なぞ持参して、ピクニック気分にうち笑い、少々羨ましくないでもなかったが、ワイングラスつまんだお嬢さんの手が何かの拍子に揺れ、こっちの膝元へ赤いおこぼれ飛ばしてくれたのには閉口した。前方、水平線はかなり高い所に弓をなし、海がすこぶる大きく豊かにふくらみ、風が、頰を掠めてさわさわと吹く。

——こんなにいい所なのにな。いやだ、いやだ、か。

「ハムレット」は戴冠式の場面から始まった。ぞろぞろ出て来てダンスに音楽に、つづいて亡霊のくだり、オフィーリヤの悩み、ハムレットの独白、クローディアスの祈り、等々、一人一人の心の内に大勢の人間がずかずか参与するという演出は、どこかで、ああ、あれはたしか新潟のりゅーとぴあによる「ハムレット」だったか。おかげで人間の孤独も苦悩もきれいに抹消され、その代りに地べたを這いつくばる男女らが、身もだえして動きまわり、内心の不安やらざわめきやらをしきりに表わそうとする、その着想はいたって簡明だ。しかしそれだけに、台詞の力が遠のいてしまっているのも否めず、言葉の掻き立てるイマジネーションとやらはどこかで眠ってしまい、ずっと昔にラム大人がいった、シェイクスピアは舞台で観るより一人で読むに如かずというようなことまで思いだされるのだった。

もちろん、ここミナックの大自然による演出はすばらしい。大洋のひろがり、無言の日没、紅色にたなびく夕雲、岩をかきむしる波のざわめき、風の匂い、それらが陰に陽に芝居の演出効果を助けているのだけれど、残念無念、せっかくの味付けを壊さんばかりのバンドの騒音がいただけない。微妙な肌触りが欲しいのだ。大雑把な肉のかたまりとか、唸りとか、叫びとか、そんなものは要りません。しかし他の人たちが喜ぶのを腐すわけにもゆかず、神妙に前方をにらんでいるうちに芝居は十時過ぎて終り、暗い荒野の一本道を歩きながら、ぶつぶつ独語しては、むやみに辺りを見まわし、ずいぶん遠回りして一夜の宿へと帰ってきた。

——やっぱり、君は来なくてよかったかな。昔と今とはちがうから。

これをセンチメンタル・ジャーニーと呼ばずして、何と呼ぶ?「トリスタンとイズー」のロマンスなぞ読んでいると、コンウォールもさることながら、海を越えて隣のアイルランドにまで想いが翔けていくのはどうすることもできぬ。思いきってロンドンはギャトウィック空港から飛び立つに、トリスタンの時代とは一変して、我を運ぶエア・ボートまたたく間にダブリン空港に着いてしまったから、そこはかえってトリスタン殿と同じく、知らぬ間にアイルランドの浜辺に流れ着いたような趣だ。

陽が落ちていよいよ暗くなりかけるのが八時ごろ、ダブリンの街の広場に、夜のバンドが大勢の人びとを集めていた。いずこからの旅客か、あるいは土地の者どもか、男も女も老いも若きも、ふらりふうらり集まり来て、活きのいい音楽に身も心もしびれるとは何事ぞ。ときにドラムを叩いているのは、仙人もどきの白ひげ伸び放題にして、白髪まじりのざんばら髪は小さなキャップの下から肩まで垂れ落ち、目はあらぬ領野をさまようがごとく、はかない夢に溺れるがごとく、それでいながら、ドラムのバチさばきときては青二才どもの頭をたたきのめして進ぜようとばかり、その弾けるリズムとスピードとパワーに、つい足を止めて見とれてしまうのも無理はない。男の脇に立ってエレキ・ギター奏でる若者もまた、お似合いコンビという次第で、二人の息の合った演奏は夜の広場をいつまでも、いつまでも熱い空気に満たしていた。

――こういうものを、しっかり見なきゃいかんのだよ。なに、つまらない？

トリニティ・コレッジの裏側から大通りへ抜けて、フィンズ・インとやら茶色の煤けた建物にジョイスの細長い顔を思い浮べながら先へ歩き、スウェニーの店を眺めて、ミスタ・ブルームがここでレモン石鹸を買ったっけと懐かしがっては、さらに先へすすんで角の所にオスカー・ワイルドの生家を見つけ、その前方にはメリオン・スクウェアがこんもりとした緑に静まり、今でこそ誰もがこの公園に憩いのひとときを堪能しようが、さすがギネスさん、ビール作りばかりでなく庶民のためにずいぶん気前のいい贈物をくださったもので、それ以前には、ここらの住人でなきゃ立入るこならずの排他的な公園、いや私園であったらしく、その薫りがワイルドの童話「いじわるな大男」にそこはかとなく漂っていよう。今となり、公園の片隅に子供の遊び場があり、ご苦労にも、ワイルドの大男はそこで木製の姿になり変り、子供たちの遊び相手をつとめているというあんばいだ。

グラフトン通りは街頭の器楽演奏で賑わうとのこと、その音楽通りの真っ只なかに、おやおや、さるレストランの看板かざして黙座している男はどこかで見たような。そうそう、まさしく昨夜も、その前の晩も、テンプル・バー近くの広場の端で猛烈にドラム叩いて大勢の酔客をさらに酔わせていたあの奴さんにちがいない。ひげも髪ものび放題、黒いジャンパーに灰色の細いズボン、それにくたくたのキャップかぶっているあたりが、どうもくさい。きっと奴だ。明るいうちはこんなところで金をかせぎ、夜ともなれば飲屋街にくり出して音楽を周囲にばらまき、酔いどれたちを喜ばせている。すばらしい技の披露と、その陰のくすんだ生活とが表裏一体となり、この裏と表の絵のちがい、しかしこういうのがやっぱり本物なのかもしれない。

「もしもし、いい陽気ですな……」

「え、どちらさんで?」

「いやいや、いいお天気だねといいたかっただけ」

「旅の人?」

「そう、音楽の旅ってやつでね」

「何か演奏でも？」

「いゝや、ちょっとばかりドラムをね」

「ふーん」

「あなたほどじゃァないが」

「へえ」

「また会いましょうや」

「……」


さて、リフィー河の方向へ足先を転じて、オコーネル通りのずっと北まで歩き、パーネル通りへと曲がり、聞けばノース・ジョージ通りとやらの半ばにジェイムズ・ジョイス・センターがあるという。ジョイスなら、くだんの看板男に出くわして何を、どんなぐあいに語ったろうか、いや、ジョイスの先輩のドストエフスキー殿に出てきてもらっても構わぬが。

夕方になった。一日の短い人生を考えるときだ。パブを二軒まわってギネスをめいめい二杯ずつ飲み、つづいてアイリッシュ音楽だか土地のダンスだかわからぬものを押し付けられ、頭のなかでは終始別のことを、すなわち日が暮れてテンプル・バーのあの広場へ行こう、早くあそこへ、広場にはまた今夜もドラム叩きの仙人がやって来るにちがいない、奴さん、昼間のあの看板男と果たして同一人であろうか、なかろうか、それを確かめたい、いやいや、確かめてみて何になろう、人知れぬ意外な真相を握ったとて自慢にもなりゃしない、あぶくのような好奇心にすぎないか、そんな薄っぺらな興味にとり憑かれて、おまえさん、いったいどうするつもりだね、とか何とか独語する。はてさて、おのれの感情の真実をもっと正確に把握したいものです。しかし、この場のうるさい音楽と、耳を突き刺すタップ・ダンスの靴音に思考のつらなりも乱されること甚だしく、なんとまあ、白々しい、つまらぬ時間の流れが流れてゆくことか。そうして、やがて闇がせまり、すわとばかり、足早にくだんの広場へやって来たものの、ああ、街頭のバンド、その影も形もなし。

——痛い、痛いって、どこがさ？　手頸か？　指先か？　はっきりいってくれなくちゃ。

灰色の、冷たく、いかつい聖堂の首長となるはジョナサン・スウィフト殿、あんなにアイルランドから出たがっていたくせに、とうとう帰ってきて、たいそう偉くなってしまったのはどういうわけか。彼を取巻く内外に何があったのか、それを調べるのは学者の皆さんのお仕事に任せて、一介の旅人としては、堂内すぐの所に強面のスウィフト先生が、石の胸像に凝りかたまってこっちを睨んでいるのを睨み返し、あるいは脇の売店に『ガリヴァー旅行記』が、色鮮やかに並んで売られているという、どこかしっくりこない感じをポケットにでも突っ込むほかはない。ところで、スウィフトは晩年に至って頭がそれまで以上におかしくなり、とうとう遺言書に癲狂院の建設を指示したうえ、費用一般を寄付する旨したためたというのはどの本にも書いてあるけれど、その先が注目に価するというもので、スウィフトの著作から生まれる印税収入をすべてこの癲狂院、すなわちセント・パトリック病院の維持費にまわすべしという、これもスウィフトの遺志であったそうな。小生、これまで『ガリヴァー旅行記』を原書と翻訳あわせて五、六冊ほど買ったはずだが、やれやれ、図らずも貧者の一灯をスウィフトの病院に寄付しておったわけだ。

さあ、どっこいしょ、行こうぜ、イニシュフリーへ、
泥に網枝のちっちゃな小屋を建て、
畝は九つ、豆を植え、ミツバチ養い、
独りきりで住むのさ、林間に、蜂の羽音ききながら、

さすれば心もおだやか、ゆるゆる静まりゆくべし、
朝のとばりからぬけ出して、コオロギ鳴くむろへ
かなた夜ふけて一面かすみ、昼はむらさきに燃えかがやき
夕べにて、ベニひわのはばたき激し

さあ、どっこいしょ、出かけるぞ、昼と夜となく
水は岸辺をひたひた舐め、
われは道ばたに、かたわらの翳りにと立ち

たましいの芯にその忍び音をきく。　（W・B・イエーツ）

秋の陽の照りそそぐなか、アイリッシュ鉄道に乗ってやって来たのは、イニシュフリーをいだく町スライゴーとか、その町なかに鮭の昇りくる浅瀬の川が流れ、港のむこうの丘には白い家また家が建つ。そのはるか、岩山を台形に削りとったような古代の山が、夢かうつつか、薄むらさきに浮かび、景色がこうまで明るく清冽に打ちひらけた日は稀であるとの由、山あいの道を遠く来て、冷たい水が岸辺をなめるギル湖に至り、遊覧船に乗ればイニシュフリーのみどりは霞み、灰いろの雲さえ立ちこめて、そうかと思えば、ときならずして鋭い閃光にかがやき、湖水のおもてに光の粒が踊る。ゆっくりと流れる楽の音、果たせるかな、今、ここに詩が成る。――われは道ばたに、かたわらの翳りにと立ち、たましいの芯にその忍び音をきく、云々。

ジョイスは『ユリシーズ』に一行たりとも真面目な語句を記さなかったとやら。この大作をやたらに難しくしているのは学者先生なのだそうで、一つには、難しくなけりゃ文学なんてちっとも面白くないという偏屈な考えあってのことか、いや、きっとそうなのだろう、難解であるからこそ痛快でもあろう、辛いから快い、苦しいから楽しい、憎いから好きだ、というのが正直なところだろうと屁理屈ならべてみる。また一つには、ジョイスにいわせるなら、言葉はコミュニケーションの道具なりという俗信をぶち壊してやろうと挑んだつもりか。うん、きっとそうにちがいない。ただぶち壊すだけじゃ面白くないから、頭を使って、工夫を凝らして、ちょっと真似のできないぐらいに破壊してやろうということじゃなかったかね。形を構成しない言葉の瓦礫の巨大な山、なんとまあ目出度いことか。実に愉快、壮快、欣快、いや、これは屁理屈どころのさわぎじゃない。

——ほら、ここの指の付け根に針跡が見えるよ。ここを刺されたんだ。どうしてまた、こんなことに？　応急処置をしておこう。玉ねぎの汁かね。それなら気がすむか。

ジョイスとて女には手を焼いたことだろう。甘いミルクも酸っぱくなってしまうとか。小生、文学ならぬ現実にあって面倒なことにぶつかると、いちどきに気持の余裕を失い、愉快どころか、ひねこびた渋面をおもてに表してしまうのは修養が足らぬせいか。ダブリンでの最後の日、大荷物にあえぎながら街の散策もなかろうと早めに空港へむかい、夕方五時のロンドン行きに乗るため午後一時ごろにはさっさとチェックインをすませて身軽になり、さて空港のバーで飲みだした。一杯が二杯に、二杯が三杯になり、そのうち身体がぬくもり、火照り、ふくれあがった妄想が駆けだし、止めるすべもなく、やがて愛称モリーことミセス・ブルームの声がささやいた。——いいのよ、もう、心配ないったら、くよくよしちゃダメ、つぎのチャンスだってあることだし、どっちに転んだって大差なしよ、早くても遅くても同じこと、運動会の駆けっこだってそうじゃない、大丈夫、飛行機をのがしちゃったなんて、それはそれ、驚異的なことよ、三時間もずっと待ちつづけながら、ああ、やっぱりギネスは美味しい、ここでやっとゆっくりできる、とか何とか、気がついたら飛行機が飛び立ってしまっていた、一度積み込んだこっちの荷物をご丁寧にも吐き出しちゃってね、そんなこと、他にあってかしら、出発時刻が変更になっていたなんて、知るものですかねェ、ずっとゲート案内のスクリーン睨んでいたのに、いつまで経っても表示が現れやしない、まだかまだか、変だな、あと三十分しかないぞ、まだですか、いいえ、もう出発してしまいましたよ、ひゃー、となんでもない、どうしたっていうのよ、いいえ奥さん、よくあることです、まあ、そうお？　ええ、そうね、そうよね、川はどっちみち海へと流れるわ、よくあること、海は波をよんでもっと遠くまで、どこまでも、どこまでも遠くへ、そうして、どこかへ消えて、なくなってしまう、何もかも、そうね、――そう、よくあることね。

右手の小指と薬指の付け根を毒虫に刺され、よほど強い毒とみえて、手の片側が二倍の嵩に膨張した。女はその異常なおのれの手を見て、この旅にしてはじめて大声で笑った。旅を一言にして定義するならば、苦痛なり。その意味するところは、すなわち愉快なり。

イタリア叙事喜劇

一

十月二日午後、ナポリに着いた。いまだ夏の気配あり。空港バールのテラス卓にサングラスの男女ら寛ぐ。棕櫚の樹が青空高く葉をひろげ、松の緑も濃い。まずは、バスで中央駅へむかった。煤けた建物が並ぶ。窓という窓からは洗濯物が垂れている。狭い裏路地ときては、昼なお暗い。人込みのなかを掻きわけてゆく若者、出店の主（あるじ）、物陰にたたずむ中年男、いずれ劣らず眼つきが険しい。大通りは車の氾濫である。その隙間をぬってオートバイが駈けめぐる。

――旦那、ホテルへ？――そこは丘の上だよ――遠いよ。

駅前からタクシーに乗った。固定料金とやらの定めあり。十三ユーロと要求されても、逆らう根拠なし。

夕刻、ホテル前の坂道を下りて街へ出た。アメデオ広場、ギオヴァニ・バウラン通り、コルソ・ポエリオ通り、マルティーニ広場、キアタモネ通り、そしてサンタ・ルチア通りに至る。あたりはもう暗い。しかし、レストランが開くにはまだ早い。

われら二人づれの夕食はまず前菜から始まった。鮭や蛸の酢漬けが旨い。スパゲッティ・ヴォンゴレにピッツァのマルゲリータと、いずれも美味。赤ワインとの相性甚だ良し。

——後ろの客は夫婦づれか?

——そうみたい。黙々と食べている。

——どこの人間だろう。

——イタリア人かしら。

——しーっ、聞えるぞ。

——きょろきょろしなきゃ、大丈夫。

——何、食っている?

——ご主人は麦粉を平たく伸ばして焼きあげた物、奥さんは麦粉の帯を切って重ねて、牛乳から製造した黄色い粉末をかけて火室で焼いた物。ふうふう吹きながら食べている。その早いこと、早いこと。

——どっちが?

——奥さんが。

——飢えているのかな。

——きっと、自宅じゃ食べられないのよ。

——むこうのテーブルを占領しているのは、もしや日本の団体？

——奥のテーブルの団体もそうよ。さっきお手洗いに行ったとき、いただきまーす、なんていっせいに食べだした。

——何を食っていた？

——スパゲッティのポモドーロ。誰もが。

——他には？

——それだけ。お水を飲みながら。

九時過ぎて店を出た。暗い路地の入口にＴＡＸＩの小さな標識が見えて、それらしい車が五、六台停っている。丘の上のホテルまで頼んだ。料金が十ユーロ。

二

ホテル前の道を渡って、長い石段を下りた。十分ほどでアメデオ広場地下鉄駅に着いた。一時間半有効の切符が一ユーロ。その切符を駅前の売店で買った。

地下鉄は寂しいまでに閑散としている。なぜかわからない。三つ先の中央駅で降りた。駅前からバーリ行のバスが出ると聞いたが、その停留所見当らず。あっちへ行っては訊き、こっちへ戻ってはまた訊く。舗道が狭い上に、汚い。道ばたの巨きなゴミ箱にゴミが溢れて山をなし、背丈ほどにも積もっている。空気が臭い。でこぼこの石畳は長年の塵埃に汚れ、どす黒く光る。そのでこぼこ道を車がとばす。オートバイがやかましい。

バスの発車時刻ぎりぎりにやっと停留所を見つけた。バスを待つ。青や白や黄のバス、しきりに通る。しかし、バーリ行はなかなか来ない。

二十分ばかり遅れてバスが来た。乗客十名足らず。ナポリの街を出て山間の高速道路を走る。山の風景に日本風土の趣あり。アヴェルノは谷間にひらけた大きな町で、家並が美しい。行程半ばで休憩となった。一軒の雑貨店があるきりで、あたりに人影なし。のどかな昼の陽射が照っている。

正午を廻ってバーリに着いた。ナポリからすればずっときれいな街だ。歩行者も少ない。車の運転もおとなしい。十階ほどのアパートが建ち並ぶ。建物はコンクリートの色が真新しい。駅前の大きな噴水、棕櫚の大木にブーゲンビリアの赤い花、樹木を植えた公園、そして碁盤の目状にひろがる街路。

ホテルに荷物を預けて街へくり出し、案内所で紹介してくれた魚レストランに入った。平たい大笊(ざる)に柿、梨、栗がどっさり盛られている。そのむこうに氷片を積上げた台があり、いろんな魚や貝を並べている。ウニの山などもある。ばかに巨きなロブスターが、氷の上で長い触角を動かしている。

スパゲッティのポモドーロと魚介リゾットを注文した。ビールを飲んでいると、頼みもしないのにチーズとナスの揚げ物が出た。それにパンの輪切りの一籠が加わった。どれもが旨い。後につづいた注文の料理も塩味が利いて旨かった。満腹である。ここでまた頼んでもいない焼菓子が籠いっぱい出て来たが、もう食べられない。降参だ。しかし周囲の客の食欲には恐れ入る。

食後、海のほうへ散歩した。ノルマン城のかたわらを抜けて海ぞいの道に出ると、眼前にアドリア海がひらける。近くには港があって、ギリシア方面にむかう白い大きな船など見える。岬の先端を廻って魚市場なりを冷やかした。売物小屋が並び、人びとが群がる。その肩ごしに覗くと、イワシ、シャコ、エビ、小鯛など山盛りにして売っている。

ホテルに帰って昼寝、昼寝から醒めて夕食だ。海のそばのレストランが開店準備中にも拘わらず入れてくれた。氷片の上にとりどりの魚が並べてある。イカ、エビ、小魚など焼いてもらった。併せて白ワインのデカンタを飲んだ。

——まあ、貫禄のあるウェイターだこと。恐い感じ。給仕長といったところかしら。

——白髪か?

——ちょっと禿げかかっている。

——ずんぐりむっくりか?

——細身よ。きりっとしている。あっ、振向かないで。こっちを見ているから。

——ふん、こっちを見て何かいいたいのかね。

——嫌ァな眼つきだわ。あたしたちを睨んでいる。

——はじめに来た、あの若いウェイターは?

——今、出て来た。お皿を持って。あら、給仕長さんからお叱言みたい。

——粗相でもしたか?

——さあ、……彼、こっちにむかって来る。

ウェイターが運んで来たのは、チーズとトマトのスパゲッティだ。濃厚な味がきまっている。満腹。これでおしまい。主料理(メイン)だのデザートだのコーヒーだの、入る余地はない。

——あらあら、彼、また叱られている。

——何をやらかしたっていうんだ?

——でも、給仕長さんに反発しているみたい。恐い顔して。……こっちにまた何か持って来る。

若いウェイターは、デザート代りにオレンジの切身を出してくれた。老給仕長が静かに近づいて、われらに鋭い一瞥をくれた。そのまま店内の端まで歩いたあと、ゆっくり踵を返してまた迫って来た。いよいよそばまで来たところをつかまえて、当方、勘定書を求めた。勘定をすませたあと、皿を下げに来たくだんの若いウェイターの手に五ユーロ札を握らせた。老給仕長が間近にそれを見て、例の仏頂面にも似合わず、にたりと笑った。

夜道を歩いてホテルに帰った。連れの真珠のネックレス見当らず。昨日のナポリのホテルに問合せの電話を試みるも、巧くつながらない。フロントに頼んで先方に意向を伝えてもらった。

三

朝、フロントで再度、再々度とナポリの宿に電話してもらった。ネックレスなお見つからず。

樹林公園をぬけて駅へむかった。公園内の歩道を朝の清掃車が通る。駅舎の端の地下道をくぐり、奥のプラットホームに出た。ホームのはずれに待合室と切符売場があって、そこでアルベロベッロ行の切符を買った。単線のプラットホームに立って待つこと三十分、古びたディーゼル機関車が入って来た。

九時五二分発、のどかなローカル線は各駅ごとに停車してゆく。アパートの群れ、ぶどう畑、落書だらけの駅舎の壁。途中のプチガーノウで全員が列車から降ろされ、バスに乗換えることになった。バス一台に収まるぐらいの乗客数だ。

ノーチ駅に着いてバスからまた列車に乗換えた。一つ先のアルベロベッロに到着したのが正午前だ。静かな駅前の坂道をちょっと上った所に今夜のホテルが見つかった。

ポポロ広場の片隅に小さな観光案内所がある。町の地図をもらって、推奨のレストランなりを訊ねた。そのリストを渡される。

リオーネ・モンティ地区の坂道には、右も左も目に珍しいトゥルーリイの家並がつづく。無数の石板を積上げて、おしまいに円錐形の屋根をとがらせた建物だ。屋根は灰色に、下方は真白に塗ってある。陽を浴びてまぶしく耀くこのトゥルーリイは、あたかも雪のかまくらに灰色の三角帽子を被せたような趣だ。

坂道の登り口のレストランで昼食をとった。トゥルーリイの家だけに、内部は涼しい。エビや下足を焼いた前菜に始まり、茸のスパゲッティと耳たぶ型パスタのトマト・チーズソース、それに赤ワインの大グラスを二杯飲んだ。

食後は坂道ぞいの土産物店を覗きながらぶらついた。石や陶器の置物、テーブルクロス、木工品、種々のパスタなどが売られている。いらっしゃい——寄ってって——コンニチハ、ドーゾ。日本語が耳もとに飛んでくる。某店の女主人マリアと識り合う。店の隣が自宅だといってわれらを招き入れ、珈琲まで出してくれた。ここもまたトゥルーリイの造りだ。横木の釘にどっさり吊るした干しトマトの束は、ざっと一年分とのこと。

ホテルに一旦戻り、夕方ふたたび町へ出て、あちこち歩きながらレストランを物色した。昼に見たレストランなど覗いてみるが、気がすすまず、重ねて他を当る。七時から八時となり、道ぞいの家々に灯がともった。気がつけば、一匹の白い犬が尻尾を振りながら随いて来て、いつまでも離れない。

——どういうつもりだろう?

地元の野菜や果物を見るためスーパー・マーケットに入ったところが、犬は入口の石段で待っている。

——感心な奴だ。

店から出てまた歩いて行くと、犬も歩く。ときどき立止ると、顔をあげてこっちを見る。その眼が乙女のようにやさしい。

歩き疲れて、バールの戸外席に腰をおろした。ビールとサンドイッチを注文して、サンドイッチはむしって犬に投げ与えた。犬はまたたく間に食った。

とうとう路地の奥に気に入ったレストランを見つけた。地下洞窟ばりのほの暗い店内にクラシック音楽が低く流れている。はじめに運ばれて来た前菜がまた嬉しい。茸のマリネ、エビと野菜のレモン・ピーチドレッシング、牛肉のカレー風味とライス、揚げスモークチーズ、モッツァレッラとリコッタチーズ、ピーマン甘煮のホワイトソースかけ、以上の六品が卓上豪勢に並んだ。主品料理としては、ラヴィオリのトマト・クリームソースと手打ちスパゲッティのポモドーロソースを頼んだ。

——多いな、多過ぎる。

——残念だけど、食べきれない。

——もったいない話だ。

——後ろの席の一家は、ケーキのデザートを食べている。しかも二皿目。

——甘い物となると、別腹かな。

——上の男の子は物足りないみたい。あっ、今、お父さんが自分のケーキを半分あげた。

――お母さんは、どうだい？

――早々と平らげてしまって、やっぱり物足りないみたい。

――肥っているのか？

――そうね、痩せてはいない。

――他の子供たちは？

――小学五、六年生ぐらいの男の子と、妹が一人。どっちもおとなしく坐っている。

家族そろっての今夜の夕食はどうだったろう。この雰囲気のいいレストランで、ちょっと珍しい物にありつけて、満足だったろうか。ただし、量は別として。

四

九時、ホテルに荷物を預けて町の散策に出た。アイア・ピッコラ地区の静かな小路を歩く。物産店は見えない。人影もほとんどない。あたり一帯、不思議な静寂に包まれている。

町の外周を大廻りして、再びポポロ広場に帰った。広場の周囲には市が立ち、人出も多い。ヴィットリオ・エマヌエーレ大通りに建つ記念堂の裏を廻って、トゥルーリィの二階家を見学した。二階家とは珍しい。

またもや坂道を下り、つづいてリオーネ・モンティ地区の坂道を登り、丘の頂の教会に入った。

教会の天井は白い円錐の引力をもって天の一点に絞られてゆく。

黒い雲がひろがった。急ぎホテルへ戻り、荷物を取って駅へむかう。正午前のバーリ行に乗った。

バーリ着、午後一時半。

一昨日のホテルへむかう道すがら、昼食用にサンドイッチ、マカロニ・グラタン、冷たい飲物を買った。ホテルの部屋で昼食。食後は二軒どなりの理髪店に出向いた。むっつり屋の主人が手ぎわよく散髪してくれた。料金は十五ユーロ。

五時過ぎに街へ出てシャツを買った。レストランの開店時刻が遅いので、それまで街をぶらつく羽目になる。いよいよ歩き疲れると、どこかにバールでもないかと探す恰好になる。そんなときにかぎって、バールは見つからない。

さんざん歩き廻って、やっと見つけたバールに腰をおろし、ハイネケン二本で元気をとり戻した。

八時になったところで先日の魚レストランにふたたび出向いた。ロブスターは高いので諦めて魚介のグリル、それにスパゲッティのトマト・チーズソース、ナスのグリル、パッパルデッレのクリームソースを注文した。いつもながら、まわりの客の食欲には呆れる。

——なんてことだ、生ガキをつるんつるん呑込んでいるぞ。

——右どなりのお兄さんは前菜からヴォンゴレに進み、今やメインのお肉よ。一人でまあ、着々と。

——後ろは家族づれかな。父さんはエビの揚げ物やらムール貝をしこたま食っている。若い奴は生ガキのあとにアサリのワイン蒸しを次々と片付けているぜ。

——きっと、貝好きなのね。

——もう一つ後ろの席では、これも一人ぼっちの若者が大皿に盛ったメロンの切身をぱくついてらァ。ついさっきまで、色とりどりに飾られた焼菓子を、一つまた一つと頬ばっていたんだが。

——皆さん、よく食べますわ。

——よく入る皮袋だな。

悔しいことに、われらが袋は小さくて、かつ繊細だ。あまり無茶はできない。パンや菓子などいろいろ出されても、ほとんど手付かずのままだ。十時、帰路についた。駅前からつづく樹林公園の只なかは、まぶしいばかりの灯に照らされている。人影も少ない。雨後の涼しい晩である。

五

ホテルに荷物を預けてバーリの旧市街へむかった。ヴィットリオ・エマヌエーレ二世通りから先が旧市街の一郭だそうだ。大通りを渡りかけたとき、オートバイの男が方向転換してこっちに近づいた。怪しい奴め、と思った。——ちょっと、ちょっと、肩のバッグに気をつけな。男は訛った英語でそう注意してくれた。何者なのか。どういうつもりなのか。いずれにせよ、用心するに越したことはない。

朽ちかけた建物のあいだに細い道が伸びている。でこぼこの石畳は汚物と雨水を溜めて、ぬらぬらに光っている。洗濯物をぶらさげた窓々、木戸の蔭から凝っと見つめる暗い眼、朝日の当る石壁に背をもたせて煙草を吸う女。威圧感を免れない。また建物の一所には、石壁をうがってマリアの像やキリスト処刑像が納めてある。花が飾られ、小さな灯がともされている。

風化したような白茶けた石の大きな建物を過ぎて、古びたアーチをくぐりぬけると、突如海がひらけた。海風がさわさわと吹き寄せた。

松林のそばの道を、先日とは逆の方向へ歩いた。古城の前の石に腰をおろして休む。正面に建ち並ぶ古いアパートのてっぺんには、あっちにもこっちにも、長いテレビのアンテナが細枝を突き立てている。

再びエマヌエーレ二世通りを越えて新市街に戻った。真直ぐな道をどこまでも歩く。こちらは車の海だ。道の両側に隙間なく車が停めてあって、道の中央部分だけが実際の車道に使われている。そんな狭い道へ、あとからあとから車が流れ込み、大渋滞をつくって為すすべもない。舗道にしても、人と人とが辛うじて擦れちがえるほどの道幅だ。

青物市場の建物の内外はさらに混雑を極めている。買物客の波、長い車の列、人びとをかくも一ケ所に集める吸引力とは、まことに恐ろしい。

ホテル近くのカフェにてパニーノの昼食。そのあと荷物を受取り、駅の反対側のバス乗場へ向った。十二時五十分のナポリ行は、予定よりやや遅れて出発した。

右にアドリア海、左にアパートの林立する町、そして谷間に点在する家々や、山上の白い風車など眺めながら、またもナポリにやって来た。四時半到着。スナヴ船会社の船に乗るため、タクシーの運転手に案内を頼んだ。車中にて運賃の交渉をしたが、結局あいだを取って十五ユーロに話がまとまった。やや高い。スナヴ船舶の小さな事務所で予約の切符と、出航時刻、乗船位置など確認して、一息ついた。

夕方六時、パレルモ行の船に乗った。十一階まである大きなフェリー船だ。鉄の桟橋から、トラックやヴァンや乗用車が船底になだれ込んでゆく。それでも大型船はびくともしない。

個室に荷物を置き、身軽になって船内のあちこちを見て歩いた。食堂はまだ準備中だが、バールは開いている。冷たいビールを買って窓辺の席で飲んだ。

頃あいを見計らってデッキに出ると、ナポリの街や丘に灯が散らばって、悪くない。満月がのぼった。夜気が生温かい。

——あっちの豪華客船、あれもパレルモ行よ。

——まぶしい灯だな。クリスマスの飾りつけみたいだ。

八時に食堂で夕食をとった。盆を持って列に加わり、好きな品を選んで代金を払った。二人の今夜のメニュは、ラザーニャ、牛シチュー、マカロニ料理、蛸のサラダ、そして赤ワインである。料理の味は良好ながら、どれもさめて生ぬるいのが不満だ。

——やっと船が動きだしたぞ。

——何しろ、イタリアだから。
——豪華船のほうは、とっくに姿が見えないのに。
——あっちには日本の団体客が乗込んでいたみたい。
——やっぱり……。

六

朝六時半、パレルモに着いた。船内ホールで延々と待たされた末に、やっと人波が動いて下船となった。七時が過ぎて明るくなってくれたのは、もっけの幸というべきか。ホテルの方角だけを頼りに歩きだした。この街は灰色にくすみ、埃っぽい印象あり。広い通りを車が猛スピードで突っ走る。まるでレースだ。

道ぎわのホテルにとび込み、予約したホテルの所番地を示して道順を訊ねた。なかなか埒があかない。漠然ながら、進むべき道すじを了解した。キャリーバッグを引きずって歩いて行くと、靴底からねちねちした感触が這いあがる。煤けた建物には胸が圧迫される思いだ。舗道に紙くずや煙草の吸殻が散らばり、空気は濁っている。

ホテルはうす暗い路地の奥に見つかった。道のかたわらにゴミ集積の大箱があり、袋に詰めたゴミが山盛りになって崩れている。ゴミ袋は路上にまで溢れ、呆れるばかりの汚物の山を作っている。

ホテルに荷物を置き、まずは近くの観光案内所を訪ねてみたが、土曜日曜は閉まっているとのこと、これまた呆れた。となりの建物から出て来た男に市内観光バスの件を訊ねたところ、言葉が一向に通じない。ひどく疲れた。

大ざっぱな見当をつけて行動するほかない。広場の横に大型バスが停っている。観光客らしき若い男女が立っていたので訊ねた。なに、市内観光を？——バスはここから出発さ——われらもバスを待っている。それを聞いて安心した。ほどなく赤い二階建てバスが到着した。

乗り降り自由の一日券を買って、まずはAコースの市内巡りとなる。イヤホーンを耳に当てると英語の案内が流れて来た。ねずみ色の暗い石の建物に挟まれた道、海べりの陽射の強い地区、椰子の樹を目立たせた植物園、古城、聖堂前、劇場などを二階席の高みから眺めた。一時間ほどでコースをひと周りして、出発地点の広場前に戻った。そのまま席を立たないで二周目に入り、途中の海辺の停留所で降りた。木陰のカフェでカプチーノを飲みながらくつろぐ。

バスのコースの先方へ歩いて植物園に辿り着いた。しばらく待つ。赤いバスはなかなか来ない。痺れをきらしてまた歩き、鉄道駅に至る。涼風の吹く停留所に立って三十分ほど待つと、バスが来た。ローマ通りで降りて、路地裏のバールにて昼食。パニーノにワインを飲む。

ホテルへ戻って部屋に荷物を運び、わずかばかりの洗濯をした。三時過ぎにふたたび外出。今度はBコースの赤いバスに乗った。

バスの発車を待ちながら二階席から下方を眺めると、すぐ近くに白い車を停めて立っている男が気になった。男は薄ピンク色のシャツにサングラスをかけて、見るからに怪しい。道ゆく観光客に声をかけているのだが、どうやら相手を選んでいるらしい。女性にはまず近づかない。若い連中であれば相手にしない。男は個人タクシーを装って他所者(よそもの)を引っかけようという算段なのだろう。しかし魚はなかなか釣れない。男は車の屋根に両肘をつき、指を組み、右へ左へと流れる歩行者を横目でにらむ。そうして、たまに声をかけるが、毎度断られている。

AとBと両コースのバス観光を終えると、もう街の様子もあらかた解った。いや、解ったつもりになった。国もとへ電話するために静かな公衆電話を求めて歩いた。いずこも騒々しい。劇場前の広場に来て、やっとのこと、片隅の木陰に騒音を免れた公衆電話が見つかった。だが用心せねばならぬ。電話に気を取られて手荷物が無防備になりかねない。周囲をぶらついている男どもが、やたら気になる。

夕食には遠出をやめて、ホテルの真むかいのトラットリアに入った。シチリア料理とやらを勧められて注文した。

——何かと疲れる土地だな。

——気にしないことよ。このメカジキのソテー、美味しいわァ。

——うん、強い味だ。煤の風味だ。

——こっちはまた、うどんみたいなパスタに、鰹節がまぶしてある。

——いや、鰯の粉じゃないかな。

——漁師料理といったところかしら。

——男っぽい味付けだ。ちっとも色気がない。

いつもながら、籠いっぱいの輪切りのパンが付いた。生野菜も大皿にどっさり来た。赤ワインだって、泉から汲んで来たように、大きな瓶(かめ)で出た。一見するところ、家族で賄う田舎食堂のような趣がある。

七

パレルモの人口は約七十万、シャッカは七千人ほど。シャッカは海辺のきれいな町です、どうぞシャッカへ行ってらっしゃい、とホテルの受付嬢に勧められて食指が動いた。駅前のバス停留所とバス名を紙片に書いてもらって出かけた。しかし事はすんなり進まない。停留所の位置がわからず、駅の案内所やバスの係員、道ぎわに立つ人びとにまで訊ねてみたが、一向に要領を得ない。紙片を見せても、皆さん、字面をじっと見つめるばかりだ。

三十分ほど周囲を歩きまわっただろうか。やっと見つけた。長距離バスの切符売場で切符を買い求め、十一時発のシャッカ行に乗ることができた。

パレルモの街をぬけると緑が豊かになった。ぶどう畑、トマト畑、ときに四、五階建のアパートがかたまって並んでいる。建物の崩れかけた壁や古びた窓も見える。ひっそりとして人影はない。あるいはまた、波打つ丘陵地を緑の畑が遠くまでひろがっている。草地を横切る羊や牛の一団に出くわすこともある。遠方にはごつごつに切り立った岩山がつづく。山を越えて島の反対側に出ると、シャッカの町並がひらけた。町のかなたに茫洋たる地中海がまぶしく光っている。

町なかの人通りの少ない道ぎわに、陶器の店が一軒開いていた。店内所狭しと並べられた焼物は、いずれも濃厚な色彩に燃えている。小ぶりの皿を二、三枚買った。店の若い男は英語がとんと通じない。眼鏡をかけたその母親がやって来て、こちらは活発にイタリア語をばら撒いてくれる。通じようが通じまいが、力でねじ伏せようとの勢だ。陽気な母親であることだけが理解できた。

近くのレストランで昼食。フルコースを試した。蛸とクスクスのマリネ、貝類のスパゲッテイ、そして主料理（メイン）には直径二十センチもあろうかというカジキマグロの輪切りグリルが出た。デザートはレモンのシャーベットである。

——後ろの若いお二人さん、こっちが気になるみたい。

——何だろう。人相はどうだい？

——可もなく不可もなし。

——よし、ならば……。

お二人さん、今日は。この店の料理は美味しいですね。いや、まったく、遠路はるばるやって来た甲斐がありますな。——この地は初めてですか。どちらからお出で？　ああ、日本ですか。……

若者ははにかむように微笑んだあと、訊きたいことがあるという。自分らは許婚者どうしだが、お互いの愛のしるしを刺青(タトゥー)に表したい。ついては二人の名前を日本語でどう書くか教えてほしい。彼女はマリー、僕はジョージ。さて刺青の趣味はどうかと思うが、好みならば仕方ない。麻里、譲二でいかが？——まあ、なんて美しい文字だろう、と若い二人は喜んだ。

若者はお礼としてリモンチェッロの一杯を奢ってくれた。きりっと締った味である。話がまた発展した。

こちらには、ご旅行？　お故郷(くに)は？　仕事は忙しいの？——はい、あちこち出かけるのが好きなのです。彼女は小学校の先生で、僕はトラックの運転手、なかなか休みが取れません。——モンレアーレという町はどうなの？　一見の価値はありますかね。——僕らはそのモンレアーレに住んでいるのですよ。ドゥオーモだけは是非ご覧下さい。——おやおや、それじゃ、明日にでも町のどこかで会いませんか。——いや、明日は仕事です。——それは残念。じゃ、ドゥオーモは必ず見ることにしましょう。いや、何、きっと行きますよ。スリに財布を掏られて有り金みんな盗(と)られないかぎりはね。……

譲二は苦笑した。麻里もまた、なぜか嬉しそうに笑った。

パレルモへ帰る四時半のバスに乗るつもりで停留所へむかった。停留所の道ぎわに客を乗せた一台の大型バスが停っていた。道ぞいにはまた大勢の人びとが立っている。このバスはパレルモ行かと運転手に訊くと、いいや、と首を横に振る。少ししてから、そばの列に並んでいる初老女性に、パレルモ行をお待ちかと訊くと、首を縦に振った。

しかしバスはなかなか来ない。四時半になると、それまで停車していたバスが動きだした。

――おや？

と同時に、道ぞいに連なっていた人びとが、蜘蛛の子を散らしたようにその場から離れていった。さわさわさわ、と水が引いていくような具合だ。

――おやおや……。

一本参った。何ということか、彼らはバスを待つ連中ではなく、パレルモへ発つバスを見送る人たちであったわけだ。確認したつもりが、ちっとも確認になっていない。イタリアでは、イエスはノウであり、ノウはイエスなのか。

次のバスは一時間後となる。木陰のベンチで涼んでいると、真黒な蠅が飛んで来てうるさい。手で追い払っても、なおしつこく付きまとうのはどうしたものか。親愛の情を示そうというのなら、えらい迷惑だ。

帰りのバスは満員である。けれども夕映えの山容を窓外にたっぷり味わうことができて嬉しい。ごつごつの岩肌にうっすらと雲が流れ、そこに落日が炎を点ずる。緑の苔に包まれた岩山は刻々と夕闇に沈み、谷間に点在する褐色の家々にも、やがて静かに灯がともる。昼の汚らしい建物は姿を隠して、白茶けた壁の三階だの四階建てのアパートは没陽(いりひ)を浴びて生き返った。

パレルモに着いたときには日もとっぷり暮れていた。夜道を歩いてホテルまで二十分。蒸し暑い晩だ。夕食は近くのピッツァ店で簡単にすませた。

八

身体がだるい。食欲がない。眠い。それを押して、アグリジェントへむかうために急いでホテルを出た。昨日の雨で舗道のあちこちに水溜りができている。水溜りはあたりに散らばる塵芥を巻き込んで、いっそう汚らしい。吐気を催す。

あらかじめ調べたつもりの九時のバスは存在しなかった。諦めて十時半の列車に切替えた。所要時間は二時間ほどで、バスも列車も差がない。

売店で地図を買って乗込んだ。車内は空いている。眠くてやりきれない。初めのうちは海が見えた。波は荒い。海水の色が二つに割れている。海辺に建つ白い平屋根の家はホテルか別荘か。そのうち何もかも解らなくなった。列車の音と振動だけが、身体の芯を揺さぶりつづけている。……

アグリジェントの駅を出て、駅前広場の石段を上った。石段の途中に黒人が出店を開いて、革ベルト、サングラス、折畳み傘など売っている。二人、三人と黒人がかたまっている。石段を上りきると、眼前に明るい地中海がひらけた。

さしたる興味もないままに町の中央通りを歩いた。石の舗道は狭い。古い建物の壁が肩に触れそうになる。ほどほどの所で引返し、バールの戸外席でアランチーニとカプチーノの昼食。アランチーニは握り飯のコロッケで、カレー風味が利かしてあった。

食後、十分ほどバスに乗って神殿の谷へむかった。ここは古代ギリシアの遺跡という触れ込みだ。赤土の原っぱのそこかしこに巨石が転がっている。

——地震で崩れたらしいの。

——柱の一部が残ったわけか。

——それも、近年に復元されたものみたい。

——古代がそのまま生きているわけじゃないんだな。

——古代の面影が生きているわけでしょう。

——つまり万物は消滅する、か。

——気が楽になるわ。

——ひゃっほう、と叫びたくもなる。

だらだら坂の長い坂道をゆっくり上りながら、ところどころに散在する神殿跡を見た。高く積み重ねた巨石の柱が紺碧の空に屹立している。丘の頂に立てば、眼下に緑野がひろがり、野は遠く大海原に接している。

——こういう丘の上の、よく見える場所に神殿を建てたのね。

——いつも神が見えて、いつも神から見られている。

——悪い人にはちょっと不都合かしら。

——本当に悪い奴なら、へっちゃらさ。

五時過ぎのバスで町に戻り、六時過ぎの列車でパレルモへ帰った。ホテル近くのレストランで遅い夕食となった。いつしか食欲も回復して、イカのリング揚げ、トマトサラダ、スモークハムなどの前菜に始まり、シチリア風スパゲッティとペペロンチーノ風スパゲッティを二人がめいめいに食べた。太目の麺はうどんに似る。味は素朴にして野趣あり。

九

丘の上の小さな町、モンレアーレに出かけた。バスから降りて長い坂道を上って行くと、手摺りのむこうに緑の谷が深く落ちている。軽いめまいを覚える。右手の建物から子供らのざわめきが聞えて来て、シャッカで会った麻里の顔がふと浮んだ。譲二が、ドゥオーモだけは見ておけ、と勧めたことを思いだした。

ドゥオーモは噴水広場の前にあった。見物客の動きに合せて堂内に入り、モザイクの床面だの、高い天井だの、両手をひろげたキリストの顔などを見た。キリストのモザイク画はもう一つあって、こちらは十字架上でぐったりしている。小さな女の子がその画を凝っと見上げていた。

聖堂を出て、さて、おもての売店でお堂の案内書を買おうとして財布を――いや、その財布がないではないか。いつもズボンの左のポケットに――そのポケットが空っぽだ。一瞬、頭のなかまで空になった。もはや案内書どころではない。売店の男を睨みつけて、警察はどこだっ、と声を荒立ててしまった。警察は噴水広場のまわりを巡回しています、とのこと。

財布のなかには何があった？――クレジット・カードと銀行カード各一枚――今朝おろしたての現金、ぱりぱりの新札ばかりが数枚――それによれよれの五十ユーロ札と二十ユーロ札、これは枚数不明――カード支払いの領収書やら、現金引きおろしの領収書――親族電話番号メモ――それに名刺が一枚。

財布そのものだって新品同様で、失うのは忍びない。しかし財布なぞ惜しんでいる場合ではない。まずカード会社と銀行に連絡することだ。パトカーから出て来た若い警官をつかまえて、――財布を盗まれた――ははん――ついては緊急の電話をしたい――ははん、あっちの角に公衆電話があるわい――電話カードはどこに売っているか――ほれ、ここのバールに売っているさ。こんなやり取りのあと、とにかく盗まれたカードを発行元に報告して、無効にしてもらった。

別の警官をつかまえてさらに盗難の一件を訴えた。今度こそ真面目な警官である。パトカーに乗せられて警察署へと出向き、報告書をしたためることになった。若い婦人警官が証明印を捺してくれた。それを受取ったら、急に尿意を催してトイレを借りる羽目になった。婦人警官がトイレのなかまで随いて来たのには恐れ入ったが、一見したところ、これは囚人用のトイレであるらしい。しかし贅沢はいえない。

噴水広場に戻って、近くのカフェの戸外席に腰をおろした。片方のポケットに小銭が幾らか残っている。その金でビールを注文した。

――少し食べなきゃ。あたしがお金を……。

――いや、腹は空いていない。でも、せっかくだから……。

連れの者から差出された二十ユーロ札を受取って、小さなアランチーニを二つ買った。ついでにビールのお代りを注文した。

――ああ、いつ、どこで、どいつが？

――何か、思い当たることは？

――銀行前の機械で現金をおろして、財布に入れた。

――その前に、大きなシェパードを連れたおばさんがお金をおろしていたわね。

――シェパードが怪しい奴を遠ざける恰好だった。

――次の番になって、今度はあたしがシェパードの役を務めた。

――怪しい奴を近づけることもなく、新札の束が財布のなかに収まった。

――束？　まあ、いいでしょう。つづいてあたしが銀行のなかに入って両替をした。

――ネクタイ締めた係の仕事がのろい。こっちはくたびれて、ソファに腰をおろした。やけに尻が深く沈み込むソファだ。そのとき、ズボンのポケットが大きな口をあけて……。

——まさか。

——銀行を出たあとは、インディペンデンツァ広場まで歩いた。

——人との接触は？

——身に覚えがない。

——広場の縁(へり)にはバス停留所がいくつもあったから、モンレアーレ行はどこかしら、と係のおじさんに訊いた。

——それから切符売場はどこかと訊いた。

——あっちの売店で買いなさいというから、あたしが買いに走った。

——けれど、いつまで経っても戻らない。バスもまた来ない。

——停留所付近の舗道に人びとが溢れる。

——スリにとっては絶好の環境だ。

——そこで誰かに触られたりは？

——触りも、触られもしない。

——だいぶ待ってから、バスが来た。人びとはバスの乗降口へと動いた。

——スリもいっしょに動いたか？

——いいえ、スリはそこにはいません。

——じゃ、どこに？

――バスのなかに。

――おやおや、こっちはバスの外に立っていたんだぜ。

――鬼は外へ、福は内へ、その入れ替りの瞬間よ。

――話が謎めいてきたな。

――つまり、まず降りる客があって、それから乗込む客がある。

――……。

――両方のすれちがう瞬間、そのときよ。

――なるほど、そういえばあのとき変な男がいた。ぐずぐずして、降りるのか降りないのかはっきりしない。

――あの人、みんなが乗込んだとたんに降りようとしたでしょう。

――急に決心したという顔つきで。

――決心の中身が別だったようだけど。

――乗ってくる客の流れに逆らって、

――ひどく慌てながら、

――最初は右、お次は左と身体をねじった。

――手もねじっていたはずよ。

――降りまァす、降ろしてくれ、という調子だった。

――前半はお芝居で、
――後半は真意そのもの。
――人びとを掻きわけて降りて行ったわ。
――奴だ！

町の見物など、もうどうでもいい。意気銷沈してパレルモへ帰るバスに乗った。インディペンデンツァ広場に到着するなり、心なしか、朝の停留所付近の路面につい眼をさ迷わせてしまう。そこに財布が落ちていた、となればめでたい話だが、むろんそんなことは有り得ない。

ホテルに預けた荷物を受取り、港へむかった。到着した日と同じ道を逆に歩いて、だだっ広い波止場を横切り、また同じスナヴ船会社の船に乗った。明朝ナポリに着く夜行便である。夕暮れのデッキにたたずんで街の方角を見た。シチリアを去るにつき哀愁の一かけらも無し。

船内での夕食は、一方がラザーニャとチップス、一方が前菜と鱈のオリーヴ油焼きを盆に取って乾杯となった。何のための乾杯かわからない。

――これぐらいの被害で良かったのよ。
――いや、被害の全貌はまだわからん。
――それにしても、おみごとね。
――鮮やかなものだ。もしも挨拶に現れてくれたら褒めてやりたい。
――チップもあげる？

——酒も飲ませよう。

——お代は？

——もちろん、むこう持ちさ。盗んだ分があるはずだ。

——だいぶ飲めそうね。

実際、ずいぶん飲んだ。今夜は汚い夜道を歩いて帰る必要もない。ついに泥酔した。

十

朝七時、船はナポリに着いた。港の一郭に切符売場を見つけて、ソレント行の切符を買おうとして買えない。出航一時間前にならぬうちは売らないとのこと。波止場のカフェでカプチーノを飲みながら待った。朝陽がまぶしい。すぐ前方を日本の団体客がだらだらと歩いてゆく。少しして、また別の日本人一行が、くたびれたように足を引きずってゆく。カプリ行の白い小型船がむこうに見えた。あれに乗るらしい。

九時、ソレント行の船が出て、三、四十分ほどでソレントに着いた。明るくてきれいな町だ。町の外見についてはまず文句がない。船着場に簡単な案内所でもあればいい。鉄道駅もそうだが、案内窓口がどこにもないので、到着したばかりの旅人は途方に暮れる。さて、案内所までの道を教えてくれる案内はないかと、きょろきょろせざるを得ない。

結局、町の案内所を町の中央に見つけた。ホテルまでの道順を訊く。歩く。歩きながら町の特徴を嗅ぎつける。大小の道すじに土産物店や飲食店が賑わい、そこかしこ、老若男女の観光客がねり歩いている。レモン酒、陶器、木工品、皮革品など並べた店々、八百屋、パン屋、カフェ、パブ、レストラン、等々。

ホテルの窓辺に立つと、山の端のむこうに海が見えて、白い船が筋を曳きながらすべって行く。左手、切り立つ崖の上には、四、五階建ての薄茶色の建物が散在する。

町に出て、広場のかたわらのレストランに落着き、戸外席でピッツァとビールの昼食をとった。気分が安らぐ。と、数人の男女がやって来て、となりのテーブルについた。他に幾つも空席があるのに、どうしてくっ付きたがるのか。それぞれのテーブル間は、軀を横にしてやっと通ることができる程度だ。窮屈な所に押入って、芋洗いされるのが嬉しいのか。

一旦ホテルに戻り、シャワーを浴びて休んだ。夕方、再度外出。港を見おろす高台のバールにてくつろいだ。前方に青い海が一望される。陽が沈むと、海は次第に青から明るい灰色に変り、西の空には澄んだ夕焼がひろがった。

生温かい夕闇の道を歩いて、目抜き通りのなかほどに一軒のレストランを見つけた。店内は明るいニス塗りの丸太を山小屋風に組んで、無骨な特徴を出している。テーブル間もさして窮屈ではない。

——今夜は贅沢しちゃおうかな。

——財布を盗まれた上に？

——盗まれたからこそよ。

——二倍の料金を払うつもりで？

——そう、二倍に跳ねあがっても、高価であることに変りない料理はないかしら。

——さっき給仕が頬っぺたをひねりながら薦めていた品、ええと、ロブスターの何とか…。

——そうそう、ロブスターにしましょう。とびきり大きいのを。

——それから肉は？

——ビーフステーキのバローロソース、これは絶品よ。

——それにパン少々。

——パンなら最初から付きます。

ロブスターにせよ、ビーフステーキにせよ、味は言葉にできない。旨いというだけだ。いつかまた食べたいかと訊かれれば、是非、何度でも、と応えたい。

——後ろの席の老夫婦は、それぞれ別の物を食っているぜ。趣味がちがうんだな。

——黙々と食べている？

——一方はピッツア、おっといけない、平たく伸した円盤型の麦粉板だ。こいつは皿からはみ出すほど大きい。もう一方は、短冊状の麦粉板に牛乳やら、牛乳を腐らせた粉をたっぷり振りかけて焼きあげた物を食っている。ばあさんの食いっぷりがまたいいや。

――おじいさんのほうは？

――小刀と突差し棒で大奮闘だ。なかなか捗らない。

――おばあさん、先に終っちゃいそう。

――いっしょに果てるのが理想なんだが。

――おじいさん、急がないの？

――ばあさんの食欲には追いつけない。

――あちらのテーブルは大勢さんよ。振向かないでね。こっちをちらちら見ているから。

――こっちの豪勢な料理を見て、羨ましがっているのか。

――皆さん、おとなしいのよ、無気味なほど。はじめにまず籠いっぱいの小麦粉餅をいっせいに食べ終えて、次はめいめいが小麦粉麺の油いために取りかかっている。

――ワイン、……いや、酒は飲んでいない？

――お水だけみたい。

――水じゃ、盛りあがらない。

――盛りあがりすぎるのも困るけど。

――じいさんはどうした？

――あらあら、おばあさん、退屈しちゃって横をむいている。

――じいさんはまだ頑張っている？

——おばあさんたらっ、大きなあくび。

——じいさんよ、怒れ、怒ってやれ。

——おばあさん、もう帰って寝たいんじゃないかしら。

——帰れ、ソレントへ。

——あれあれ、こちらの皆さんもお勘定すませて……。

——さっさとお帰りか。

いつまでも帰りたがらないのは、隅のテーブルの老人と、そこから少し離れたテーブルで飲みつづける二人の男女——すなわち我らだけであった。

十一

アマルフィ行のバスに乗るため駅へむかった。バスは駅前から出るという。駅前に着いたら、大勢の人びとが舗道の所に列をつくっていた。アマルフィへ行く人たちかどうかわからない。時間が来るまでその列に加わった。バスは定刻どおりに来るはずもない。別の行先のバスが出て行った。長蛇の列は舗道の角を曲ってぐんぐん伸びる。

一時間ほど待って、アマルフィの行先を掲げたバスが来た。人の列が動いた。しかし、一台のバスに乗れるとは思えない。辛うじて最後部に空席を見つけて割込んだ。運転手が、はい、ここまでと切った。立ったままでも構わないぜ、と半ズボンにサンダル履きのアメリカ人が乗込んで、五、六人がそのあとに従った。バスが出た。

バスは断崖絶壁の山道を走った。青い海へと垂直に落ちる岩壁は四、五百メートルほどもあろうか。岸壁の出っぱりを平らに削って先端に高さ一メートル足らずの石垣を添えた細い山道が蜒々とつづく。カーブに差しかかるたびに、眼下の海原がゆっくりと傾いて青黒い水面をむき出す。白い船が胡麻粒のように浮んで見えた。勢余ってカーブを曲りそこねたら、あそこまでまっしぐら、と思わずにはいられない。けれども地元の運転手は慣れた手つきで易々とハンドルを廻す。ひやっとさせられた。もう少し慎重にやってもらいたい。

一時間半ののち、無事アマルフィに到着した。高台に建つドゥオーモの正面には広々とした石段が伸び上がっている。「天国の回廊」に通じる石段と聞けば、危険な山道を経験した直後だけあって、いささか皮肉めいてひびくわけだが。天国のふもとのカフェで昼食。一方がペンネのポモドーロに、一方がラザーニャ。簡便な料理ながら味は良好だ。

船着場に出てみた。日照りが烈しい。かたわらの砂浜には水着姿さえ見える。ソレントへの次の船便は二時間後だそうだ。がっかりした。こうまで暑くては二時間も待てない。またバスで帰ることに覚悟を決めた。

ソレントへ戻る二時のバスに乗った。運転手に午後の睡魔が襲わないことを願う。実際、睡魔どころか、学校帰りの若い男女が前後の席にかたまって騒々しいったらない。おまけに車内は蒸風呂だ。冷房車でありながら冷房が利かない。窓もあかない。強い陽射が容赦なく照りそそぐ。窓辺の客は、なぜかカーテンを閉めようともしないのだ。狂ったバスである。それやこれや、お蔭で断崖絶壁の恐怖も薄らぎ、やがて無事にソレントへ到着した。ホテルでシャワーを浴び、ビールを飲み、生き返った。

夕方外出。繁華街から外れた閑静な道を歩いた。レモン畑に入った。小道を歩いてゆくと、右に左に青いレモンがぶらさがっている。畑の奥の小屋で、若い女がリモンチェッロを売っていた。いろいろ試飲させてから売る。アメリカ人の中年女性が、やたらに買い込んだ。

暗くなった。今夜のレストランを物色しながら歩く。民謡を聴きたい。歌を演（や）っているという店に入ってみたが、狭いうえに、客あしらいがぞんざいだ。献立表を返して席を立った。

土産物の主（あるじ）が薦めるソレント随一のレストランとやらを覗いた。壁に取付けたガラス・ケースのなかに献立表が示してある。並みいるレストランの倍の料金だ。店内に客の姿はさっぱり見えない。

橋を渡って、大通りから外れた静かな小道の奥に灯が見えた。観光客の群れに踏み荒らされていないレストランのようだ。店内に入って、たちまち気に入った。広い。ほの暗い。となりの食卓（テーブル）が離れている。

前菜にエビ・フライを食べたら、その味がひどく懐かしい。そればかりか、鳥肉にナメコを散らした一品には郷愁さえ覚えた。遠い日の思い出が立ち昇った。

——あら、どうしたの？

——何だか、腹がいっぱいだ。

——具合が悪い？

——いや、何でもない。

——このニョッキ、美味しいのに。

——まあ、食ってくれ。

——横のお客なんか、たいへんな張切りようよ。ウェイターつかまえて、献立に注文をつけているみたい。

——厭らしい奴だ。

——このレストラン、嫌い？

——大好きだ。

——また盗まれた財布のこと考えているの？

——あれは哀れなスリにくれてやったんだ。

——強がりばっかりいって。

——ふん。


帰り道の途中に英国パブを見つけて、ギネスを飲んだ。ホテルに戻ると、入口の広間でギターの生演奏が始まっている。酔った客がマイクを握り、イタリア語でTorna A Surriento（かえれソレントへ）を披露していた。四階の部屋に帰って暗い窓の外を眺めていると、崖上の建物に灯がまばたき、哀愁を帯びた歌声が追いかけて来た。

十二

昨夜から下痢やまず。ホテルの贅沢な朝食も、手をつけたのはスクランブルエッグと丸いパン一つ。駅まで歩いて、十時半のナポリ行列車に早目に乗った。車内に戯れる地元の若者がうるさい。列車は古びていて、プラスチック製のベンチ椅子もどきがむき合い、その脚が床面に固定してあるきりだ。

途中の駅で怪しい男が一人乗って来た。年の頃は三十代半ば、中肉中背、白っぽいTシャツにジーパン姿。手には何も持たない。眼つきが険しい。どうやら獲物を狙っているようだ。男はドアの近くの座席にすべり込んで、正面に新聞をひろげている客や、となりの二人づれを鋭く観察する。新聞を読んでいた客が席を移した。男のとなりの男女は見るからに旅行者そのものだ。つまり、いいカモだ。当方、怪しい男から眼を離さなかった。睨みつけてやった。男は二つ先の駅で、ドアがあいて閉まる瞬間に、ひらりと立上って列車から降りた。手には何も無い。しかし男の鋭い挙動をうかがうに、奴さん、断じて只者とは思えない。

十二時前、再々度ナポリに到着した。今さらながら、街が臭い。むさ苦しい。ゴミと汚染と騒音にはやりきれない。ホテルはまたそんな塵埃地区の真只中にあった。思わず眼をつぶる。

ホテルに荷物を置いて街へ出た。ピッツァの店へ入ったものの食欲なし。巨大なピッツァに圧倒されて半分も食べられない。いや、それよりも圧倒されたのは、すぐ眼の前で、大きな煖炉まがいの穴ぼこに、客の食い残したゴミを次々と抛り込む。かりそめの巨大なゴミ箱だ。そのそばで食事とは情ない。ゴミの山を前にしては食も進むまい。

ダンテ広場、サンセヴェーロ礼拝堂、ジェズ・ヌオーヴォ教会、トレド通り、プレビシート広場など見たあと、サンタ・ルチアのバールに腰をおろした。もう、あれこれ見学したいとも思わない。サンタ・ルチアの海岸通りは西陽に炙られて暑い。むこうの岸壁から港を横切って悠々と泳ぐ男の姿が見えた。休憩後は卵城、海べりのホテル、キアイア通りの店々を眺めて、再び海岸に戻った。堤防に腰をおろす。落日を見る頃には涼しい海風が吹いた。

夕食までの時間が空ろである。バールに入って飲みだした。三角タコス、オリーヴの実、ジャイアントコーンの三品が出た。これをもって夕食としてもいいぐらいだ。

——でもせっかくだから、この前閉まっていたあのレストラン、どうかしら。

——このバールは控え目にしておくか。悲しいかな、胃袋には限界がある。

——老人には限界がある、でしょう。

——贅沢だけど、タコスは残す。

——オリーヴも置いていく。

サンタ・ルチアのくだんの魚レストランは開いたばかりで、我ら二人は一番客である。

——はしご酒だね。

——前菜はあっちに並んでいるなかから好き好きに取るみたい。

——万事よろしく頼む。

——あら、まあ、遺言かしら?

——遺言としてもいい。ナポリを見てから何とかじゃなくて、ナポリを見たから、もう……。

かくて、万事よろしく頼んだ結果、イカの前菜に、イカの煮込み、イカのリング揚げが卓上に勢ぞろいした。ワインは白。したたかに酔ってタクシーを拾い、ホテルへと帰った。

十三

駅までの裏道を歩くこと十分弱。ナポリ発九時半過ぎの列車でポンペイにむかった。三十分ほどで到着した。大勢の観光客が降りる。オレンジの袋づめを売る店が目立つ。ミネラル水一ユーロ也、を呼売りする声がひびく。日照りの遺跡を歩くのに水は必需品らしい。

ポンペイの町は紀元前六、七世紀に興り、その後ローマの支配下にあって栄え、紀元六二年、そして七九年のヴェスヴィオ火山噴火によって壊滅した、と案内書にある。人口一万五千人というのは、当時としてすこぶる大きな町であったろう。それがまたたく間に崩壊して消えた。丸石で舗装された古代の坂道を歩きながら考える。――石壁の奥の人気(ひとけ)のない住居跡にたたずんで想う。――大理石を配したバジリカ、公共広場、浴場、居酒屋、パン屋、大小の劇場に円形闘技場、某家に残るフレスコ画や彫刻のかずかず、大通りの壁の落書、そしてもろもろの神殿跡など見ながら思う。――人間の営みのゴールがこれか、と。

街へ出て遅い昼食をとった。路地のホテルのレストランでラザーニャ、スパゲッティのポモドーロ、貝のリゾット、それにワインを飲んだ。天井を見上げたら、屋根がなくて、みずみずしい緑の葉が頭上一面にひろがっている。大きな藤棚の下で食事をしていたわけだ。

四時過ぎの列車でナポリへ帰った。ホテルに着いて裏のテラスに出ると、すぐ前の建物のあいだを走りぬける列車の音がやかましい。汚れた薄曇りの空に轟音がひびく。

――これもまたナポリね。

――豪勢なものだ、いやはや。

――活力に溢れている。

――乱暴なほどの活力、呆れるばかりの楽天。

――ちょっと疲れることはたしか。

――付合いきれないこともたしかだ。

――そんなに嫌わないでェ。

その甘い声に駆りたてられたものかどうか、一匹の黒い蝿が飛んで来て、いきなり唇の上に止った。ますます気が滅入った。

ホテル間を結ぶシャトルバスに乗ってサンタ・ルチアの方角へむかった。旅の最後の夕食となる。表通りに面する大きなレストランを選んで入ったものの、大勢の客でごった返している。厨房に通じる扉のすぐわきの席に案内され、卓すれすれに給仕が忙しく行き来するので落着かない。前菜を注文したら、油で揚げたパンや、生ハム、チーズ、鰯の酢漬け、生野菜などの大皿と、化物じみた巨大パニーノやら、ピッツァのドウの竈(かまど)焼きなどを載せた大皿が運ばれて来た。きれいに平らげる勇気もない。

——これだって、やっぱりナポリだわ、

——気狂いじみている、

——こっちも幾らか気狂いにならなくちゃ。

——どうも、その素質に欠けるようだ。

——さあ、どうかしら。

ふたたび、同じシャトルバスに乗って帰った。ホテルのバーで締めくくりのビールを飲んだ。しかし有終の美を飾るというわけにもいかない。なぜなら、外の路地裏で若者らが生バンドの演奏に酔っているのだ。闇夜を貫く大音響、それにマイクを通したどら声の歌までが混じる。深夜に及んでも、耳を聾するばかりの騒音の嵐が、狂喜のさんざめきが――やれやれ、一向にやむ気配すらない。

＊ここに創作六篇を集めた。「第一部」は虚実皮膜の間をうがったフィクションである。「第二部」の五篇はかつて雑誌『飛火』に書いたものに手を加えた。

【著者】
梅宮創造
…うめみや・そうぞう…
1950年生れ。早稲田大学大学院修了。英文学。東京内外の複数大学で教鞭をとり、2020年3月に定年退職。目下、執筆にいそしむ。主な著書に『子供たちのロンドン』『拾われた猫と犬』(小澤書店)、『ディケンズ・公開朗読台本』(英光社)、『シェイクスピアの遺言書』(王国社)、『英国の街を歩く』(彩流社)等がある。

夏の奥津城(なつのおくつき)
二〇二一年十一月十五日　初版第一刷

著者——梅宮創造
発行者——河野和憲
発行所——株式会社 彩流社
〒101-0051
東京都千代田区神田神保町3-10
電話：03-3234-5931
ファックス：03-3234-5932
E-mail：sairyusha@sairyusha.co.jp
印刷——明和印刷(株)
製本——(株)村上製本所
装丁——中山銀士+金子暁仁

本書は日本出版著作権協会(JPCA)が委託管理する著作物です。
複写(コピー)・複製、その他著作物の利用については、事前にJPCA(電話03-3812-9424 e-mail: info@jpca.jp.net)の許諾を得て下さい。なお、無断でのコピー・スキャン・デジタル化等の複製は著作権法上での例外を除き、著作権法違反となります。

©Sozo Umemiya, Printed in Japan, 2021
ISBN978-4-7791-2790-8 C0095
http://www.sairyusha.co.jp